Ruth Moschner

Vollblondige Businen

Ruth Moschner

Vollblondige Businen

Roman

Wunderlich

1. Auflage April 2008

Satz Trinité PostScript (InDesign)
bei Pinkuin Satz und Datentechnik, Berlin
Druck und Bindung CPI – Clausen & Bosse, Leck
Printed in Germany
ISBN 978 3 8052 0858 1

Vollblondige Businen

Eins

Ein Unglück kommt selten allein. Sagt meine Großmutter immer. Und sie hat wie immer recht damit. Schließlich kamen meine beiden kleinen Brüder auch zu zweit auf die Welt.

Ich bin die Erstgeborene. Die haben es zwar schwerer, sind aber dafür klüger. Jedenfalls steigen die Chancen dafür, wenn sie der einzige weibliche Nachwuchs in der Familie sind.

Das ist vermutlich eine Art ausgleichende Gerechtigkeit dafür, dass man als Erstgeborene im Grunde der erste echte Störenfried in einer bis dahin noch perfekten Beziehung ist. Als erstes Kind zur Welt zu kommen, das ist in etwa so, als würde man sich am Valentinstag einfach zu einem frischverliebten Pärchen setzen und sie für den Rest des Abends nicht mehr in Ruhe lassen. Auch wenn die Eltern das niemals zugeben würden.

Als sich das Verhältnis zu meinen Eltern nach vier Jahren wieder etwas beruhigt hatte, kamen Christian und Mario. Jungs. Und dann noch im Doppelpack. Wenn der eine gerade nicht schrie, dann brüllte der andere. Noch schlimmer wurde es, als sie laufen und sprechen konnten und begannen, «kreativ» zu spielen. Sie füllten meine Lieblingspuppe Bertha mit Grießbrei und steckten sie in den Backofen. Ich war todtraurig, beerdigte Bertha in unserem Garten, sprach drei Wochen lang kein Wort mehr und verweigere seitdem sämtliche Gerichte, die Grieß enthalten.

Meine Brüder zeigten einen außergewöhnlichen Wissensdurst: «Hanna, warum hast du keinen Pipimann, so wie wir und Papa?» Natürlich recherchierten sie grundsätzlich dann, wenn meine coolen Freunde aus der 4a zu Besuch waren. Später platzten Chris und Mario unaufgefordert ins Badezimmer oder klauten meine BHs, um sie neckisch auf dem Kopf zu tragen. Ebenfalls vor den Augen meiner Klassenkameraden. Das war sicher einer der Gründe dafür, dass ich erst mit 17 meinen ersten Freund hatte: Rüdiger. Rüdiger ließ sich selbst von meinen Zwillingsbrüdern nicht abschrecken. Unsere Beziehung scheiterte, als auch er meinen BH klauen wollte. Dass man von gleichaltrigen Jungs die Unterwäsche wieder zurückbekommt, habe ich erst ein Jahr später begriffen.

Christian und Mario haben inzwischen jemand anderen gefunden, den sie ärgern können, denn sie sind beide verheiratet und haben selbst kleine Kinder, die mich liebevoll «Tantananna» rufen. Ja, ich habe meine harte Kindheit überwunden, mit dem Sex klappt es ganz gut, und ich bin auf dem besten Weg, eine erfolgreiche erwachsene Frau zu werden, die mit beiden Beinen im Leben steht.

Im Augenblick vielleicht nicht gerade, denn mein linker Absatz steckt im Fußbodengitter vor dem Eingang des Mietshauses fest, in dem ich eigentlich seit zehn Minuten einen Termin habe. Und das an meinem ersten Arbeitstag! Ich bin Redakteurin und habe gerade eine Stelle in der Talkshow eines TV-Senders ergattert. Und wenn dieses Gitter mich nicht daran hindern würde, wäre ich schon längst beim Recherchegespräch. Ich muss einen extrem wichtigen Studiogast für die kommende Sendung befragen.

Ich rüttele verzweifelt meinen Fuß hin und her, bis das scharfkantige Metall einen langen Schlitz in meinen Absatz schabt. Hchrrrrrdt! macht es, und man kann das helle Plastik unter dem dunklen Leder sehen. Ein fieses Geräusch, wenn man bedenkt, dass mich die Schuhe ein halbes Vermögen gekostet haben. Sollte ich hier jemals wieder rauskommen, kann ich sie in den Müll werfen. Aber zuerst muss ich mit dem Schuh aus dem Gitter. Also versuche ich es mit ruckartigen Bewegungen. Keine gute Idee, denn nun hängt das komplette Gitter an meinem Schuh. Es hilft nichts, ich muss zur Tür. Also humple ich klappernd zu den Treppenstufen des Hochhauses. Kloink, kloink, kloink-pling. Ich bin offenbar die einzige Geräuschquelle in dieser Gegend. Selbst der triste Spielplatz gegenüber schweigt vor sich hin.

Mit einem Plumps setze ich mich auf die Stufen und ziehe und zerre an dem Monstrum, das meinen Schuh zu fressen droht, bis es endlich aufgibt – leider gemeinsam mit dem Absatz. Na toll. Ich fange an zu schwitzen und überlege kurz, ob ich das Vorgespräch mit meinem Talkshowgast vielleicht doch lieber telefonisch führen sollte. Während ich nervös an meinem Schuh herumfummele, fällt mir dieser 90er-Jahre-Werbespot für Kaubonbons ein, in dem sich die Frau den Absatz abbricht, lächelt, einen Drops nimmt und den anderen Absatz kurzerhand ebenfalls abbricht. Natürlich hat diese Frau ellenlange Beine und topgestylte Klamotten. Von beidem kann ich nur träumen.

Ich bin eins fünfundsechzig groß, mein Vorbau ist etwas zu klein geraten, was mein beeindruckendes Hinterteil wieder ausgleicht. Jeans sind mir grundsätzlich zu lang und zu eng. Dafür habe ich schöne lange braune Haare und große Augen. Positiv betrachtet, sehe ich also aus wie Jennifer Lopez mit Brille. Realistisch betrachtet, laufen 99 Prozent der Männer auf der Straße an mir vorbei, ohne mich eines Blickes zu würdigen. Immerhin: Ich *kann* gut aussehen, wenn ich will.

Manchmal hilft ja schon ein Lächeln. Wie in der Werbung. Also mache ich ein freundliches Gesicht und versuche, den Absatz des anderen Schuhs ebenfalls abzubrechen, natürlich erfolglos.

Eigentlich müsste man mal eine Diskussionssendung über hohe Absätze in der Großstadt produzieren. Ich bin mir sicher, dass sich die Wege von Damenschuhmachern und Straßenbauern noch nie im Leben gekreuzt haben. Sonst gäbe es nicht genauso viele Stolperfallen wie Highheels in den Läden. Ich muss das in der nächsten Redaktionssitzung unbedingt als Talkthema vorschlagen.

Das ist das Tolle am Beruf des Redakteurs: Wir sind die stillen, leisen Manipulateure im Hintergrund. Für viele existieren wir gar nicht. Die meisten denken, dass sich der Moderator vor der Kamera alles selbst ausdenkt, und sind dann völlig aus dem Häuschen, wenn sie erfahren, dass andere ihm die Texte schreiben. Manchmal trägt der Star der Sendung sogar einen Knopf im Ohr, über den man ihm Anweisungen geben kann. Deswegen wirken viele Moderatoren manchmal auch wie ferngesteuert.

Ein Hausbewohner geht an mir vorbei zur Eingangstür und taxiert mich mit einem überheblichen Kopfschütteln. Ich halte dagegen und setze mein arrogantestes Gesicht auf, bis mir einfällt, dass ich heute einen kurzen Rock trage und der Typ wahrscheinlich gerade die Blümchen auf meinem Schlüpfer zählen kann.

Bevor die Situation noch peinlicher wird, ziehe ich meine Schuhe aus und stopfe sie in meine Tasche. Ist ja fast Sommer, vielleicht fällt es nicht auf, wenn ich barfuß in die Wohnung patsche. Herrje! Dabei sagt meine Oma immer, ich muss die Füße warm halten, damit ich mich nicht erkälte.

Sie hat übrigens bis heute nicht begriffen, was ich eigentlich arbeite. «Kind, wenn du beim Fernsehen arbeitest, wieso kann ich dich dann nicht sehen?», fragt sie jedesmal, «du kannst es mir ruhig sagen, wenn du keine Arbeit hast …» Im Abspann könnte sie meinen Namen lesen, aber die Schrift ist ihr zu klein und bewegt sich viel zu schnell. Also schiebt sie mir bei jedem Besuch unauffällig einen 50-Euro-Schein in die Handtasche. «Hier, Kindchen, gönn dir mal was Schönes! Damit du nicht immer deinen Klaus um Geld fragen musst», sagt sie dann.

Klaus ist der Mann an meiner Seite, mit dem ich seit fast fünf Jahren mein Leben und seit über vier Jahren sogar die Wohnung teile. Er ist der Ruhepol in unserer Beziehung und arbeitet bei der Stadtverwaltung. Das bedeutet, dass Klaus über zwei Dinge verfügt: Zeit und eine sichere Pension. Großmutter kann es bis heute nicht fassen, wie man über Jahre hinweg in wilder Ehe zusammenleben kann. Dabei geht es ihr gar nicht um die Moral von der Geschicht', nein, Oma macht sich eher darüber Sorgen, wer Klaus' tolle Rente bekommt, wenn er vorzeitig sterben sollte. Oma neigt gerne mal zu gnadenloser Direktheit, mit der Betonung auf «gnadenlos». Klaus fängt in solchen Situationen immer an, nervös an seinem Pullover herumzunesteln. Ihm ist das Thema peinlich, zumal es ja eigentlich an mir liegt, dass wir bis heute nicht verheiratet sind.

Das soll jetzt nicht heißen, dass wir nicht glücklich miteinander wären. Ich warte einfach auf den richtigen Moment in unserer Beziehung. Den Aha-Effekt. Es ist doch so: Wenn man lange genug auf einen Wasserfall starrt, dann verlangsamen sich irgendwann die Wassermassen, und es scheint, als könne man jeden Tropfen einzeln wahrnehmen. Das laute Rauschen wird zu einem sanften Plätschern, und alles um einen herum erscheint plötzlich ganz einfach. Genauso stelle ich mir den Moment vor, in dem ich erkenne, dass ich mit Klaus den Rest meines Lebens verbringen möchte.

Johannes Grundbach, der Studiogast, den ich nun barfuß heimsuche, ist übrigens ebenfalls nicht verheiratet. Er ist alleinerziehender Vater. Man muss immer noch lange suchen, bis man so einen Exoten findet. Aber wir arbeiten ja für eine seriöse Talkshow mit Hang zum Anspruchsvollen, da kann man sich schon mal Mühe geben. Wer die Sendung regelmäßig verfolgt, wird das vielleicht an der ein oder anderen Stelle sogar bemerkt haben. Vorzugsweise enden unsere Aufzeichnungen jedoch in einer verbalen Schlammschlacht der verschiedenen Parteien. Das erinnert mich immer an die Abendessen bei uns zu Hause, wenn meine Brüder sich mal wieder nicht einigen konnten, wer den letzten Hähnchenschenkel bekommen sollte. Mich hat das immer ziemlich genervt, aber im Fernsehen steigt die Quote spontan um ein paar Prozentpunkte.

Mit 20-minütiger Verspätung klingele ich endlich an der Wohnungstür. Bevor ich meinen Rock wieder in die richtige Position rücken kann, öffnet sich schon die Tür, und ein Geruchscocktail aus Essen und Staub strömt mir entgegen.

«Guten Tag, Rückad mein Name, wie Rückgrat, nur ohne ‹g›, ‹r› und hinten mit ‹d›, bitte entschuldigen Sie die Verspätung …»

«Schon gut, kommen Sie rein.» Johannes Grundbach schaut mich kaum an und macht auf dem Absatz kehrt. Immerhin hat er noch einen. Er schlurft vor mir her ins Wohnzimmer, sodass ich auf seinen extrem flachen Hintern starren muss. Viele Männer haben flache Hinterteile, was ihre Chancen auf dem freien Markt nicht mindert, denn die meisten Frauen schauen in Wirklichkeit doch lieber zuerst in die Augen und dann erst auf den Po. Herr Grundbach hat zwei besonders hübsche Augen. Dunkelbraun sind sie und ungeheuer melancholisch im Ausdruck. Abgesehen von seinem mickrigen Hinterteil ist er groß gewachsen und verfügt über eine Art natürlichen Holzfällercharme. Unser weibliches Publikum wird begeistert sein! Wir nehmen auf seiner braunen Kunstledercouch Platz. Jetzt wäre eigentlich der Augenblick, mir Tee oder Kaffee anzubieten. Tut er aber nicht. Stattdessen fummelt er nervös an einem Zettel herum, bis er ihn in winzige Fitzchen zerlegt hat. Er ist 29 Jahre alt, wirkt aber wesentlich älter. Gerade hat er die Überreste des zerfetzten Zettels aufgegeben, da brüllt im Nebenzimmer Jakob, sein vierjähriger Sohn. «Seit drei Jahren kümmere ich mich allein um Jakob. Das ist manchmal hart, aber meine Mutter greift mir unter die Arme. Ohne sie würde ich es sicher nicht schaffen.» Er kratzt sich verlegen seinen Dreitagebart, steht auf und geht zum Fenster. In seinen Jeans klafft ein fettes Loch an der Innenseite des rechten Hosenbeines. Das ist sicher nicht absichtlich dort, er hat es einfach bisher noch nicht bemerkt. Phantastisch! Unsere Zuschauerinnen werden ihn lieben. Jakob, Johannes' Sohn, ist inzwischen aus dem Spielzimmer zu uns gekommen und krabbelt nun so unbefangen auf seinem Vater herum, als sei er die Zugspitze. Unbeeindruckt davon, erzählt Johannes weiter. «Biggi und ich waren damals so glücklich. Ich hätte niemals auch nur im Leisesten geahnt, dass sie lesbisch sein könnte!» Das wird ja immer besser! Sie hat ihn also nicht verlassen, weil er ein Schwein ist, sondern wegen anderweitiger Interessen. Ich versuche meine Begeisterung zu verbergen und mache ein betroffenes Gesicht. Als Johannes sich wieder zu mir aufs Sofa gesellt, frage ich mit zitternder Stimme: «Wie konnte Sie Ihnen das nur antun?» und blicke ihm tief in seine traurigen braunen Augen. Johannes starrt interessiert auf meine nackten Füße, traut sich aber offenbar nicht nachzufragen. Stattdessen widmet er sich wieder den Überresten des Zettels. Kleine Flocken rieseln auf den Tisch. «Ich kann es mir bis heute nicht erklären, warum Biggi so urplötzlich ... Mein Psychiater hat gesagt, es läge mit Sicherheit nicht an mir. Wir arbeiten momentan daran, dass ich bald wieder mit anderen Frauen ausgehen kann. Jakob hätte ja auch so gerne eine neue Mami, stimmt's, mein Hasenpups?» Wie auf Kommando hüpft Jakob in meine Richtung und schlingt seine kleinen dicken Ärmchen um meinen Hals. «Mami!», ruft er zärtlich. Reflexartig zucke ich zurück, Jakob rutscht ab und baumelt mir jetzt an der Schulter. «Oh, das ist mir jetzt aber unangenehm.» Johannes greift entschlossen nach seinem Sohn und nickt mir schuldbewusst zu. Bevor die Situation für alle Parteien noch peinlicher wird, greife ich schnell nach meinem Notizblock und reiche Herrn Grundbach die Hand. «Ja, Kinder ... hahaha ... ich werd' dann mal ... Herr Grundbach ... hat mich sehr gefreut ... und wir sehen uns dann nächste Woche im Studio. Wegen der organisatorischen Dinge meldet sich dann noch jemand bei Ihnen. Und vielen Dank für den Kaffee!», stammele ich.

In der Hektik habe ich ganz vergessen, dass er mir gar keinen Kaffee angeboten hat, aber Herr Grundbach hat das auch nicht gemerkt. Er und sein Sohnemann begleiten mich noch zur Wohnungstür, wobei sie mir nun zu zweit auf die bloßen Füße starren, und winken mir nach, bis ich im Lift verschwinde. Geschafft. Jetzt aber ab in die Redaktion und das Material zusammenkloppen!

Am Eingang des Verlagshauses begrüßt mich derselbe Typ, der schon bei meinem Einstellungsgespräch die Tür bewacht hatte. «Na? Hat wohl geklappt mit dem Job, junge Frau. Dann werden wir uns künftig ja öfter zu Gesicht bekommen. Aber das muss Ihnen nicht gleich die Schuhe ausziehen. Hö hö hö ...!» Er deutet auf meine nackten Füße und hält sich den dicken Bauch vor Lachen. Er sieht aus wie der Nikolaus, der früher immer zu uns in den Kindergarten kam, als Bertha noch nicht den Grießtod gestorben war. «Arbeitsunfall», sage ich betont lässig. «Mein Name ist übrigens Hanna, Hanna Rückad. So wie Rückgrat, nur ohne ‹g›, ‹r› und hinten mit ‹d›.» Ich strecke ihm die Hand entgegen. «Angenehm. Josef Meier. Ich bin hier der Hausmeister und Pförtner. Gewissermaßen. Seit dreißig Jahren schon. Da sieht man viele kommen und gehen.» Er greift beherzt nach meiner Hand und drückt sie ein bisschen zu fest. Ich kneife vor Schmerzen die Augen zusammen, was er allerdings als Zwinkern zu interpretieren scheint, denn er zwinkert zurück. Im Hintergrund läuft ein Fernseher oder ein Radio, ich höre das typische Tröten und Grölen, das Fußballspiele begleitet. Meier schlurft wieder an seinen Platz und greift tatsächlich nach einem winzigen Schwarz-Weiß-Fernsehgerät. Die Antenne ist ungefähr 1,50 lang und der Bildschirm nur etwa so groß wie eine Handfläche. Immerhin gibt es ordentlich Ton dazu, denn ich kann ihn kaum noch verstehen, als er sich mit einem Ächzen auf den Stuhl sinken lässt, mir zuzwinkert und «Toi, toi, toi» hinterherruft.

Ich nehme den Fahrstuhl in den sechsten Stock und sortiere während der Fahrt mein Outfit. Der Saum meines T-Shirts beginnt sich aufzulösen, also stopfe ich ihn kurzerhand in den Rock. Mehr ist nicht zu retten. Schnell kämme ich mir mit den Fingern durchs Haar und binde meinen Pferdeschwanz neu. Noch etwas Lipgloss auf die Lippen, da öffnet sich schon die Fahrstuhltür mit einem hellen «Pling!». Ich atme einmal kurz durch und trete vor das Empfangspult. Dahinter thront eine ältere Dame, ziemlich stark geschminkt und mit einer aufwendigen Hochsteckfrisur. Gerade wühlt sie sich durch einen Stapel Akten. Ich räuspere mich und sage meinen Spruch auf: «Guten Tag, Rückad mein Name.» Keine Reaktion. Stattdessen rollen Empfangsfrau und Stuhl in Richtung Regal, um dort einen weiteren Stapel Ordner herauszuholen. «Ha-Hallo?!», stottere ich irritiert. Noch immer keine Reaktion. Ich versuche es noch einmal. «Entschuldigung?» Aha, ihre rechte Augenbraue zuckt. Jetzt muss sie mich gehört haben. Aber immer noch keine Antwort. Also sage ich: «Ich bin die Neue. Sicher wissen Sie das bereits.» Der Willkommensdrachen hält kurz inne. «Endlich!», denke ich. Doch anstatt mir die Tür zu öffnen, steht sie seelenruhig auf, um sich eine Tasse Kaffee einzugießen. Zurück an ihrem Pult, nimmt sie einen kräftigen Schluck, leider ohne sich zu verschlucken. Und dann endlich schaut sie mich über ihre Lesebrille hinweg an. «Ja, bitte?», schnarrt sie und mustert mich genervt von oben bis unten. Natürlich bleibt ihr Blick an meinen nackten Füßen hängen, und ich komme mir vor wie ein kleines Mädchen beim Schulreferat. «Guten Tag, mein Name ist Hanna Rückad. Ich fange heute hier an.» Ich versuche zu lächeln, um meinen guten Willen zu unterstreichen. Sie soll nicht denken, ich wäre eine von diesen zickigen Pseudoredakteurinnen, die keine Ahnung vom Fach haben. Ich habe schließlich volontiert und sogar sechs Semester Kommunikationswissenschaften studiert. Aber keine Chance beim Empfangsdrachen. «Sie kommen spät. Konferenz is immer um zehn. Jetzt isses halb zwölf!», bürstet sie mich ab. Das fängt ja gut an. Der Drachen und ich liegen genau auf einer Wellenlänge. Ich lächle trotzdem tapfer weiter und sage: «Auswärtstermin. Sorry. Kann ich jetzt rein?» Wortlos drückt sie auf den Summer, um sich sofort wieder ihren Unterlagen zu widmen. Die Tür macht einen kurzen Klick und öffnet sich. «Konferenz is zweite Tür links!», blökt es noch hinter mir her. Ich flitze durch den Gang, klopfe kurz an der Tür, so wie es mir meine Eltern beigebracht haben, und trete ein.

Zwölf Augenpaare sind auf mich gerichtet. «Ah, da bist du ja. Darf ich euch eure neue Kollegin vorstellen. Das ist Hanna!» Der Typ, der mich so freundlich begrüßt, heißt Gerhard und ist der Redaktionsleiter. Ein kleiner, leicht untersetzter Mittvierziger mit schütterem Haar und Glubschaugen. Er klopft auf den Stuhl neben sich. «Mein rechter rechter Platz ist leer, da wünsch' ich mir die Hanna her.» Die Kollegen werfen sich bedeutungsvolle Blicke zu, während ich mich an ihnen vorbeischlängele. Das ist gar nicht so einfach. Ich muss meinen Bauch einziehen und auf Zehenspitzen an den Stuhlreihen entlanggehen. Ein junger hagerer Typ mit dunklen fettigen Haaren und Aknenarben im Gesicht streckt mir seine Hand entgegen. «Hallo, Hanna, freut mich, dich kennenzulernen. Ich bin der Thorsten.» Derthorsten müffelt ein bisschen in seinem Synthetikrolli. Er ist der Typ Mann, der in seiner Freizeit gerne Rentierpullis klöppelt oder die Männertöpfergruppe der Volkshochschule besucht. «Hi, Hanna, ich bin Jessica.» Eine zierliche Rothaarige mit Sommersprossen nickt mir aufmunternd zu. Sie trägt ein schickes grünes Strickkleid, das ihre schlanke Figur betont. Ihre Füße stecken in lässigen braunen Lederboots, 300 Euro bei «Shoedreams» in der Pestalozzistraße. Konnte ich mir nicht leisten, weil ich mal wieder knapp bei Kasse bin. Jessica knallt ihre Füße mitsamt den Boots mit einem solchen Schwung auf den Stuhl neben sich, dass Thorsten vor Schreck zusammenzuckt. Darauf beginnt ein brünettes Busenwunder mit Rehaugen und einem Riesenausschnitt, der mehr zeigt als verdeckt, hysterisch zu kichern. «Vanessa, ich mach hier 'n Prakti.» Sie klimpert mit ihren langen Wimpern und blickt ein wenig unsicher zu Gerhard. Der grinst über beide Backen und zwinkert ihr wohlwollend zu. Prakti ... so nennt man das also. «Jens.» – «Paula.» Zwei weitere Gestalten grüßen mich vom Tischende aus. Gerhard lehnt sich zurück und sagt: «So, dann können wir ja weitermachen. Thorsten, fass du doch noch einmal kurz zusammen, was wir bisher haben?» Thorsten richtet sich kerzengerade auf seinem Stuhl auf wie ein Erdmännchen auf der Pirsch und hält mir einen perfekten Vortrag über die kommende Sendung. Ich räuspere mich vorsichtig, als ich den Eindruck habe, dass sich seine Ausführungen dem Ende zuneigen. «Eine Frage hätte ich da allerdings noch», sage ich. Wieder richten sich zwölf Augenpaare auf mich. «Wo ist eigentlich die Moderatorin? Muss sie nicht auch wissen, wer so alles in die Sendung kommt?» Es folgt ein betretenes Schweigen, bis sich Jessica endlich meiner erbarmt und mich aufklärt. «Cordula Reiss zieht es vor, sich überraschen zu lassen, liebe Hanna. Sie möchte in ihrer Moderationskunst nicht durch schnöde weltliche Informationen beeinflusst werden.» Jessica rollt während ihres Vortrages mit den Augen und unterstützt ihre Worte mit einer beeindruckenden Arm-Choreographie. Ich hätte ihr gerne noch ein bisschen länger gelauscht, sie ist wirklich witzig, doch Gerhard unterbricht sie harsch. «So ein Quatsch. Cordy bekommt ihr persönliches Briefing von mir am Vormittag vor der Sendung. Das reicht ihr. Cordy ist eine sehr gute und erfahrene Moderatorin, und wir sind stolz darauf, dass sie unsere Sendung präsentiert. Nicht wahr, Jessica.» Jessica tippt sich mit zwei Fingern an die Schläfe. «Aye-aye, Sir!», sagt sie und zwinkert mir zu. «Sind wir dann fertig?» Wir sind tatsächlich fertig und begeben uns zu unseren Schreibtischen. Bald darauf durchzieht den Raum ein gleichmäßiges Tastenklappern. Ich bin angekommen.

Zwei

Man soll den Tag nicht vor dem Abend loben, sagt meine Großmutter immer. Jetzt ist es Abend, da kann ich ja loslegen mit den Lobpreisungen. Ich fühle mich einfach herrlich. Ich bin zwar völlig erschöpft, und mein Kopf raucht, aber ich habe meinen ersten Arbeitstag mit Bravour gemeistert. Mein Recherchegespräch lief trotz schuhbedingter Verspätung prima, und in der Redaktion war man ebenfalls zufrieden. Zum Abschluss hab ich noch ein paar Fläschchen Sekt spendiert, um mit meinen neuen Kollegen anzustoßen.

Dementsprechend beschwingt schließe ich meine Wohnungstür auf. Sicher hat mein Schatz schon ein Willkommens-Abendessen für mich zubereitet und brennt darauf, zu erfahren, wie mein erster Arbeitstag gelaufen ist. «Schaahhhhaatzi! Ich bin zu Hause!», flöte ich durch den Flur. Doch Schatzi antwortet nicht. Immer noch gut gelaunt, springe ich durch die Wohnung. Hm. Ausgeflogen. Wahrscheinlich musste er im Sauseschritt nochmal zum Supermarkt, weil er was vergessen hat, der süße kleine Schussel. Dabei ist das eigentlich mein Part in unserer Beziehung, Klaus ist eher der durchgeplante Pragmatiker. Bei unserem letzten Urlaub in Griechenland hatte er doch glatt drei Paar Wollsocken mit dabei, weil er berechnet hatte, dass die Wahrscheinlichkeit eines Hagelsturms im August dort bei immerhin acht Prozent lag. Dazu kam noch ein Paar Reservesocken. Schließlich liegt die Wahrscheinlichkeit, dass Strickstrümpfe spielenden Katzen zum Opfer fallen in Griechenland mit Sicherheit bei 20 Prozent. Die Zeit, die er dafür gebraucht hat, das alles auszurechnen, hätte man zwar mit 99-prozentiger Wahrscheinlichkeit sinnvoller nutzen können, aber so ist mein Klaus eben. Für alle Gefahren gerüstet. Viele werden jetzt denken, dass Klaus auch im Bett eher unwahrscheinlich als sensationell ist, das stimmt aber zum Glück nicht. Es lässt sich eben doch nicht alles im Leben berechnen. Außerdem kann eine gewisse beamtoide Zerstreutheit extrem sexy sein.

Seit Klaus und ich unsere Dachgeschosswohnung in der Innenstadt bezogen haben, freue ich mich jeden Abend, nach Hause zu kommen. Nach Hause in meine Traumwohnung zu meinem Traummann. Als Schatzi und ich uns vor knapp fünf Jahren kennenlernten, war er eher eine Art Übergangsmann für mich. Sascha, meine erste große Liebe, hatte mich nach sieben Jahren Beziehung mit so einem dahergelaufenen Discoblondchen betrogen. Nein, er hat mir damals den Seitensprung nicht gebeichtet. Ich habe die beiden in flagranti beim Poppen erwischt, Coitus interruptus quasi. Mein Männerbild war erst einmal komplett zerstört. Und meine Freizeitplanung reduzierte sich auf Schokolade kaufen, Schokolade essen und wiederum Schokolade kaufen. Erst nach dreimonatiger Trauerzeit konnte mich meine beste Freundin Margot zu einer Obst- und Sportkur überreden. Weitere drei Monate später und um zirka tausend Bewegungsvokabeln aus dem Bereich Cardio und Muskelaufbau reicher, hatte ich mir wieder die Figur zugelegt, mit der man es sich leisten kann, seinem Verflossenen erhobenen Hauptes unter die Augen zu treten. Der Gedanke lässt einen die Höllenqualen jeder Diät vergessen: Eine Stunde Bauch-Beine-Po und danach einen Karottensaft, extrem sinnenfreudig. Wahrscheinlich nehmen die meisten Dünnen aus lauter Angst vor diesen grauenvollen Fitnesskursen nicht zu. Mal abgesehen davon ändert sich auch mit viel Sport ohne Diät am Körperumfang rein gar nichts. Der Inhalt wird einfach nur ausgetauscht. Fett wird zu Muskeln, und die sind auch noch schwerer. Ich sage nur, Jennifer Lopez und Beyoncé Knowles: kleiner Busen, runder Po! So wie bei mir. Vielleicht habe ich ja auch exotische Vorfahren.

Margot und ich gingen also wieder auf Männerjagd. Statt Sascha lief mir Klaus über den Weg. Er war für mich in dem Moment die beste Ablenkung, die man sich vorstellen konnte: Knackpo zum Anfassen, eine starke Schulter zum Anlehnen und wunderschöne Augen zum Darinversinken. Sechs Wochen später waren wir ein Paar, nach einem halben Jahr zogen wir zusammen. Der Vorteil einer festen Beziehung ist doch, dass man weiß, was man am anderen hat. Natürlich verändern sich die Gefühle im Laufe der Zeit. Der anfängliche Hormonrausch weicht einer angenehmen Gelassenheit. Man verwächst zu einer Einheit, entwickelt ein nonverbales Kommunikationssystem, und ein gewisses Sicherheitsgefühl stellt sich ein. Das ist wie mit einer Playstation: Das anfängliche Herzrasen beim Bedienen des Joysticks weicht routiniertem Können. Und trotzdem kann es zwischendurch immer mal wieder so richtig aufregend sein: Wenn man sich streitet und sich hinterher leidenschaftlich in den Armen liegt. Oder wenn man einfach so, zwischendurch, spürt, dass man sich liebt und zusammengehört.

Schon in unserem Treppenhaus mit den antiken Holzgeländern und den roten Läufern überkommt mich immer so ein heimeliges Gefühl. Wir hatten wochenlang nach einer gemeinsamen Bleibe gesucht und konnten uns anfangs gar nicht einigen. Klaus wollte einen modernen Neubau mit offener Küche, ich einen kuscheligen Altbau mit großem Bad.

«Aber Hanna, Altbau ist doch nicht gut. Da müssen wir sicher viel Geld reinstecken. Bei Altbau fällt immer noch eine Renovierung mit an.»

Damit hatte er natürlich recht, aber bei dem von mir ausgewählten Prachtstück stimmte einfach alles. «Schau, Schatz, sie hat sogar einen Lift! Und dieser perfekte Grundriss!»

«So ein großes Badezimmer lässt sich doch sicher ganz schwer lüften. Da kriegt man sofort den Schimmel. Und du weißt ja, wie das mit Schimmelpilzen ist. Einmal drin, gehen sie nie wieder weg!»

Meiner Meinung nach sollte das Recht auf ein angemessen großes Badezimmer ins Grundgesetz aufgenommen werden. Es wird für mich immer ein Rätsel bleiben, wie man sich in einer mickrigen Nasszelle straßentauglich zurechtmachen kann. Einige meiner Freundinnen schaffen das sogar in Rekordzeit: In drei Minuten von der unansehnlichen Raupe zum scharfen Falter. Diese Art von Verpuppungstechnik hätte ich auch gerne drauf. Aber bei mir müssen ab und zu Korsett und Wimpernzange herhalten, ganz zu schweigen von Feuchtigkeitscreme, Masken, Bürsten, Tuschen, Konturenstiften, Abdeckcremes, Falten-Füller, Puderquasten. Dafür braucht man eben Platz. Also musste ich mich schwer ins Zeug legen, um Klausi zu überzeugen. «Aber Schatzi, der Raum hat sogar einen integrierten Abzug, schön modernisiert!» Das müsste ziehen, dachte ich.

Aber Klaus, der ewige Pragmatiker, hatte noch einen Trumpf im Ärmel: «Ich müsste meine Hausratversicherung umschreiben lassen, die gilt nämlich nur für Neubauten.» «Kein Problem, Liebling, wir nehmen dich einfach mit in meine Versicherung auf. Das ist dann auch billiger!» Dieser Logik konnte sich Klaus nicht verschließen. Letzten Endes hatte ich gewonnen.

Und jetzt schnuppere ich neugierig in Richtung Küche, kann aber leider keinen spezifischen Essensgeruch ausmachen. Mit Schwung werfe ich meine Tasche auf unsere antike Kommode, ein Geschenk meiner Großmutter zum Einzug, und schlurfe erst einmal in mein geliebtes Bad unter die Dusche, um mir den langen Arbeitstag abzuwaschen. Meine zarten Füße bekommen eine Spezialbehandlung, denn inzwischen ähneln sie wegen der langen Barfuß-Lauferei denen eines südafrikanischen Plantagenbauern. Ich gönne mir ein Körperpeeling mit Erdbeergeruch und lege summend eine Feuchtigkeitsmaske auf, um mich dann trällernd einzuschäumen. Der Duschkopf wird zu meinem Mikrophon. Ich trage ein hautenges silbernes Pailettenensemble mit extrahohen Plateauschuhen, der Vorhang geht auf, die Menge tobt. «Ladys and Gentlemen! We proudly present Hannaaaaaaa!» Schwungvoll verbeuge ich mich, mein Drummer schlägt den Beat, und wir legen los. Voller Ekstase schüttele ich meinen Kopf im Takt der Musik, da holt mich der glatte Badewannenboden erbarmungslos wieder auf den Boden der Tatsachen zurück. Oje, das tut weh und gibt blaue Flecke. Ich verfärbe mich sowieso ziemlich schnell. Mein Bindegewebe ist extrem schwach. Sobald ich auch nur in die Nähe einer Ecke oder Kante komme, pamm! Sofort blau wie Schlumpfinchen!

Zum Glück ist nichts Schlimmes passiert. Genussvoll lasse ich das warme Wasser über meinen Körper laufen und rubbele mich im Anschluss mit einem frischen Handtuch ab. Da ertönt ein Knurren wie von einer wildgewordenen Frischlingsmutter. Ich zucke zusammen. Mein Magen! Er will dringend gefüttert werden. Das ist der Nachteil an einer geregelten Arbeit: Die ungeregelte Nahrungszufuhr, zumindest, wenn es keine Kantine gibt. Ich schlinge das Handtuch um mich herum und tappe in die Küche, eigentlich Klaus'

Zuständigkeitsbereich. Granitfußboden, Gasherd, unzählige Regale und Schränke aus Edelstahl, in denen er noch mehr Gewürze, Kräuter, Kochbücher und allerlei Schnickschnack aufbewahrt. Die Messer hat Klaus wie Chirurgenbesteck in der obersten Schublade seines Arbeitschrankes aufgebahrt. Unterm Fenster steht ein kleiner Tisch mit vier bunten Stühlen für unser ausgiebiges Sonntagsfrühstück. Ich war ja, bis ich Klaus kennenlernte, ein großer Fan von Fertiggerichten und Lieferservicen. Doch mein Freund und Lebensgefährte ist ein hervorragender Hobbykoch, und zum Glück ist er immer früh zu Hause, sodass er ein leckeres Mahl für uns zwei zubereiten kann. An meiner Vitaminzufuhr in Form von Frischnahrung kann jedenfalls keiner mehr herummeckern. Nicht einmal meine Mutter, auch wenn sie es lieber sähe, wenn ich meine Zeit ausschließlich in der Küche verbringen würde. Sie selbst ist schließlich eine perfekte Köchin. Sie kann einfach alles, sogar Konfitüre, Silberzwiebeln und Essiggurken. Alles fein säuberlich beschriftet und sortiert, nach Kochdatum, Anfangsbuchstabe und verwendeten Gewürzen, aufbewahrt in einem kühlen Kämmerlein des heimeligen Landhauses, in dem ich aufgewachsen bin. Das glückliche Händchen im Haushalt ist übrigens nur eine der vielen Eigenschaften, die sie mir nicht vererbt hat. Unter anderem würde ich den Stadtsmog jederzeit der frischen Landluft vorziehen. Doch das wird Mutti wohl nie begreifen.

«Ochrrhmrr!!» Mein Magen meldet sich erneut, und ich eile zum Kühlschrank und öffne die schwere Tür. Vielleicht könnte ich ja vor dem Essen schon mal ein Becherchen Joghurt ...? Ich finde zwei, Erdbeer und Haselnuss, allerdings ist der Nussjoghurt schon angegessen und dann wieder zurückgestellt worden. Nicht von mir, wie ich an dieser Stelle betonen möchte. Ich neige mehr zum Prinzip: «Was auf den

Tisch kommt, wird aufgegessen, und zwar restlos.» Ich entdecke einen Kopfsalat, eine Dose Tomaten, die Karottensuppe von vorgestern, die ich lieber nicht anrühre, und eine geheimnisvolle graue Pappschachtel. In den Deckel sind einige Löcher hineingestochen, und es riecht daraus ein bisschen nach Käse. Ich schnappe sie mir, während ich weiter nach Essbarem fahnde. Irgendetwas in mir sagt, ich solle die Schachtel wieder in den Kühlschrank zurückstellen, aber meine Neugierde ist größer. Ein leckerer Käse? Oder wer weiß, vielleicht hat Klaus mir ja ein Geschenk gekauft, etwas, was gekühlt werden muss. Ein Was-weiß-ich, ein exotisches Dings, oder vielleicht Schmuck, ja, vielleicht ist es dieser Schmuck, der mit der Temperatur die Farbe wechselt. Das fände ich nicht so toll. Dann ist es umso besser, wenn ich mir das Teil vorher anschaue und ein begeistertes Gesicht übe. Männer sind ja bekanntlich eher schlecht darin, den Geschmack der Liebsten zu treffen. Dabei ist es im Prinzip so einfach: Schenkt uns Diamanten! Es gibt schließlich Tausende von Songs zu dem Thema. Ich habe leider den richtigen Zeitpunkt in unserer Beziehung verpasst, an dem ich meinen Klaus darauf hätte konditionieren können. Anfangs war ich viel zu verliebt und fernab von so weltlichen Dingen wie Schmuck. Ist ja auch schwierig, in dieser Zeit das Thema auf Diamanten zu bringen. Man stelle sich nur mal vor, man liegt frisch verguckt im Bett neben dem Liebsten, und er fragt sensibel: «Du Schatz, wie hast du es denn am liebsten?», und man antwortet: «Och, weißt du, ab drei Karat ist es mir wirklich egal, ob Ring, Kette oder Brosche ...» Später, als sich die ersten Gelegenheiten boten, zu denen wir uns eine Kleinigkeit überreichten, hat es auch irgendwie nicht gepasst. Das erste Geschenk in einer Beziehung ist sowieso besonderes schwierig. Es darf nicht zu persönlich sein, aber auch nicht zu unverbindlich. Nicht zu übertrieben, aber auf keinen

Fall zu billig. Es soll später an die romantische Anfangszeit erinnern, aber noch nicht zu viel über die aktuelle Gefühlslage verraten. Klaus schenkte mir zu unserem dritten Kennenlernmonat ein Schreibset. Ich bin sicher, dass an solchen Präsenten schon Ehen zerbrochen sind, doch er überreichte es mir mit einer langstieligen roten Rose. Außerdem war ich damals schon so hin und weg, dass ich gar nicht auf den Inhalt geachtet, sondern den restlichen Abend einfach nur wild mit ihm rumgeknutscht habe. Gut, ich gebe es zu, nicht nur rumgeknutscht, schließlich waren wir frisch verliebt, da hat man noch Besseres zu tun.

Während ich mich gerührt an die Anfänge unserer Liebe erinnere, beginnt mein Knöchel zu jucken, und ich versuche mich mit dem anderen Fuß zu kratzen. Komisch, das Jucken hört nicht auf. Es hört nicht nur nicht auf, sondern wandert langsam mein Bein hinauf Richtung Handtuchzipfel. Besser gesagt, es krabbelt, wie mir siedendheiß klar wird, als mich etwas in den Oberschenkel kneift. Ich hebe das Handtuch mit der einen Hand, da entdecke ich, was mich da so kribbelt. Eine hässliche fette braune Heuschrecke hangelt sich frech an meinem Oberschenkel entlang. «Ahigitt!!!» Spätestens jetzt müsste die Heuschrecke eigentlich taub und tot zu Boden fallen. Mein Herz jedenfalls bleibt für einen Augenblick stehen und rutscht mir dann in einem Affenzahn in den Magen, und ich stoße zur Sicherheit noch einmal einen spitzen langen Schrei aus. Hektisch versuche ich das Riesenviech von meinem Körper zu wischen, instinktiv mit beiden Händen. Leider vergesse ich in meiner Panik, dass ich in der anderen Hand ja noch die Schachtel halte. Die fliegt natürlich mit einem Knall zu Boden und springt auf. Aus ihrem Gefängnis befreit, schwirren etwa hundert Heuschrecken durch die Küche. (Später werde ich natürlich von mindestens tausend erzählen.) Binnen Sekunden herrscht ein Treiben wie auf der Walpurgisnacht, ein Schwirren und Surren, Zirpen und Hüpfen, dass mir ganz schwindlig wird. Doch ich reiße mich zusammen und stelle mich dem Feind, indem ich die braunen Megahüpfer anschreie: «Haut ab! Verschwindet! Weg, weg, weg, weg!! Ah!»

Leider ist der Angreiferpulk in der Überzahl. Selbst Lara Croft wäre gegen ein solches Heer machtlos. Gut, vielleicht wäre sie nicht ganz so hysterisch wie ich, dafür sähe sie aber auch besser aus. Ich bin mit der Situation einfach maßlos überfordert. Als mir ein besonders dicker Kumpel direkt ins Gesicht hopst, halte ich jedoch lieber meine Klappe. Gesunde Ernährung hin, Rüdiger Nehberg her – auf diese Art von Eiweißspender möchte ich doch lieber verzichten.

Sie scheinen wirklich überall zu sein, diese miesen kleinen Krabbelmonster. Sie klettern meine Beine hoch, schwirren mir in die Haare und versuchen, mich zu Boden zu ringen. Ich führe einen Veitstanz auf und springe von einem Bein auf das andere. Überall herrscht ein Strampeln und Kreuchen und Fleuchen. Nach gefühlten drei Stunden gelingt es mir endlich, aus der Küche zu fliehen und die Tür hinter mir zu verriegeln. Mein Herz klopft mir bis zum Hals, und ich kann immer noch nicht aufhören, mich zu schütteln. In dem Moment sperrt Klaus die Wohnungstür auf. Ich falle ihm erleichtert in die Arme. «Wasn los?», fragt er verwirrt, denn in meinen Augen steht das blanke Entsetzen. Klaus wird spontan etwas blass um die Nase. «Küche, Küche, Monster ...», keuche ich. Einen anständigen Satz bringe ich nicht zustande. Klaus nimmt mich begütigend in die Arme und versucht mich zu beruhigen. «Heu...Heu...Heu...», stammele ich. Klaus kann ein kleines Grinsen nicht verbergen. Ein folgenschwerer Fehler, schließlich befinde ich mich in einem Zustand höchster emotionaler Instabilität. Das bedeutet: Eine frischgebackene Nilpferdmutter, die ihr Junges beschützen muss, ist Mahatma Gandhi im Vergleich zu mir. Die einzige Möglichkeit für ein männliches Wesen, aus einer solchen Situation lebend herauszukommen, ist, einfach nur lieb zu lächeln und vor allen Dingen die Klappe zu halten. Dies gilt übrigens auch für die Tage nach Weihnachten, wenn die Hosen nicht mehr passen, im Schlussverkauf, wenn einem eine blöde Kuh die reduzierten Jimmy Choos vor der Nase weggeschnappt, oder der Chef die Beförderung abgelehnt hat, außerdem an Tagen der Gehaltsabrechnung und ganz besonders in Ausnahmekatastrophen wie dieser hier, in der der Mann zusätzlich auch noch der Hauptangeklagte der Verhandlung ist. Das Urteil ist eindeutig, doch Klaus scheint das nicht zu interessieren, denn er tut ganz unschuldig.

«Ach, du hast die Heuschrecken entdeckt. Liebes, da musst du doch keine Angst haben! Die werden nun für immer bei uns bleiben.»

Er nimmt meine zittrige Hand und führt mich in unser Wohnzimmer, wo ein großes Terrarium mit allerlei Grünzeug aufgebaut ist. Wie eine Hostess auf der Automesse posiert mein Freund vor dem blankpolierten Glaskasten. «Sieh mal, was mir Werner, der Onkel eines Kollegen, verkauft hat. Zwei Leguane! Sind die nicht hübsch? Ich habe jetzt schon so viel über sie gelesen, dass ich gleich zugeschlagen habe, als er mir die beiden angeboten hat. Es sind Chuckwallas, ein Männchen und ein Weibchen, und wenn wir Glück haben, können wir sie sogar züchten. Ich habe sie Charles und Camilla genannt, weil sie schon etwas älter sind und jetzt erst zueinandergefunden haben. Durch mich. Ist das nicht toll?» Unwillkürlich überlege ich, wie Camilla, ein besonders warziges und faltiges Exemplar, wohl mit einem wagenradgroßen

Hut aussehen würde. Ob Klaus mit den beiden auch nach Ascot zum Pferderennen will? Am liebsten würde ich die beiden Viecher zu Handtaschen verarbeiten, die man ja zum Polo tragen könnte, und das Terrarium aus dem Fenster kippen. Die Leguane glotzen mich stumpf durch die Glasscheibe des Terrariums an. Der eine von den beiden hat tatsächlich zwei etwas größere Hautfalten am Hinterkopf, die aussehen wie Segelohren. Ich verkneife mir ein Grinsen, schließlich stehe ich nach dem Angriff der Killerheuschrecken offiziell noch immer unter Schock. Ich entscheide mich für eine abrupte Kehrtwende und die überstürzte Flucht ins Schlafzimmer. Mit einem gekonnten Hüftschwung knalle ich die Tür hinter mir zu und verkrieche mich schmollend unter der Bettdecke. Ich spüre immer noch das Krabbeln dieser Insekten an meinem Körper.

Exakt eine halbe Stunde später – ich hätte die Uhr danach stellen können – klopft es an unserer Schlafzimmertür. Ich ziehe mir die Decke über den Kopf. Durch einen Spalt kann ich erkennen, dass Klaus einen riesengroßen Blumenstrauß besorgt hat. Angestrengt blinzele ich unter der Decke hervor und zähle etwa 50 rote Rosen. Wahnsinn. Er weiß also, dass er diesmal eindeutig zu weit gegangen ist. Schuldbewusst klimpert er mich an und überreicht mir die langstieligen Prachtexemplare in einer Vase. Damit rückt er etwa zehn Punkte auf der «Ich-verzeihe-dir-Skala» nach oben. Irgendwie niedlich, wie er da im Türrahmen steht. Wie ein begossener Pudel. «Hanna, meine Liebste, es tut mir leid. Ich bin ein Trottel!» Der beste Satz des Abends! Das macht weitere zehn Punkte aufwärts. Trotzdem lasse ich ihn weiter zappeln. «Dabei wollte ich dich doch mit einem tollen Essen überraschen, an deinem ersten Arbeitstag!», versucht er es nochmal. Er hat es also nicht vergessen! Nochmal zehn Punkte. Fast habe ich ihm verziehen. Ich grummele leise in den Bettbezug, um ihm zu signalisieren, dass er weitermachen darf. «Hannamausi. Wie kann ich das nur wieder gutmachen?» Oh, oh. Unsicherheit ist ein klares Zeichen dafür, dass er seinen Fehler noch nicht begriffen hat. Das gibt definitiv Punktabzug. Da muss man hart bleiben und darf nicht nachgeben. Sonst tanzt einem der Kerl irgendwann auf der Nase herum. Von der Schwelle zum Schlafzimmer dringt kein Laut zu mir. Klaus schweigt minutenlang. Dann räuspert er sich und sagt ernst: «Hanna, ich werde die Leguane auf keinen Fall zurückgeben.» Ich gebe ein unwirsches Knurren von mir und drehe mich zur Wand. Ich bin schockiert. Klaus will offenbar seine Chancen auf den Beziehungsfrieden für zwei hässliche Kaltblüter riskieren! «Okay, Schatzi, ich hätte dich vorwarnen sollen. Aber du weißt, wie viel mir an den Tieren liegt ...»

«Ja, und wie viel dir an mir liegt, das sieht man ja», schluchze ich hinter meiner Decke hervor. «Hanna ...!», sagt er begütigend und macht ein paar Schritte aufs Bett zu. Er wagt es sogar, auf der Kante Platz zu nehmen. Vorsichtig, wie bei der Zähmung eines Raubtieres, streicht er mit seiner Hand über die Decke und zieht sie mir vorsichtig weg. Ich werfe grimmig meine Stirn in Falten, und da er das nicht sehen kann, drücke ich meine Bestürzung mit einem lauten Schniefen aus.

«Hast du denn solche Angst vor den Viechern? Sieh sie dir doch noch einmal richtig an. Sie sind im Grunde wunderschön, mein Herz. Wirklich.» Ich blicke Klaus durch zwei tränenverquollene Schlitze böse an. Er hat es immer noch nicht begriffen. Da muss ich wohl deutlich werden. «Hör mir mal gut zu», sage ich, «deine Miniaturhandtaschen sind nicht das Problem, sondern ihre Speisekarte! Ich habe keine Lust, unsere Wohnung mit Insekten zu teilen. Abgesehen davon verdiene ich etwas mehr Respekt und möchte bitte schön gefragt werden, wenn hier ein blaublütiges Liebespaar einzieht.» In diesem Moment stelle ich mir Charles und Camilla, die Leguane, vor, wie sie mit Sack und Pack vor unserer Haustür stehen und um Einlass betteln. Wider Willen muss ich lachen. Klaus' Gesicht leuchtet auf. «Heißt das, ich kann sie behalten?», jubelt er, fällt mir um den Hals und küsst mich zärtlich. In einer solchen Situation bin ich grundsätzlich machtlos. Ich bekomme weiche Knie. Und das nach fast fünf Jahren Beziehung! Er ist und bleibt eben doch mein Klausi, auch wenn er sich manchmal wie ein ignoranter Volltrottel benimmt. Ich verzeihe ihm etwas zögerlich, schließlich muss man als Frau wissen, wann es einfach keinen Sinn macht, sinnvoll und logisch zu argumentieren. Männern fehlt einfach die Verbindung zwischen den beiden Gehirnhälften, die uns Frauen dabei hilft, Verständnis für andere Menschen zu haben und neues Toilettenpapier zu kaufen, wenn keines mehr da ist. Die Verbindung, die uns zum eigentlichen starken Geschlecht macht, das sogar mit engem Rock und auf Highheels laufen kann.

Inzwischen finde ich mein hysterisches Verhalten selbst ein bisschen albern. Himmel, es waren doch nur Heuschrecken! Trotzdem höre ich mir Klausis Entschuldigungsrede noch bis zum Ende an. Man weiß ja nie, wozu man die nochmal gebrauchen kann. Er nennt sich selbst unsensibel, ich gebe ihm recht, und wir einigen uns darauf, dass er in den nächsten drei Wochen den Spüldienst übernimmt und gleich morgen einen separaten Kühlschrank für das Lebendfutter anschafft. Eigentlich mag ich Tiere, und vielleicht sind diese Mini-Reptilien eine Bereicherung für unsere Wohngemeinschaft, aber mir wäre ein schmuseweiches Kaninchen doch lieber gewesen als zwei warzige Echsen, seien sie auch noch so wohlgeboren. Aber gut, man kann eben nicht alles haben im Leben.

Drei

Großmutter sagt immer: Was du heute kannst besorgen, das verschiebe nicht auf morgen. Deshalb sieht es bei ihr in der Wohnung auch immer so sauber und gepflegt aus. Zumindest auf den ersten Blick. Eigentlich lässt Oma nämlich genau wie ich auch gerne mal fünfe gerade sein und pfeift auf einen frischgebohnerten Fußboden. Mal ehrlich und ganz unter uns Betschwestern: Wer putzt schon gerne in seiner Freizeit, wenn er den ganzen Tag für die Monatsmiete geackert hat? Männer tun das bestimmt nicht, und wenn sie es doch tun, dann stellen sie sich dabei so bescheuert an, dass wir uns früher oder später doch ihrer erbarmen und den Feudel selbst in die Hand nehmen. Männliche Strategie, die in den meisten Fällen Erfolg hat. Und es geht noch weiter: Sie haben sich Studien ausgedacht, in denen es heißt, Staubsaugen, Fußbodenwischen oder Fensterputzen sei gut für die Figur, natürlich nur für die weibliche. Pro Stunde verliert man angeblich ganze 360 Kalorien. Beim Bügeln verbraucht man genauso viel und trainiert gleichzeitig noch die Brustmuskulatur. Ich persönlich halte das Ganze für ein hinterhältiges Märchen der erzkonservativen Mafia, die uns Frauen wieder an den Herd schicken will. Deshalb muss Klaus bei mir seine Hemden auch selbst bügeln. Und Klaus ist ja nicht dumm: Er bügelt immer nur rechts und links der Knopfleiste. «Rückseite und Ärmel sieht man doch sowieso nicht», sagt er. Stimmt, wenn man immer Jacketts trägt.

Ich verzichte heute auf mein tägliches Homezone-Workout und verabrede mich mit Karina und Margot, meinen besten Freundinnen, auf einen Prosecco bei «Don Giovanni». Natürlich muss ich mich vorher für das richtige Outfit entscheiden.

Es ist nämlich neben dem sensationell hohen Eisengehalt von Spinat einer der größten Irrtümer überhaupt, anzunehmen, wir würden uns nur für die Kerle anhübschen. Weit gefehlt: Wenn bei uns Mädelsabend angesagt ist, werden die heißesten Klamotten aus dem Schrank gezaubert, vorausgesetzt, sie passen noch. Ich muss da heute etwas tricksen. Letzte Woche hatte ich dreimal Tiramisu zum Nachtisch, und zwar ehrlich gesagt in der Hauptspeisen-Dosis. Für Tiramisu würde ich sogar meine heißgeliebte Oma verkaufen. Eigentlich sollte man wegen dieser einzigartigen Komposition aus Zucker und Fett sämtliche Italiener des Landes verweisen, denn die Folgen übermäßigen Tiramisu-Genusses sind brutal: Ich bekomme doch glatt meine neuen Jeans nicht mehr zu. Sie sind auch noch frisch gewaschen, das heißt, sie liegen sowieso eng an. Ich lege mich also flach auf unser Himmelbett und quetsche mich in meine Blauen. Pfff ... tief ausatmen. Einen Zentimeter habe ich bereits. Hchrpfff ... nochmal zwei. Ich bin schon fast drin. Ratsch! Der Reißverschluss ist zu. Meine Finger sind rot und etwas angeschwollen, und ich bekomme einen Schweißausbruch. Nächste Woche muss ich auf Wein und Süßes verzichten, nur ein oder zwei Stückchen Schokolade zum Kaffee. So ganz ohne kann ich einfach nicht. Und vielleicht sollte ich doch öfters Staub wischen. Umpf. Der Knopf ist zu, und mit einem etwas bemühten Satz bringe ich mich in Stehposition. Leider verrät mir mein Spiegelbild, dass ich mich von der Idee, die neue taillierte Bluse anzuziehen, schleunigst verabschieden sollte, denn meine Hüfte hat es nicht mehr bis in die Hose geschafft und quillt neugierig daraus hervor. In arabischen Ländern mag das als sexy gelten, aber leider nicht in einem Mitgliedsland der Europäischen Union. Ich tauche tief in meinen Kleiderschrank hinein und angele nach einem grünen Top mit Wickeltechnik. Leider hat es einen großen

Fleck an der Vorderfront, also stopfe ich es schnell wieder zurück zu den T-Shirts. Vielleicht ein Hemd von Klaus? So elegant es mir in den engen Jeans möglich ist, lange ich in Klaus' Bekleidungseck im Schrank hinüber. Vielleicht das hellblaue mit meiner Cordweste drüber? Ich schlüpfe kurz in das Hemd und knöpfe die Weste vorne zu. Leider füllt das Herrenhemd den größten Teil der sowieso schon zu kleinen Weste, und ich sehe aus wie eine Presswurst. Also wieder zurück zu meinen Schätzen. Heute ist es mal wieder wie verhext. Ich habe so viele Klamotten, aber nie etwas zum Anziehen. Doch dann kommt mir die Erleuchtung. Vor meiner Nase hängt sie, fein säuberlich und bügelfrei in einem entzückenden Rotton mit goldenen Stickereien. Gott segne den Erfinder der Tunikas! Überziehen, zurechtzupfen, fertig. Wird aber auch langsam Zeit, denn in zehn Minuten soll ich schon bei Margot und Karina im Café sitzen. Und zumindest Karina ist immer pünktlich. Ich weiß auch nicht, wie sie das macht. Sie ist Buchhändlerin mit einem eigenen Geschäft in der Innenstadt. Es ist ein herrlicher Laden mit vielen alten Schätzen und immer dem neuesten Schrei, den die Lesewelt zu bieten hat. Sie hat einfach ein sicheres Gefühl dafür, was die Leute lieben. Übrigens nicht nur, was Bücher angeht, denn Karina selbst ist everybody's Darling, aber ohne das Ecken- und Kantenlose, das diese Leute sonst so an sich haben. Jeder möchte sein wie Karina: natürlich, intelligent, erfolgreich, aber nicht abgehoben. Außerdem ist Karina ständig frisch verliebt, und zwar, seit ich sie kenne. Schon im Sandkasten war sie es, die ständig neue Bekanntschaften anschleppte. Leider sind ihre Lieben nie von Dauer. Ihr bisheriger Rekord liegt, glaube ich, bei sechs Monaten. Irgendein Problem muss eben jeder haben.

Margot ist eigentlich auch ein zuverlässiger Mensch. Allerdings ist sie seit einem dreiviertel Jahr alleinerziehende

Mutter und daher selten ohne Anhang anzutreffen. Der Vater hat sich bereits während der Schwangerschaft aus dem Staub gemacht. Er mochte ihre ausladenden Rundungen plötzlich nicht mehr, ein echtes Problem, wenn man nun mal schwanger ist. Ihre hormonell bedingten Stimmungsschwankungen gingen ihm zusätzlich auf die strapazierten Nerven. Eine werdende Mutter muss nun mal Verständnis für den Erzeuger aufbringen, schließlich ist eine Schwangerschaft für den armen Mann eine echte Belastung. Warum verlieben wir Mädchen uns grundsätzlich immer Hals über Kopf in die bösen Jungs und lassen uns von ihnen das Herz brechen? Wie gut, dass ich damals nicht von Sascha schwanger wurde. Sicher hätte er sich nicht viel anders verhalten als Margots Ex. Eigentlich kann sie froh sein, dass sie das selbstbezogene Ekel los ist. Ohne ihn ist sie besser dran, obwohl er ihr nur viermal Unterhalt bezahlt und dann einfach Privatinsolvenz angemeldet hat. Seine derzeitige Freundin ist übrigens plötzlich im Besitz einer Internetfirma und eines Mercedes-Benz. Margot hätte es so machen sollen wie die Gottesanbeterinnen: Die beißen dem Männchen kurz vor der Ejakulation den Kopf ab. Ich wette, bei denen gibt es keine Diskussionen um Vaterschaft und Unterhalt.

Ich habe mittlerweile die U-Bahn erreicht und sogar noch einen Sitzplatz ergattert. Hinter mir schiebt sich eine junge Mutter mit ihrem Kleinkind ins Abteil. Ich glaube es einfach nicht, dass die Deutschen aussterben sollen. Ich habe eher das Gefühl, dass in den letzten Jahren ein regelrechter Vermehrungszwang in die Leute gefahren ist, von wegen Geburtenrückgänge! Überall gehen und stehen glückliche Elternpaare, alleinerziehende Mütter, überforderte Väter, stolze Großeltern. Und alle sprechen ein und dieselbe Sprache. «Gutschi, gutschi!». Vermutlich hat sich die gleichnamige italienische

Modefirma mit Absicht so genannt, um sich den frühkindlichen Prägungseffekt zu Nutze zu machen.

Bei manchen Frauen geht aber auch mit dem Mutterkuchen ein Stück des menschlichen Verstandes den Jordan hinab. Vor mir sitzt so eine Mutter. «Guck mal, Cosimo. Ein Zuuug. Ein Zuuug. Ja. Was ist das? Jaaaa. Brrrrrrummmbrummm. Tüüt tüüüt», lallt sie. Cosimo! Der arme Junge heißt ja wie der Italiener um die Ecke. Cosimo Gutschi? Können Kinder ihre Eltern eigentlich später wegen schlimmer Namensgebung verklagen? All die Quirins, Nathans, Jimmy Blues dürften spätestens im Kindergarten bleibende Schäden davontragen. Der kleine Cosimo ist davon erfrischend unbeeindruckt und sticht seiner Mutter begeistert mit dem Finger ins Auge. «Mami aua!», lacht sie ihren Sprössling an. «Mamili ganz doll aua!» Es muss wirklich wehgetan haben, und Klein-Cosimo scheint kein Wort von dem zu verstehen, was ihm seine Mutter erklären möchte. Kein Wunder. Ich verstehe es auch nicht. Da soll nochmal einer behaupten, unsere Kinder seien doof. Jetzt lächelt Mamili mir zu. Ich ahne: Sie will mir ein Gespräch aufdrängen. Schnell beginne ich konzentriert in meiner Tasche zu wühlen und gebe vor, dort ganz dringend etwas zu suchen. Erst neulich habe ich den Fehler gemacht, mich auf so eine Unterhaltung einzulassen. Eine halbe Stunde lang musste ich mir alles über Kinderbrei und Stuhlgangkonsistenzen anhören. Margot verschont mich damit netterweise, seit Karina und ich ihr nahegebracht haben, dass nur überbordende Mutterliebe den Geruch einer vollgemachten Windel verzeihen kann. Und wahrscheinlich nicht mal die.

«Nächster Halt Wartburger Platz. Bitte rechts aussteigen», ertönt der Lautsprecher. Erleichtert nicke ich Cosimo und Mamili zu und steige aus dem Wagen.

Mit 15-minütiger Verspätung komme ich im Don Giovanni an, wo mich Karina schon sehnsüchtig erwartet. «Ich dachte schon, ich müsste den Abend hier alleine verbringen! Margot steckt noch beim Friseur fest. Sie sagt, wir sollen uns auf was gefasst machen.» Karina rollt vielsagend mit ihren großen, blauen Augen und küsst mich links und rechts auf die Wangen. Sie sieht mal wieder großartig aus: der Teint einer 20-Jährigen, langes offenes Wallehaar mit frischen blonden Strähnchen, roséfarbener Lipgloss und ein schicker Leinen-Hosenanzug. Einfach perfekt. «Ich komme direkt aus dem Laden! Meine Güte, da war vielleicht was los heute! Die Leute kaufen ein, als gäbe es morgen keine Bücher mehr. Ich hatte gar keine Zeit mehr, nach Hause zu fahren, um mich umzuziehen. Wie geht es dir denn? Wie läuft's in der Redaktion?» Karina beugt sich interessiert zu mir vor.

Ehe ich antworten kann, kommt Margot hereingeflattert, ohne Nachwuchs, ihrem Babysitter sei Dank, es kann also ein richtig schöner Mädelsabend werden. Sie stöckelt auf ihren Highheels auf unseren Tisch zu. «Kinder, ich komme gerade vom Friseur», ruft sie schon von weitem. «Ich fühle mich total nackt! So kurz waren sie noch nie!» Sie fährt sich über die tiefschwarz gefärbten, raspelkurzen Stoppeln, dass es nur so knistert, und wirft uns einen fragenden Blick zu. «Und? Sagt doch was!» Sie wirbelt einmal um die eigene Mitte und wendet ihren neu designten Schädel von links nach rechts.

Um ehrlich zu sein: Sie sieht großartig aus. Trotzdem ist es erst einmal ein Schock, wenn man bedenkt, dass Margot ihre eigentlich hellbraunen Haare bis heute taillenlang getragen hat. Und zwar konsequent offen. «Was ist passiert?», frage ich mit einem unbehaglichen Gefühl im Bauch. Wenn Frauen zum Friseur gehen und sich einer solchen Radikalveränderung unterziehen – und wir sprechen hier von einer *wirklich* radikalen Veränderung –, dann ist fast immer ein Mann im Spiel.

Ich habe recht mit meiner Vermutung. «Ach, Luzifer hat mich doch nur damit gefoltert. Immer dieses Geziehe und Gezerre», stöhnt sie. Luzifer ist Margots Sohn. Ein ausgefallener Name, aber die moderne Frau nennt den Teufel eben gern beim Namen. Luzi ist noch nicht einmal ein Jahr alt und macht seinem schon alle Ehre. Auch sehr kleine Männer neigen schon dazu, so viel Raum im Leben einer Frau einzunehmen, wie sie kriegen können.

«Margot. Ganz ehrlich ...» Ich bemühe mich, ernst zu bleiben, und werfe Karina einen bedeutungsvollen Blick zu. Sie versteht sofort und wendet sich ab, um nicht loszuprusten. «Ja?» Margot hat sich unwillkürlich gestrafft und schaut mir verunsichert ins Gesicht. «Margot, also, ich sage dir das nur, weil ich deine beste Freundin bin ... ich weiß gar nicht, wie ich mich ausdrücken soll. Also, Liebes, Haare wachsen ja wieder nach. Und eine so schöne Frau wie dich kann ja auch fast nichts entstellen.» Margot kräuselt die hübsche Stirn. Man kann förmlich sehen, wie sie dahinter Preis und Nutzen von Haarverlängerungen gegeneinander abwägt. Karina kramt lautstark und übertrieben konzentriert in ihrer Tasche nach einem Taschentuch, um ihr Lachen mit einem Schnäuzen kaschieren zu können. Jetzt halte ich es nicht mehr aus und pruste los. «Du siehst klasse aus, du doofe Nuss! Diese Frisur ist der absolute Hammer!» Wir springen auf, kreischen wie die Teenies und hüpfen Arm in Arm einmal im Karree herum, bis uns einfällt, dass wir ja würdevolle Ü-30erinnen sind. Hastig nehmen wir wieder Platz, drücken den Rücken durch und bestellen ordnungsgemäß unsere Cocktails.

Margot ergreift ihr Jumbo-Glas. Um an die hellblaue Flüssigkeit mit dem treffenden Namen «Swimmingpool» zu kommen, muss sie erst einmal ein Gestrüpp aus Strohhalmen, Obst und bunten Flitterbäumchen beseiteräumen. «Der Erzeuger hat sich mal wieder gemeldet. Er möchte Luzifer nun regelmäßig alle 14 Tage sehen, ist aber nicht bereit, ihn zu Hause abzuholen. Ich soll ihn zu ihm fahren. Was denkt der sich eigentlich, was ich den ganzen Tag mache? Mir die Fußnägel lackieren? Ich bin froh, wenn ich nachts mal zum Schlafen komme!»

Immer wenn Margot die neuesten Geschichten vom «Erzeuger» darbietet, mache ich im Geiste drei Kreuze und schwöre, niemals Kinder in die Welt zu setzen. Offenbar ist eine Schwangerschaft, das angeblich schönste Erlebnis der Welt direkt nach der Traumhochzeit, das sichere Ende einer jeden Beziehung. Die meisten Männer sehen ihre Frau nur noch als sprechenden Muttermund und wagen es nicht mehr, sie anzufassen, aus Angst, etwas kaputt zu machen. Und dann die Schwangerschaftsstreifen! Die überschüssigen Kilos! Die hormonbedingten Futterattacken! Wasser in den Beinen! Haare, die büschelweise ausfallen! Nach neun Monaten, wenn die Nabelschnur endlich durchtrennt ist, geht die Party richtig los. Nächtliches Gebrüll, Brüste wie Wackersteine, Ringe unter den Augen. Die Muttierung vom hippen Fräuleinwunder zur voll gestressten Mama ist vollbracht. Aber Margot scheint den ganzen Zirkus um Luzifer ganz gut wegzustecken. Kaum war der Mutterschutz zu Ende, ging sie auch schon wieder zur Arbeit. Sie macht irgendetwas mit Internet und Computern, was genau, habe ich nicht verstanden, aber ihr Chef ist offenbar ein prima Arbeitgeber, der sie auch zu Hause arbeiten lässt, wenn der Kleine mal krank ist. Margot ist für mich so eine Art Superwoman. Wie die das alles schafft! Für ihr Tagespensum würde ich volle zwei Wochen brauchen. Karina, Margot und ich – wir sind so eine Art «Charlie's Angels» für Arme. Karina ist Cameron Diaz, der heimliche Männertraum mit den langen Beinen, und Margot Lucy Liu, jetzt mit raspelkurzen Haaren und europäischer Nase. Leider wäre ich dann Drew Barrymore, die immer mit zu engen Hosen kämpft.

«Sag mal, Hanna?» Karina blinzelt mich verschwörerisch an, und ich mache mich schon mal auf was gefasst. «Wie ist das denn so mit deiner Brille?», fährt sie fort. «Brille? Wieso Brille?» Ich zwinkere irritiert durch meine Minus-fünf-Dioptrien-Gläser. «Musst du jetzt etwa auch eine tragen?» Karina hatte bisher immer Augen wie ein Luchs. Ich kann sie mir auch gar nicht mit einer Sehhilfe vorstellen. «Ich war neulich beim Augenarzt, nur so zur Kontrolle. Und da sagt der doch glatt zu mir, ich müsste mir eine zum Lesen anschaffen. Der meint, dass es sich um eine beginnende Altersweitsichtigkeit handelt. Himmel, ich bin 33 und nicht alt!»

Karina klimpert wie Bambi und wirft ihre glänzende Haarpracht in den Nacken. Noch in der Bewegung nutzt sie die Gelegenheit, den beiden Typen am Nachbartisch verführerisch zuzuzwinkern. Ich bewundere sie für solche Aktionen. Wenn ich so etwas versuchen würde, einmal abgesehen davon, dass ich mich das sowieso nicht traue, würde ich entweder mit dem Stuhl umkippen, mir würde eine Taube auf den Kopf machen, oder die beiden Freundinnen der Typen würden genau in dem Moment um die Ecke biegen. Nicht so Karina. Sie erntet bewundernde Blicke und ein Glas Schampus auf fremde Rechnung. Es gibt einfach Menschen, die das gewisse Etwas haben, und Karina gehört zweifelsfrei dazu. Zwar muss sie ab nächster Woche eine Lesebrille tragen. Aber so ein halbes

Brillengestell, über das sie bei Bedarf streng hinüberblicken kann, wirkt bei ihr sicher sexy. Es ist ganz etwas anderes, wenn man wie ich kurzsichtig geboren und schon im Kindergarten «Brillenschlange» gerufen wurde. Um die Demütigung komplett zu machen, wurde mir später auch noch ein Brillenglas zugeklebt, damit ich nicht noch anfange zu schielen. Hätten nicht meine nervigen Terrorbrüder zu Hause gewütet, wäre ich sicher gar nicht mehr zur Schule gegangen.

«Ihr wisst ja, dass ich gestern mein erstes Date hatte, seit der Erzeuger und ich getrennte Wege gehen.» Margot malt immer mit ihren Fingern Gänsefüßchen in die Luft, wenn sie vom Vater ihres Kindes spricht. Der «Erzeuger». Aber es geschehen noch Zeichen und Wunder, denn Margot hat sich mit einem Mann getroffen, der weder ihr Therapeut noch der Kinderarzt von Luzifer ist. Die beiden haben sich im Supermarkt an der Fleischtheke kennengelernt. Zwischen Kalbshirn und Gehacktem ist dann der Funke übergesprungen. Margot hat sich des hungrigen Singlemannes erbarmt und ihn auf eine Portion Spaghetti bolognese zu sich nach Hause eingeladen. «Dann habe ich eine Flasche Rotwein geöffnet. Von Glas zu Glas fand ich ihn immer attraktiver und witziger. Jedenfalls lagen wir uns irgendwann in den Armen. Ich bin schließlich auch nur ein Mensch mit Bedürfnissen! Bis gestern Nachmittag hatte ich 18 Monate keinen Sex! Am Stück! Ich dachte schon, ich sei untenrum wieder zugewachsen.»

«Und? Wie war er?» Wir wollen alles wissen. Inklusive der schmutzigen Details. Margot legt eine Kunstpause ein, seufzt und sagt dann:

«Mädels, ich bin immer noch traumatisiert. Gestern dachte ich sogar, ich bräuchte psychologische Hilfe nach dieser Vorstellung. Der konnte einfach den Mund nicht halten!

‹Uuuuuh, Baby, ja, gib's mir, fass mich an, ja, knet mir den Arsch, uuuhhhh, ja, mach's mir, du geile Drecksau›, so ging das die ganze Zeit!» Margot verzieht ihr Gesichtchen so verzweifelt, dass Karina und ich uns vor Lachen kringeln. «Ja, für euch klingt das jetzt vielleicht witzig, aber stellt euch das doch mal vor, wenn der Typ keuchend über dir hängt und dich immer härter beschimpft! Ich hatte schon Angst, dass er die Latexwindeln und die Peitsche auspackt. Und so was lernt man an der Wursttheke kennen!» Margot ist fassungslos.

«Das ist immer noch besser als die Männer, bei denen man den Höhepunkt nur daran erkennt, dass sie kurz erstarren und dann kraftlos in sich zusammensacken. Wie beim Schluckauf», wendet Karina ein. «Entschuldige mal, aber bei dem Lärm kann sich doch kein Mensch konzentrieren. Ich habe pflichtschuldigst meine berühmte Orgasmusperformance gegeben und der Tragödie damit ein vorzeitiges Ende bereitet. Eine Fortsetzung ist übrigens nicht geplant.» Entschlossen kippt Margot den Rest «Sex on the Beach» runter.

Wir kichern wie die Schulmädchen und wollen gerade noch eine weitere Runde Cocktails bestellen als – «Shalala la la la la la – bam bam …» – mein Handy klingelt. «Rückad?», sage ich betont seriös. Ich horche in die Muschel hinein und höre ein leises Stöhnen. «Hallo? Wer spricht denn da?» Ich schaue erschrocken zu Margot und Karina, die fragend zurückschauen. «Haaa annaa…ahhhhhh.» Die Stimme kommt mir irgendwie bekannt vor, aber dann auch wieder nicht. Wenn das nun ein Triebtäter ist? «Haaallo! So sagen Sie doch endlich, wer dran ist!», rufe ich verzweifelt. Margot, noch voll in Fahrt, greift beherzt nach meinem Handy. «Hören Sie, Sie perverses Schwein, wenn Sie noch einmal die Nummer meiner Freundin wählen, um sich in Ihrer kranken Phantasie einen Film zusammenzuspinnen und sich einen von der Palme zu wedeln, dann hetzen wir Ihnen die Bullen auf den Hals!» Bewundernd nicke ich zu jedem ihrer Worte. Auf Margot ist doch wirklich Verlass. Doch dann verdunkelt sich ihre Miene. «Ach, du bist's!», sagt sie sichtlich zerknirscht und murmelt noch etwas Unverständliches. Verlegen reicht sie mir den Hörer wieder zurück und flüstert: «Es ist Klaus, dein Freund. Irgendetwas ist mit seinem Arm passiert!» Das Herz rutscht mir fast in die Hose vor Sorge. Hektisch reiße ich das Telefon an mich. «Klausi, um Gottes Willen, was ist passiert?» Meine Stimme ist um etwa drei Oktaven angestiegen. «Ich verblute, bitte, komm schnell», röchelt es aus dem Handy. «Soll ich den Notarzt rufen, Schneckimausi?» Ich mache mir ernsthafte Sorgen. Karina ordert geistesgegenwärtig die Rechnung. «Bleib ganz tapfer, mein Schatz, ja? Ich bin gleich da», sage ich.

In Windeseile haben wir gezahlt. Karina fährt mich in ihrem Golf nach Hause. Im Treppenhaus nehme ich drei Stufen auf einmal, weil der Lift mal wieder kaputt ist. Karina hastet atemlos hinterher. Ich brauche drei Versuche, bis ich mein Zittern so weit beherrsche, dass ich den Schlüssel ins Schloss bekomme. In der Wohnung herrscht Totenstille. Dann entdecke ich eine Spur von Nägeln, die von der Wand im Flur über die Küche bis ins Schlafzimmer führt. Ein großer Hammer liegt mitten auf dem Boden. Hoffentlich geht es Klaus gut! Schließlich passieren die meisten tödlichen Unfälle im Haushalt. Ich renne in unser Schlafzimmer, die Vorhänge sind zugezogen, es herrscht völlige Dunkelheit. Mein Herz rast immer noch wie wild. Als sich meine Augen endlich an die Dunkelheit gewöhnt haben, sehe ich ihn. Da liegt er, leichenblass! Er muss enorm viel Blut verloren haben. Ein schmuddeliges Küchentuch ist um seine Hand gewickelt. «Schatzi, was ist passiert?», rufe ich mit zittriger Stimme und taste fahrig nach dem Schalter des Nachttischlämpchens. «Hanna, Liebes! Ich dachte schon, du kommst gar nicht mehr. Wo warst du denn?» Ich küsse Klaus auf die heiße Stirn. Sicher spricht er im Fieber. «Ich war mit den Mädels unterwegs, das weißt du doch! Zeig mal her, wie hast du das denn angestellt?» Vorsichtig, um ihm nicht wehzutun, lege ich seine bandagierte Hand auf meinen Schoß und wickele sie aus. Es erscheint – nun ja, eine Hand. Im Grunde genommen sieht diese Hand genauso aus wie sonst.

Dann bemerke ich, dass die Flimmerkiste läuft, irgendein Spielfilm, und auf dem Nachttisch stehen drei leere Büchsen Bier. «Ich wollte endlich das Bild im Flur anbringen und habe mir dabei mit dem Hammer auf die Hand geschlagen.» Ich starre ihn verständnislos an. Dann dämmert es mir langsam. Klaus ist nicht ernsthaft verletzt. Klaus durchlebt nur gerade die Phase des Scheinsterbens, in der sich jeder Mann befindet, sobald er von Viren heimgesucht wird, sich den Fuß verknackst oder eben mit dem Hammer auf den Finger klopft. Da sich unsere Beziehung seit dem Einzug von Charles und Camilla in einer schwierigen Phase befindet und mir Klausi soeben meinen schönen Mädelsabend vermasselt hat, beschließe ich, streng zu werden. «Hör mal, Freundchen, um uns beiden etwaige Peinlichkeiten zu ersparen, bestelle ich den Notarzt, den ich zu dem Zeitpunkt gerufen habe, als ich noch glaubte, du lägest im Sterben, wieder ab. Und ich rate dir dringend, mich nicht noch einmal so zu erschrecken. Ich habe ernsthaft geglaubt, dich zu verlieren!» Je länger ich rede, desto beleidigter werde ich. Also drehe ich mich auf dem Absatz um und verziehe mich in die Küche zu Karina, die dort immer noch wartet und mich neugierig anblickt. Ich mache eine wegwerfende Geste. Nach Reden ist mir jetzt nicht mehr zumute. Karina versteht, nimmt mich kurz in den Arm und drückt mir einen Kuss auf die Wange. Dann formt sie das Telefonzeichen mit der Hand und nickt mir im Hinausgehen aufmunternd zu.

Ich gehe ins Bad und lasse mir mit dem Abschminken extra viel Zeit. Als ich ins Schlafzimmer komme, hat Klaus bereits das Licht gelöscht und schläft. Zumindest tut er so. Mir kommt das gelegen. Im Augenblick habe ich wirklich keine Lust auf eine weitere Grundsatzdiskussion.

Vier

Es ist nicht alles Gold, was glänzt. Das sagt meine Großmutter immer, um mich zu trösten, wenn ich mich bei ihr über mein suboptimales Leben beschwere. Sie will damit sagen, dass es andere auch nicht leicht haben, auch wenn es so aussieht. Frei nach dem Motto: Der Typ mit dem Porsche hat die Karre bestimmt nur geleast.

Nur Cordula Reiss hat garantiert keine Probleme. Die Starmoderatorin unserer Talkshow sieht nicht nur blendend aus. Sicher hat sie auch viel Geld, ist beliebt und führt eine tolle Beziehung. Alles Dinge, von denen ich nur träumen kann. Ich habe die Nacht über kein Auge zugetan und fühle mich wie durch den Fleischwolf gedreht. Neben mir sieht Mortisha Adams aus wie das blühende Leben.

In solchen Momenten wünsche ich mich immer ins Alles-anders-Land. Dorthin, wo alle Männer Gentlemen sind, mein Obsthändler mir jeden Tag einen frischen Pfirsich schenkt, weil er so aussieht wie meine Wangen, wo mir die Tür von einem Privatchauffeur aufgehalten wird, der mich zum Einkaufen fährt, wo Schokolade keine Kalorien hat und alle Probleme in weiter Ferne liegen. Selbstverständlich verfüge ich im Alles-anders-Land auch über eine perfekte Figur, lange Beine und seidig-glänzendes Haar. Ich brauche keine Brille und meine Nägel sind stets fein säuberlich mani- und pedikürt.

Leider ist das Alles-anders-Land eine Ausgeburt meiner Phantasie, und ich muss schnellstens zur Arbeit, um Cordula Reiss mit Informationen über Johannes Grundbach zu versorgen, den alleinerziehenden Vater mit dem anhänglichen Kind. Cordula will ihn nämlich in ihrer Sendung morgen befragen.

Eigentlich wollte ich für mein erstes Zusammentreffen mit unserer Moderatorin das ultimative «Hi, ich bin deine patente neue Super-Redakteurin, auf die du dich blind verlassen kannst»-Outfit anziehen. Da ich aber keine Ahnung habe, wie dieses Outfit aussehen könnte und ich mein monatliches Klamottenbudget sowieso schon ins Uferlose überzogen habe, entscheide ich mich für eine 7/8-Hose im Jeanslook und einen schicken beigefarbenen Blazer. Modisch, aber nicht übertrieben. Ich strotze darin vor Glaubwürdigkeit, schließlich hatte ich das auch bei meinem Vorstellungsgespräch mit Gerhard, dem Redaktionsleiter, an.

Vielleicht ist der zeitliche Abstand für den Einsatz desselben Outfits etwas zu knapp gewählt, aber für solche Überlegungen habe ich nun leider wirklich keine Zeit mehr. Außer Gerhard kann mich eigentlich nur der nervige Empfangsdrachen gesehen haben. Da sie mich auch heute keines Blickes würdigt, flitze ich erleichtert und gerade noch pünktlich an meinen Schreibtisch und fahre meinen Computer hoch. Das Windows-Konzert ertönt, und ich fasse mein gesamtes Wissen über Herrn Grundbach und sein trauriges Schicksal auf einer Din-A 4-Seite zusammen. Fein säuberlich geordnet nach Optik: niedlich/passabel, Intellekt: naiv bis durchschnittlich und Emotionalität: sehr hoch, da Exfrau lesbisch geworden und Sohn Jakob extrem mutterbedürftig. Unter «Besonderheiten» schreibe ich: «Achtung, es besteht die Gefahr, dass das Kind auf den Schoß der Moderatorin klettert und sie ‹Mama› nennt.» Ich halte kurz inne und überlege, ob ich den letzten Satz nicht vielleicht lieber streiche. Cordula ist eine erfahrene Moderatorin. Vielleicht findet sie eine solche Warnung lächerlich?

Ich muss das mit Gerhard besprechen. Schließlich will ich hier keinen Fehler machen.

«Hanna, kommst du mal bitte!» Gerhards Stimme schallt durch die Redaktion, und ich schrecke aus den Tiefen meiner Gedanken hoch. Hektisch greife ich nach meinem Blazer, aber der ist leider von der Bürostuhllehne auf den Boden geglitten. Im Eifer des Gefechts habe ich ihn wohl mehrfach überfahren. Jetzt sieht er aus wie die topographische Karte der Fränkischen Schweiz in meinem Diercke-Altas. Ich hebe das gute Stück vom Boden auf und schüttle es ein paar Mal kräftig aus in der Hoffnung, dass die Falten sich verziehen. Leider verhält sich der Stoff exakt so wie mein Haar: Glatt kriegt man es kaum, kraus wird es von ganz allein. Ich lege den Blazer also erneut über meinen Stuhl und hoffe, dass sich das Problem bis zu Cordulas Eintreffen erledigt. Als ich in Gerhards Büro gehe, kommt mir kichernd Tascha entgegen, ein hochgewachsenes blondiertes Silikonwunder. Ich werde Zeuge, wie sich Gerhard unbeholfen nach vorne beugt, um einen Blick auf das Hinterteil unserer neuen Praktikantin zu erhaschen.

«Was gibt's?», sage ich deshalb besonders laut und starre auf sein Hemd, bei dem der untere Knopf aufgesprungen ist und die Sicht auf den fleischigen behaarten Bauch freigibt. «Bist du mit den Briefing-Unterlagen fertig? Ich würde sie dann nämlich gerne mit Cordula zusammen durchgehen», fragt er. Er bemerkt meinen Blick, der immer noch auf seiner eindrucksvollen Wampe ruht, und ich werde knallrot. «Ja, soll ich sie dir bringen?», beeile ich mich zu fragen. Ich bin zwar eigentlich noch nicht fertig, habe aber plötzlich das dringende Bedürfnis, so schnell wie möglich den Raum zu verlassen. «Ich hol sie dann mal», sage ich, ohne seine Antwort abzuwarten.

Beim Umdrehen stolpere ich fast über eine zierliche, stark geschminkte Blondine. «'tschuldigung, hab Sie nicht gesehen ...», sage ich und habe schon einen flapsigen Spruch über die auffällige Blondinenflut in diesem Haus auf den Lippen, den ich aber noch gerade rechtzeitig hinunterschlucken kann. «Cordula!», kreischt Gerhard plötzlich. Er ist aufgesprungen und schiebt mich unsanft zur Seite. Ich lande auf allen vieren direkt zu Cordulas Füßen. Mein Blick fällt auf beneidenswert lange, makellose Beine, ohne einen klitzekleinen Hauch von Cellulite. Noch bevor ich mich am anderen Ende der Beine vorstellen kann, staksen sie auch schon auf Stilettos zu Gerhards Schreibtisch. Der überschlägt sich fast. «Cordula, Schatz, toll siehst du heute wieder aus. Und so pünktlich, ja, fast zu früh bist du, meine Liebe! Wobei, zu früh kannst du ja eigentlich gar nicht sein, ich freue mich ja über jede Sekunde, die du uns hier beehrst ...» Cordula wirft das hübsche Köpfchen in den Nacken und lässt ein gurrendes Lachen hören. Ihr glänzendes Haar schwingt wie in Zeitlupe nach hinten, genau wie in der Shampoo-Werbung. Die rotgeschminkten Lippen ziehen sich auseinander und lassen Zähne aufblitzen, die wie schimmernde Perlen brav nebeneinander aufgereiht sind. Schwungvoll nimmt Cordula selbstverständlich nicht auf dem dafür vorgesehenen Stuhl, sondern auf Gerhards Schreibtisch Platz und schlägt die sagenhaften Beine übereinander.

«Schätzchen, Goldstück ... äh ... du sitzt auf der morgigen Sendung, würdest du bitte ...» Ungeschickt nestelt mein Chef an Cordulas Rock – oder eher an dem, was später mal ein Rock werden soll, wenn es groß ist –, um die Kopien unter ihrem perfekten Po hervorzuziehen. Cordula kreischt spitz auf und zappelt neckisch herum.

Ich höre ein leises: «Mann, ist mir schlecht.» Jessica, meine Redaktionskollegin, ist hereingekommen und holt mich zurück in die Wirklichkeit. Ich stelle fest, dass ich immer noch mit dem Hinterteil auf dem Fußboden sitze. Sie reicht mir die Hand und hilft mir schwungvoll wieder in die Senkrechte. «Zu mir hat sie bis heute noch nicht einmal hallo gesagt, die dumme Kuh, mal abgesehen davon, dass sie sich ohnehin keine Namen merken kann. Blondchen! Und Gerhard säuselt und sabbert, was das Zeug hält», flüstert sie.

«Du bist ja nicht gerade gut auf die beiden zu sprechen», bemerke ich. Jessica schaut mich prüfend an. «Du wirst auch noch deine Erfahrungen mit ihr machen», sagt sie dann bestimmt.

Apropos Erfahrungen: Ich eile zu meinem Schreibtisch zurück und haue Herrn Grundbachs Erfahrungen als alleinerziehender Vater in die Tasten. Dann drucke ich alles aus und gehe mit vor Stolz geröteten Wangen zurück in Gerhards Büro.

«Ah, Gerhard, du bist so ein Charmeur ...»

Lautes Gackern dringt durch die inzwischen verschlossene Zimmertür. Da klopfe ich wohl besser mal an. «Herein! Wir haben nichts zu verbergen!», ertönt es heiter, und Cordula bricht erneut in gurrendes Gelächter aus. Ich zaubere ein Lächeln auf mein Gesicht und trete, die Unterlagen vorgestreckt, zu den beiden an den Schreibtisch. Cordula hat es sich mit ihren langen Beinen darauf gemütlich gemacht, während Gerhards Blicke nervös ihren Körper abtasten. Seine Augen verweilen auf dem Busen, der aus ihrer Bluse hervorlugt, als ringe er um Luft. Ich zwinge mich, Cordulas optische Aufdringlichkeiten zu ignorieren, und konzentriere mich auf ihr Gesicht. «Hallo, Hanna Rückad ist mein Name, wie Rückgrat, nur ohne ...», sage ich und will Cordula gerade die Hand entgegenstrecken, da fällt mir Gerhard schon ins Wort. «Danke, Hanna. Lass die Unterlagen doch einfach hier, ich bespreche das dann mit Cordula.» – «Ja, danke, Anka.» Cordula lächelt mir milde zu.

«Hanna ...mein Name ist Hanna», stammele ich verwirrt. «Natürlich, Ranja. Bis später dann. Und wenn ich Fragen habe, dann melde ich mich. Tschüsi!» Cordulas Aufmerksamkeit wird jetzt völlig von ihren Riemchenpumps in Anspruch genommen. Gerhard springt eilfertig auf und knallt die Tür mit einem lauten Rrrums zu. Direkt vor meiner Nase.

Ich schaue verwirrt zu Jessicas Schreibtisch hinüber. «Herzlich willkommen in unserer netten kleinen Familiensendung!» Sie zwinkert mir zu und macht eine weit ausladende Geste wie ein Zirkusdirektor. «Mach dir nichts draus, Hanna, das ging uns am Anfang allen so. Aber man gewöhnt sich dran. Wir sind hier nur die kleinen Arbeiterbienen, und Cordula ist die Königin. Was Gerhard hier eigentlich tut, hat allerdings noch keiner von uns herausbekommen.»

Thorsten, im selben Acrylpulli wie gestern, beugt sich eifrig nach vorne. «Ich finde, Gerhard ist ein ganz toller Chef. Es ist super, wie er auf uns eingeht. Und er hat immer ein offenes Ohr.» Eine Woge Schweißgeruch schwappt über mir zusammen, und ich muss mich kurz abwenden. «Und Cordula ist eine ganz tolle Moderatorin», fügt er hinzu. Sein Gesicht glänzt vor Begeisterung, und ich kann nicht umhin zu bemerken, dass er neben der Benutzung eines Deodorants wohl auch regelmäßige Zahnhygiene für überflüssig hält.

Entschlossen zieht mich Jessica zur Seite, wofür ich sie dankbar anlächle. «Heute Abend schon was vor?», fragt sie. «Na ja, ehrlich gesagt, ich weiß nicht so recht», antworte ich. «Mein Freund ...» Jessica gibt mir einen leichten Klaps auf die Schulter. «Ach, papperlapapp, dein Freund kann auch mal ohne dich auskommen. Heute Abend steigt eine Riesensause im ‹It›, das ist *der* Club zur Zeit. Da geht auch Mick Jagger hin, wenn er in der Stadt ist. Ich hab ihn zwar noch nie persönlich gesehen, aber heute ist dort eine Premierenfeier. Die Drinks sind frei, Buffet gibt's auch, und ich kenne den Typen, der die Tür macht. Gebongt?» Sie schaut mich an, als hätte sie mir gerade einen Firstclass-Flug in die Karibik angeboten, gratis, versteht sich. «Ich weiß nicht, Jessica, ich sollte das wirklich erstmal mit Klaus absprechen», entgegne ich zaghaft. Jessica rollt mit den Augen. «Gib mir dein Handy, ich ruf ihn an. Vielleicht will er ja mit.» Wie hypnotisiert wähle ich Klaus' Nummer und reiche ihr mein Telefon. «Hallihallo, Klaus. Ich bin Jessica, Hannas neue Kollegin, wir kennen uns noch nicht, aber das wird schon noch werden. Jedenfalls treffen wir uns heute Abend vor dem ‹It›. So gegen 21 Uhr. Und zieh was Schickes an. Du willst Hanna sprechen? Kein Problem, ich geb sie dir!»

Gegen meinen Willen muss ich kichern. Ich stelle mir gerade Klaus' Gesicht vor. Spontane Einladungen sind ihm ein Graus. Wenn wir mal ausgehen, ist das immer Wochen vorher geplant, diskutiert und abgesteckt. Dann darf aber auch nichts dazwischenkommen. «Hanna, Liebes, wer zur Hölle ist Jessica, und was ist dieses It?», fragt er.

«Hallo, Klausi, Jessica ist meine neue Kollegin aus der Redaktion. Und stell dir vor, sie hat uns zu einer exklusiven Veranstaltung eingeladen!» Ich nicke Jessica verschwörerisch zu. «Ja, genau, da kommt nicht jeder hin. Es gibt ganz tolle Sachen zu essen und zu trinken, und gute Musik spielen die da auch.»

«Was gibt es denn da zu essen?», fragt Klausi neugierig. «Äh, ja, also zu essen gibt es ...» Ich schaue fragend zu Jessica, die geistesgegenwärtig flüstert: «Hummer und Kaviar und Shrimps bis zum Abwinken!» – «Hummer und Kaviar und Shrimps bis zum Abwinken!», wiederhole ich, ohne nachzudenken. «Schatzi, du weißt doch, dass ich gegen Meerestiere allergisch bin. Außerdem habe ich morgen einen ganz frühen Termin. Sei mir nicht böse, mein Herz, aber geht doch auch ohne mich, ja?», kommt es postwendend von Klaus. Ich zeige Jessica den gesenkten Daumen und schüttele den Kopf. «Und es macht dir nichts aus, wenn ich ohne dich dorthin gehe?», versichere ich mich noch einmal. Das ist besser für die Stimmung. «Nein, amüsiert euch ruhig, schließlich willst du ja deine neuen Kollegen kennenlernen.» Wie großzügig. Mein Klausi ist eben ein Mann voller Verständnis. «O. k., mein

Herz, dann sehen wir uns heute erst später. Ich liebe dich!», flöte ich.

«Ich liebe dich auch, mein Schnuckelmäuschen», flötet er zurück. Ich packe das Handy in die Tasche.

Eigentlich wollte ich mit Klaus ja noch das längst fällige Grundsatzgespräch über unsere Beziehung führen. Die Sache mit den Heuschrecken und dem geplatzten Mädelsabend sitzt mir immer noch quer. Aber vielleicht tut mir ein bisschen Ablenkung auch gut. Also beschließe ich, mich zu freuen, und sage: «Also gut, werte Kollegin. Ich habe heute Abend frei und darf auf den Putz hauen!»

«Sehr schön», grinst Jessica. «Ich wohne hier gleich um die Ecke, da können wir uns ein bisschen aufdonnern, bis es auf die Party geht. Und kein Wort zu Thorsten, sonst zeckt der sich hemmungslos an uns ran!» Sie dreht sich in gespielter Panik um, als würde sie von der russischen Mafia verfolgt. Doch IM Thorsten ist bereits wieder in seine Arbeit vertieft.

Jessica und ich fahren schnell unsere Computer runter und machen den polnischen Abgang – heimlich und ohne jeden Abschiedsgruß.

Auf dem Weg zu Jessicas Apartment machen wir einen Abstecher in den Supermarkt und kaufen eine Flasche Prosecco. «Zur Einstimmung», sagt Jessica, und ich komme mir vor wie in dieser Sektwerbung, in der die Frauen Weintrauben naschen und Schaumwein nippen, während draußen die Kerle Schlange stehen. Jessica sperrt ihre Wohnungstür auf und läuft schnurstracks in die Küche, wo sie erst einmal den Schaumwein in zwei Gläser füllt. Ich bleibe im Flur stehen und ziehe höflich meine Schuhe aus, wie ich es zu Hause gelernt habe. Fremde Wohnungen haben auf mich immer eine extrem einschüchternde Wirkung, schließlich verraten sie auf einen Blick weit mehr über die betreffende Person als ein langes intensives Gespräch. Komischerweise gibt es Menschen in meinem Bekanntenkreis, die ich seit Jahrzehnten kenne, aber bei ihnen zu Hause war ich noch niemals. Die Türschwelle bleibt als letzte Hürde zwischen uns. Und dann gibt es Menschen wie Jessica, die ich genau genommen kaum länger als ein paar Minuten kenne und die mir trotzdem die Tür zu ihrem Leben sperrangelweit öffnen. Wider Erwarten herrscht in Jessicas Wohnung eine durchdachte Ordnung. In der Diele gibt es einen Einbauschrank, der sicher ein paar schicke Designermäntel und -jacken verbirgt. Ich folge meiner neuen Arbeitskollegin in die Küche und nehme einen großen Schluck Prosecco. Das Getränk prickelt angenehm auf meiner Zunge, und ich komme so langsam in Partylaune.

«Geh schon mal ins Badezimmer, da liegt das Schminkzeug. Ich hol nur rasch was zum Anziehen.»

Ich schnappe mir mein Glas und trabe leichten Schrittes in die angedeutete Richtung.

Mindestens 16 Quadratmeter, Eckbadewanne, beheizte Handtuchhalter! Aber grüne Fliesen ... Na ja, man kann eben nicht alles haben. Ich greife nach der Mascara, die unter dem Spiegel liegt, und beginne, meine Wimpern zu tuschen. Neben der Wanne steht eine große Dose Rasierschaum. Ich persönlich epiliere ja lieber, das hält länger. Wenn wir uns besser kennen, werde ich Jessica das auch empfehlen. Unter Frauen kann man ja offen sprechen. «Na, Kollegin? Träum nicht vor dich hin. Hier, das dürfte dir passen!» Sie wirft mir ein wildbemaltes Shirt zu und macht keine Anstalten, sich umzudrehen, als ich mich umziehen will. Ich wünschte, ich würde mir nicht immer so viele Gedanken machen. Ich leere mein Proseccoglas dagegen und schlüpfe in Jessicas Klamotten.

«So, junge Frau, los geht's! Dann wollen wir die Puppen mal tanzen lassen!»

Dank Jessicas offenbar vertrauter Beziehung zum Türsteher müssen wir uns nicht die Beine in den Bauch stehen – sehr hilfreich, wenn man extrem hohe geliehene Schuhe trägt. Ich habe mir nämlich ihre Stiefel geliehen, die von «Shoedreams», die ich mir nicht leisten konnte. Ein Traum wird wahr! Ich fühle mich großartig. Leider trage ich auch Jessicas buntes T-Shirt. Erst jetzt fällt mir auf, dass es eindeutig zu kurz ist, sodass mein Bauch immer wieder hervorlugt. Irgendwann wird es mir zu blöd (und zu kalt), und ich wickele mir mein Jackett um die Hüften. Problem erkannt, Problem gebannt. Vielleicht setze ich damit ja sogar einen neuen Trend. Alles eine Frage des selbstbewussten Auftritts. Wenn ich mich hier so umsehe, sinkt mein Selbstbewusstsein allerdings spontan in den Keller. So viele extrem schöne und vermutlich auch extrem wichtige Menschen auf einem Haufen habe ich noch nie gesehen! Plötzlich fühle ich mich trotz der tollen Schuhe wieder klein, dick und kurzsichtig. Genau wie in der Grundschule.

Wie auf Bestellung löst sich gerade jetzt eine Haarsträhne aus meiner elegant drapierten Frisur. «Ich glaube, ich muss doch nach Hause», schreie ich gegen die Musik an. «Was sagst du?», brüllt Jessica zurück und wippt begeistert im Takt. «Ich fühl mich nicht so!», schreie ich ihr ins Ohr. «Bock auf einen Drink?» Jessica deutet in Richtung Bar und zieht mich einfach mit sich. Entweder versteht sie mich nicht, oder sie ignoriert meine plötzliche Unlust einfach. Sie kennt wirklich Gott und die Welt, denn auch den Barkeeper begrüßt sie mit Küsschen rechts – Küsschen links. Er stellt ihr im Handumdrehen zwei Riesenmojitos vor die Nase.

Das «It» war früher eine Industriehalle. Viel haben die Besitzer nicht verändert, nur das DJ-Pult hängt jetzt in beeindruckender Höhe wie ein Raumschiff in der Mitte der Halle und schwebt bedrohlich über der tanzenden Menge. «Noch 'n Mojito?» Jessica tippt auf mein Glas, und ich bemerke, dass ich den Cocktail vollkommen abwesend einfach leer geschlürft habe. Es ist ziemlich heiß hier, und das Zeug erfrischt wenigstens ein bisschen, also nicke ich. Jessica trippelt auf ihren Highheels wieder in Richtung Bar und kommt in null Komma nichts mit zwei neuen gefüllten Gläsern zurück. «Lass uns mal in die VIP-Lounge gehen!», brüllt sie und fuchtelt wild mit den Armen. Ich nicke erneut und versuche ihr durch die Menschenmassen zu folgen, ohne dabei meinen Mojito auszukippen.

Fünf

Meine Großmutter sagt immer, man ist, was man isst. Wenn man sich diesen Satz auf der Zunge zergehen lässt, muss man eigentlich sofort Vegetarier werden. Obwohl – eine Gurke wäre ich auch nicht gern. Figürlich betrachtet, gehöre ich ohnehin eher zu den Birnen, auch wenn dieses Obst politisch vorbelastet ist. Komisch, dabei hieß er doch Kohl …

Angela Merkel schlägt wie ich ebenfalls eher in die Birnenrichtung. Wer zieht ihr eigentlich diese untenrum viel zu kleinen grellbunten Jacketts an? Selbst heute Abend auf der Party trägt sie Hose mit Jacke, diesmal in auffälligem Weinrot. Sie sieht darin aus, als hätte sie in den Innentaschen ihre geklaute Beute vom Supermarkt versteckt, kleine Schnapsfläschchen von vorn an der Kasse und billige Schokoriegel, die sie dann heimlich auf der Bundestagstoilette vernascht. Wie schafft es diese Frau bloß, trotz professioneller Anziehhilfe immer so auszusehen, als hätte sie kurz vor ihrem Termin mit Putin, Bush und Co. nochmal eben ein paar Stiefmütterchen im Garten umgetopft? Insgeheim bewundere ich sie irgendwie auch dafür. Sie ist das Mädchen, das früher kein Date für den Abschlussball hatte und es den Kerlen heute so richtig zeigt: Angie, Supergirl und Galionsfigur aller Frauen, die nicht mit makelloser Schönheit gesegnet sind. In diesem Punkt sind wir uns sehr ähnlich, Angela und ich, allerdings gebe ich mir wenigstens vergeblich Mühe. Sie hingegen hat einen professionellen Stylisten, der sie so aus dem Haus gehen lässt!

Und dennoch wirkt sie hier deplatziert. Vielleicht sind Partys einfach nicht so ihr Ding. Jessica kneift mich in den Arm. Auch sie hat offenbar unsere Kanzlerin entdeckt. «Schau mal! Tiramisu!», brüllt sie mir gegen den Lärm ins Ohr. Okay, Essen ist auch wirklich wichtiger als Promis hinterherzustarren, also stürmen wir ans Buffet. Weil ich nun mal dieses knappe Oberteil anhabe, verzichte ich lieber auf die Nachspeise und greife zu kalorienarmen Salaten. Guter Trick, werde ich mir merken: Vor dem Essengehen knappes Outfit wählen – schränkt den Genuss fetter Speisen ein. Jessica hingegen schlemmt sich hemmungslos durch Mousse au chocolat, Tiramisu und Eistorte mit Sahne. Wo packt sie das nur hin? «Ich leide an einer Schilddrüsenüberfunktion», ruft sie mir zu, als hätte sie meine Gedanken gelesen, und sie sieht dabei gar nicht leidend aus. «Ich kann essen, was ich will, ich nehme einfach nicht zu. Dafür habe ich Energie wie zehn Holzfäller.» Beneidenswert. Ich dachte immer, solche Menschen gäbe es nur in Hollywood. Meine Schilddrüse liegt vermutlich im Wachkoma. Wenigstens könnte ich mehr Sport treiben. Aber ich hasse Sport. Deshalb hoffe ich, dass ich im Alter als späte Rache an den Superschlanken wenigstens weniger Falten haben werde, bei der guten Polsterung.

Mein dritter Mojito zeigt inzwischen Wirkung, und ich bedeute Jessica, dass ich mich gerne hinsetzen würde. Angesichts der Mengen, die sie auf ihren Teller gehäuft hat, hält sie das auch für eine gute Idee. Wir gehen in eine ruhigere Ecke des VIP-Bereichs, und ich versuche mich auf meinen Teller und nicht auf die herumstehenden Promis zu konzentrieren. «Ich gehöre dazu, ich gehöre dazu, ich gehöre dazu!», sage ich mir vor. Kurzes Lächeln nach rechts und nach links. Keiner kennt mich, aber alle lächeln vorsichtshalber zurück.

«Trent!» Jessica rennt fast Verona nebst blonder Freundin um und fällt einem hochgewachsenen Jüngling mit halblangem schwarzem Haar um den Hals. «Chéri, dich habe ich ja schon ewig nicht mehr gesehen! Was macht der Plattendeal? Trittst du heute hier auf? Ist Humphrey auch hier, oder bist du alleine gekommen?» Schwungvoll pflanzen sich beide in eine Ecke der Sitzgarnitur. Ich stehe ein bisschen ratlos dabei.

«Darf ich dir meine Freundin Hanna vorstellen? Sie arbeitet mit mir zusammen.» Jessica zieht mich entschlossen an ihre Seite. Trent, der bisher noch kein einziges Wort gesagt hat, nickt mir gönnerhaft zu und zwinkert verschwörerisch hinter seinem überlangen Pony. Seine Augen sind dick mit Kajal umrandet, was seinen Blick hoch dramatisch macht. «Hallo, Trent», sage ich und hebe kurz die Hand. Eigentlich will ich sie ihm reichen, entscheide mich dann aber in letzter Minute anders. Schließlich will ich ja nicht wie ein wohlerzogenes Schulmädchen wirken. «Krasses Outfit!», sagt er und mustert mich von oben bis unten. «Trent ist Musiker bei ‹Trent and Friends›», stellt Jessica vor. «Sie machen Industrial Rock, so wie die ‹Nine Inch Nails› oder Marilyn Manson. Hast du nicht sogar schon mal Trent Reznor von NIИ persönlich kennengelernt, Trent? – Hey, Wahnsinn, da ist ja Jörg! Kinder, dem muss ich mal kurz hallo sagen! Hanna, bleibst du hier?» Bevor ich antworten kann, springt sie auch schon auf und wirft sich einem fremden Kerl an den Hals.

In der nächsten Sekunde ist sie auch schon in der Menge verschwunden, und ich hocke mit Trent allein auf dem Sofa. Ich weiß nicht recht, was ich tun soll, also beobachte ich die Menge. Da entdecke ich Cordula unter den Feiernden. Sie hängt am Arm eines Herrn, der einen Kopf kleiner als sie ist. Was ihm die Gelegenheit gibt, sich in ihr Dekolleté zu stürzen, das aus zwei perfekt geformten Granatäpfeln besteht, die sie großzügig an die frische Luft gesetzt hat. Einen BH trägt Cordula selbstverständlich nicht, und trotzdem zeigen ihre Nippel perfekt geradeaus. Wenn da mal nicht ein Facharbeiter der plastischen Chirurgie am Werk war! Der Typ an Cordys Seite trägt feinsten Zwirn, er scheint Kohle zu haben, was mich in meiner Theorie bestätigt, dass sich die Brustgröße einer Frau direkt proportional zum Geldbeutel ihres Lebenspartners verhält. Ich war in Mathe noch nie ein Genie, aber Männer und Frauen sind in vielen Dingen leicht berechenbar.

Gerade wirft Cordula mal wieder ihren Kopf in den Nacken, lässt ihr Haar den Rücken hinunterfließen und gackert laut los. Offenbar verfügt ihr unattraktiver Begleiter neben Geld auch noch über eine große Portion Humor. Ich tippe Trent auf den Arm. «Da drüben ist übrigens unsere Moderatorin. Cordula Reiss, kennst du bestimmt», sage ich. Etwas anderes fällt mir nicht ein, Trent ist einfach zu cool. Er bewegt seinen Kopf, ich weiß allerdings nicht so genau, ob er einfach mit der Musik wippt oder mit seinem Nicken bestätigt, dass er sie kennt. Ich zupfe an meinem Oberteil und lächle in Trents Richtung – oder zumindest dorthin, wo er gerade noch saß. Denn er ist plötzlich aus den Kissen gesprungen und in der Menge verschwunden. Na toll. Jetzt sitze ich hier als einzige alleine herum. Und zwar völlig alleine auf einer riesengroßen Couch, sodass es auch wirklich jedem auffällt. Sicher denkt jetzt jeder, dass ich keine Freunde habe und eine stinklangweilige Person bin. Vielleicht glauben sie auch, dass ich rieche. Sicherheitshalber schnuppere ich so unauffällig wie möglich an meinen Achseln: Alles in Ordnung. Ich fummle mir nervös Haarsträhnen aus dem Gesicht.

Vielleicht gehe ich einfach auf die Toilette? Toiletten sind in solchen Situationen immer eine gute Lösung. Schließlich muss jeder mal dorthin, und man hat eine sinnvolle Beschäftigung. Allerdings hasse ich es, auf fremde Toiletten zu gehen. Mir ist es einfach nicht gegeben, einfach so neben wildfremden Menschen Wasser zu lassen. Geschweige denn, ein größeres Geschäft zu verrichten. Gerade noch in Ordnung sind Toilettenkabinen, deren Trennwände bis zum Boden reichen. Darin ist man wenigstens geschützt vor irgendwelchen irren Spannern, die mit Spiegelkonstruktionen den Pinkelvorgang bespitzeln, oder vor der Nachbarin, die um Klopapier bittet, weil ihres ausgegangen ist.

Eben zieht Angela Merkel nebst Gefolge an meinem Couchbereich vorüber, und ich bilde mir ein, dass auch sie mich etwas mitleidig ansieht. Auch das noch. Selbst die Königin aller Außenseiter denkt, dass ich gesellschaftlich die absolute Obernull bin! Schönen Dank auch, Jessica, mit dir gehe ich nochmal aus.

Genau in diesem Moment steht sie plötzlich vor mir und

strahlt mich aus ihren tausend Sommersprossen an. «Wo steckst du denn die ganze Zeit?», fragt sie. Trent steht hinter ihr. «Er sollte dich doch mit zur Bar nehmen», sagte sie. Da haben wir es mal wieder. Männer. «Mensch, Trent, wie konntest du sie nur verlieren!», sagt sie mit unüberhörbarem Vorwurf in der Stimme. Erleichtert springe ich auf, nicht ohne meinem Umfeld einen triumphierenden Blick zuzuwerfen: Seht ihr, ich habe doch Freunde! Und die machen sich sogar Sorgen um mich! Trent klemmt mich schuldbewusst so fest an sich, dass ich sein After-Shave riechen kann. Seine Lederjacke quietscht bei jeder Bewegung, und ich streife mit einer Hand immer wieder seinen muskulösen Oberschenkel. Irgendwie ist mir die Situation ein bisschen unangenehm, zumal mein Lederritter völlig unbeeindruckt wirkt. Als wir an der Bar ankommen, löse ich mich hastig aus seinen Fängen. Jessicas Barkeeper versorgt uns wie gewohnt mit Mojitos, und Trent kippt noch ein paar Wodkas. Um «auf Touren zu kommen», wie Jessica mir zuflüstert.

Die beiden scheinen sich schon etwas länger zu kennen. Zumindest verstehen sie sich ohne viele Worte. Das ist auch bitter nötig bei Trents aufs Minimum reduziertem Gesprächsbedarf. Ich nippe an meinem Mojito. Eigentlich würde ich viel lieber ein Wasser trinken, denn so richtig nüchtern bin ich schon lange nicht mehr, und morgen ist meine erste Aufzeichnung. «Krasses Outfit», wiederholt Trent und mustert mich erneut von oben bis unten. Er schürzt seine vollen Lippen und tut so, als pfiffe er durch die Zähne. Macht der mich gerade an? Ich will gerade voller Verlegenheit an meinem Jackett herumnesteln, da fällt mir auf, dass ich es in dem Trubel verloren habe und dass Trent auf meinen nackten Bauch starrt. «Mist! Meine Jacke ist weg!» Ich wiederhole den Satz lieber noch einmal in Disco-Zeichensprache, damit auch Trent ihn versteht. «Krass», sagt er. Er lässt sich umstandslos auf alle viere fallen und beginnt, auf dem Boden herumzukrabbeln. Jessica tut dasselbe, und mir bleibt nichts anderes übrig, als ebenfalls zwischen den Füßen von Hannelore Elsner und Giovane Elber nach meinen Klamotten zu fahnden. Meine Knie schmerzen, und ich fühle mich schrecklich. Da lerne ich schon mal einen coolen Rockstar kennen, und was mache ich? Ich quäke hysterisch herum, weil ich meine Jacke verloren habe. Warum kann ich nicht einfach mal die Klappe halten, wenn ich unsicher bin? «Mist! Meine Jacke ist weg!» kann ich getrost in die Liste «Sätze, die ich niemals im Leben vergessen werde» einreihen. Das sind leider nicht unbedingt geniale Würfe. Zum Beispiel damals, als Justus zu uns ins Dorf zog und mir zum ersten Mal auf dem Spielplatz begegnete. Ich war zehn Jahre alt und er schon dreizehn und im Stimmbruch. Ich sagte: «Hi, ich bin Hanna. Wenn du irgendetwas brauchst, frag mich einfach! Du erkennst mich an den Zöpfen, die ich immer trage!» Etwas Dämlicheres hätte mir nicht einfallen können. Bis heute. Vielleicht sollte ich dezent Richtung Ausgang robben und Jessica einfach eine SMS schicken, dass es mir nicht gut geht. Da packt mich plötzlich jemand am Arm und zieht mich nach oben. Es ist Trent, der mir bedrohlich nahe kommt. So nahe, dass ich seinen Atem spüre. Unsere Nasen berühren sich fast, und ich bin gezwungen, tief in seine geschminkten braunen Augen zu schauen. «Babe, deine Jacke!», sagt er. Mein Held! Er hat sie tatsächlich gefunden. Und wie er sie mir überreicht! Keine Spur von Vorwürfen. Klaus hätte mir schon längst vorgerechnet, wie viel Geld ich beinahe verschludert hätte. Trent hingegen hilft mir auf und drückt mir wortlos meine Jacke in die Hand. Ein wahrer Gentleman eben. Und ein attraktiver noch dazu. Trotzdem muss ich jetzt wirklich nach Hause. «Jessica, wenn wir hier nicht komplett versacken wollen, sollten wir los. Es ist schon halb zwei!» Ich blicke fragend zu Trent, in der Hoffnung, dass er protestiert und wenigstens zehn schlagkräftige Gründe nennt, um uns zum Bleiben zu bewegen.

Aber er schweigt. «Ja, dann», sagt er stattdessen und küsst Jessica zum Abschied links und rechts auf die Wange. Ich reiche unentschlossen meine Hand zum Abschied, doch da zieht Trent mich dicht an sich heran und schmatzt mir zwei feuchte Küsse auf die Wangen. Ich atme seinen Duft und werde rot. Zum Glück lässt das schummrige Licht den Teint ohnehin rosig erscheinen. Deswegen sollte man übrigens als Frau immer die Discothek verlassen haben, bevor das Licht angeht, sonst muss man womöglich trotz stundenlanger Baggerei alleine nach Hause. Mir ist ein bisschen schwindlig, und Jessica schiebt mich in das nächste Taxi.

Zu Hause schaffe ich es gerade noch, die geliehenen Stiefel auszuziehen und mich aus meiner Hose zu schälen. Wie ein nasser Sack Kartoffeln falle ich neben Klaus ins Bett. Der schnarcht kurz auf und dreht sich dann entspannt zur Seite. Dann sinke auch ich ins Land der Träume.

Sechs

Drum prüfe, wer sich ewig bindet, ob sich das Herz zum Herzen findet. Natürlich würde es meine Großmutter begrüßen, wenn Klaus und ich in nächster Zeit den Bund der Ehe schließen würden, allerdings versteht sie auch, dass ich mir in dieser Hinsicht gerne noch etwas Zeit lassen möchte. Willst du glücklich sein im Leben, lass dich nicht in Ketten legen. Meine alte Freundin Rieke zum Beispiel ist nach der Hochzeit mit Eberhard sofort schwanger geworden und musste deswegen auch in der Arbeit kürzertreten. Zuerst hieß es natürlich, dies sei nur ein vorübergehender Zustand und ihr Job in der Anwaltskanzlei sei immer für sie frei. Doch inzwischen hat sie sich an ihr Hausfrauen- und Mutterdasein gewöhnt und möchte angeblich gar nichts anderes mehr tun. Einer anderen Schulfreundin, Dagmar, ist es noch schlimmer ergangen. Die zog aus Liebe zu ihrem Göttergatten sogar in eine andere Stadt, verlor ihr komplettes soziales Umfeld und ist heute Vorsitzende der Arbeitsgemeinschaft «Chemiefreies Spielen» in der Krabbelgruppe ihrer Tochter. Es ist ein Trauerspiel. Erschwerend hinzu kommen noch die optischen Veränderungen, die man als Paar so durchläuft:

Zuerst die Eheringe, dann die Rettungsringe, so geht es doch meistens. Die meisten Paare gehen nach dem Standesamt auseinander, figürlich gesprochen. Rieke und ihr Mann Eberhard haben im Laufe ihrer vierjährigen Ehe zusammen acht Komma fünf Kilogramm zugelegt, das hat sie mir selbst erzählt. Bei Dagmar und ihrem Gatten sind es sogar zwölf! Klaus und ich kommen bisher nur auf fünf, wovon ich selbst leider zwei zu verbuchen habe, die sich gleichmäßig auf meinen Körper verteilen, außer natürlich am Busen. Klaus bunkert seine drei Kilos alle in seinem Bauch.

Ganz im Ernst, ich mag Männer mit Bauch. Mir ist es lieber, einer hat ein bisschen zu viel als zu wenig auf den Rippen, mal abgesehen davon, dass ich dann neben ihm umso schlanker wirke. Aber wenn das so weitergeht, wird mein Schatz bald zu einem dieser älteren Kerle, die die Hosen über den runden Bauch ziehen, in der Hoffnung, man sieht dann den Speck nicht so.

Und es gibt noch einen Grund für meine Heiratsphobie. Eberhard ist trotz schwerer Rettungsringe immer häufiger auf Geschäftsreise. Und was da so alles durchkonferiert wird, mag ich mir gar nicht vorstellen.

Da lebe ich doch lieber in wilder Ehe mit meinem Klausi, auch wenn ich ihn heute tatsächlich vom Fleck weg heiraten könnte.

Klaus ist nämlich einfach ein Schatz. Offenbar hat er gemerkt, dass ich es gestern Abend etwas übertrieben habe. Als ich mich qualvoll und mit geschwollenem Schädel in die Küche begebe, erwarten mich bereits in dieser Reihenfolge: frischgepresster Orangensaft, ein paar Rollmöpse und eine Packung Aspirin. Leider helfen mir diese Mittelchen auch nicht über die Tatsache hinweg, dass ich über 30 bin und mein Körper kleine Sünden mit vorzeitiger Alterung unter höllischen Schmerzen bestraft. Ich strecke Charles und Camilla, unseren Leguanen, die Zunge heraus. Mittlerweile sind sie zu uns in die Küche gezogen. «So haben sie fast immer Gesellschaft und gewöhnen sich schneller an uns», meint Klaus. Er hat es sich fest in den Kopf gesetzt, in ein paar Monaten eine schwangere Camilla im Terrarium zu haben. Eine spezielle Lampe bestrahlt die Bäuche der beiden mit warmem Licht. Trotzdem kann ich mir nicht vorstellen, dass die beiden einfach so übereinander herfallen, schließlich befinden sie sich hinter Glasscheiben, für jeden einsehbar. Kurz spiele ich mit dem Gedanken, die beiden in die Zoohandlung zurückzubringen. Mit Secondhand-Tieren ist das aber leichter gesagt als getan, also belasse ich es bei dem Gedanken. Ich trinke mein Aspirin und spüle mit Orangensaft nach. Mehr bekomme ich nicht runter. Für ein Make-up bleibt heute keine Zeit, das werde ich im Büro nachholen. Erst auf halbem Wege fällt mir ein, dass ich sowohl die Stiefel als auch das Oberteil von Jessica zu Hause vergessen habe, wie unangenehm. Ich treffe sie im Foyer, wo sie gemütlich mit Josef Meier eine Zigarette raucht. «Kennt ihr euch?», fragt sie und deutet auf mich und den Hausmeister. Wir nicken gleichzeitig. «Jawoll, die junge Dame hat sich mir schon vorgestellt», sagt Josef Meier befriedigt. Sein Bart wippt dabei aufgeregt rauf und runter. Im Hintergrund läuft wie üblich irgendein Fußballspiel, aber offenbar ist gerade Halbzeit, sonst wäre Meier nicht so entspannt. Uns Frauen wird wohl für alle Ewigkeit das Mysterium um den kleinen Ball und die elf kleinen Männlein verborgen bleiben. Das Einzige, was ich bei diesen Turnieren spannend finde, ist der Trikottausch danach. Da verdient sich selbst ein sächselnder Michael Ballack weibliche Schmachtblicke. Als mir Klaus neulich erzählte, dass die Jungs nach dem Spiel gemeinsam unter die Dusche gehen, war ich etwas irritiert, schließlich ist Fußball doch die heterosexuellste Sportart rund um den Globus. Oder nicht?

«Auch eine?», fragt unser Hausmeister jetzt. Ich wehre ab und sage: «Nein, danke! Ich rauche nicht.» «Aber trinken tuste schon, oder?», kontert er und rasselt so laut los, als würde man mit 50 rostigen Ketten Karussell fahren. «Ja, trinken tut sie, unsere Hanna», lacht Jessica und kneift mich in die Seite. Ich denke, dass das Leben wirklich ungerecht ist. Menschen mit Sommersprossen haben fast nie Augenringe, und auch sonst sieht man Jessica das Schlafdefizit nicht an. Sie wirkt heute, als sei sie gerade von einer Frischzellenkur vom Chiemsee gekommen. Ich hingegen fühle mich immer noch und trotz medikamentöser Behandlung grauenhaft. «Wollen wir los?», fragt Jessica, drückt ihre Kippe im Aschenbecher aus und folgt mir in die Redaktion. «Na dann, viel Spaß im Kabinett der

Grausamkeiten», ruft Meier uns noch hinterher. «Kabinett der Grausamkeiten?», frage ich Jessica verwirrt. «Wirste schon noch sehen. Kaffee? Ich bring dir ne Tasse mit, du wirst es gebrauchen können.» Ob sie etwa meinen blassen Teint und die tiefen Augenringe meint? Ich verschwinde mit meinem Schminkbeutelchen erst einmal auf dem Redaktionsklo. Warum gibt es auf Gemeinschaftstoiletten eigentlich immer so schlechtes Licht? Es reicht doch schon, wenn wir unsere Nasen mit fremden Gerüchen belasten müssen, aber die Grausamkeiten, die ein Toilettenspiegel offenbart, sind nun wirklich zu viel des Guten.

Ich überschminke die tiefgrauen Ringe unter meinen Augen mit reichlich Abdeckcreme und trage etwas getönte Feuchtigkeitslotion auf. Der Lidstrich gelingt mir leider auch nach dem dritten Versuch nicht richtig. Jetzt räkelt sich eine überfressene schwarze Raupe über meinen Wimpern. Ich verwische das Ganze mit etwas Klopapier, was meinen Augen allerdings gar nicht gut bekommt, denn sie werden noch röter und schwellen an. Kein Wunder, schließlich könnte man dieses «Te» Toilettentissue ebenso gut zum Abschmirgeln eines Holzregals verwenden. Wieso sparen eigentlich alle immer an diesen Dingen? Ich könnte eher auf die Armada an Zimmerpflanzen in unserem Großraumbüro verzichten, wenn ich dafür dreilagiges Toilettenpapier bekommen könnte.

Wenigstens sind die dicken Raupen von meinen Augen verschwunden. Ich drehe den Lidstrich zu und tusche nur noch meine Wimpern. Den roten Lippenstift hebe ich mir für die After-Show-Party auf, denn es gibt eigentlich nach jeder Fernsehaufzeichnung eine Party. Jessica hat mir davon erzählt.

Vanessa, die mit dem «Prakti», kommt vom Klo und lächelt mich unsicher an. Ich hatte gar nicht bemerkt, dass ich nicht alleine im Waschraum bin. «Hast du zufällig, also, ich meine, bin gerade überrascht worden.» Ich verstehe nicht, was sie meint, und schaue ihr fragend in die blauen Augen mit den zarten Mädchenwimpern. Etwas irritiert fährt sie fort: «Na, Besuch von Tante Rosa.» – «Hä?» – «Rote Woche?», sagt sie. Da fällt es mir wie Schuppen von den Augen. «O Gott, bitte entschuldige, ich stehe heute aber auch dermaßen auf der Leitung. Hier!» Ich reiche ihr einen Tampon, und sie verschwindet erleichtert noch einmal in der Kabine. Regel Nummer eins für eine Frau jenseits der Pubertät: Trage immer ausreichend Wattestöpsel bei dir, sie erweitern deinen Freundinnenkreis ungeheuer. Margot, Karina und ich menstruieren übrigens sogar schon gleichzeitig, das ist unheimlich und faszinierend zugleich. Leider können wir damit nicht im Zirkus auftreten. Wir sind nur gleichzeitig aufgequollen und mies gelaunt und essen uns gegenseitig die Schokolade weg. Wenigstens sieht mein Busen kurz vor den Tagen immer toll aus.

In welchem Alter hört man eigentlich auf, ständig irgendwelche neuen Makel an sich selbst zu entdecken? Mit 90? Das Schlimme an der überkritischen Begutachtung ist, dass man auf älteren Fotos ohnehin besser aussieht, als man es in der Gegenwart tut. Früher ist immer besser, schlanker und glatter als heute. Eine echte «No-Win»-Situation.

Für heute lasse ich weitere Restaurationsversuche am Gesicht bleiben und begebe mich zurück zum Schreibtisch. Was machen wir eigentlich heute den ganzen Tag bis zur Aufzeichnung? Bis auf Gerhard, der zwischen den Schreibtischen hin- und herwatschelt wie Donald Duck auf Speed, dicht gefolgt von Thorsten, der verzweifelt versucht, ihm in den Hintern zu kriechen, scheint heute niemand ernsthaft zu arbeiten.

Dabei ist doch vor der Sendung gleich nach der Sendung, oder habe ich Gerhard da falsch verstanden? Paula und Jens schnipsen sich kleine Papierkügelchen über die Schreibtischreihen hinweg hin und her, und Jessica surft auf irgendeiner amerikanischen Onlineshopping-Seite. Erst elf Uhr. Vielleicht sollte ich mal zur Kantine rauffahren, um zu sehen, was es heute zu Mittag gibt, denn mir knurrt der Magen, schließlich habe ich bisher noch nichts außer Orangensaft im Bauch. Der Kater ist aber mittlerweile verschwunden. Ich fühle mich langsam besser, wenn auch völlig überflüssig.

Ich entdecke ein Solitärspiel auf meiner Festplatte und beginne die virtuellen Karten übereinanderzustapeln. Ich glaube, sämtliche Arbeitgeber weltweit haben seit der Erfindung dieses Spiels Einbußen in Milliardenhöhe verbuchen müssen. Zehn, Bube, Dame, König, Ass. Fertig. Die Kärtchen sortieren sich zurück auf die vier Häufchen, und ich beginne erneut.

Da schwebt Cordula in unser Großraumbüro. Nein, «Schweben» ist in diesem Fall der falsche Ausdruck. Sie explodiert einfach! Wächst aus dem Boden wie ein Atompilz in zartem Lilablassblau. Ist von null auf gleich omnipräsent. Unterstützt wird die Erscheinung durch eine dicke Wolke Joop-Parfüm, die mir spontan den Atem raubt, und ein spindeldürres Männlein in einem knallengen weißen Lederensemble mit dicker Sonnenbrille und blondgesträhntem Vokuhila-Kopf. Sein Hemd ist bis zum Bauchnabel aufgeknöpft und zeigt eine flache, haarlose Brust. Das muss Kevin sein, Cordulas Stylist, denn er zuppelt und zupft unentwegt an ihrem Outfit herum. Sie trägt nur einen Hauch von Chiffon, ihr String zeichnet sich deutlich darunter ab, sodass ich davon ausgehe, dass sie nicht zufällig ihren Unterrock zu Hause vergessen hat. Ihre feinpedikürten Füße mit den rosalackierten Zehennägeln stecken in zierlichen goldenen Sandaletten mit Schnürung bis zum Knie. Ich habe mich immer gefragt, wie diese Bänder überhaupt halten können. Vielleicht ist Wimpernkleber das

Geheimnis? Cordula jedenfalls sieht einfach phantastisch aus, obwohl ihr güldenes Haar noch auf große dicke Lockenwickler aufgedreht ist. Wie die Königin am Karibikstrand, die Queen aus der Bronx und Prinzessin Lilifee gleichzeitig. Ihre Brüste, sie trägt natürlich mal wieder keinen BH, sind geschickt von zwei großen aufgedruckten Blüten verdeckt. Aus dem Augenwinkel sehe ich Thorsten, der mit offenem Mund nur darauf wartet, dass sich die Vegetation seiner erbarmt und verrutscht. Wie ein Nacktmull beim Anblick seiner Königin erstarrt er mitten in der Bewegung in Demutshaltung. Tiere und einige Menschen sind sich doch ähnlicher als gemeinhin angenommen. Die Polyesterblumen tun Nacktmull-Thorsten leider nicht den Gefallen. Cordula kreischt laut: «Unverschämtheit!», und trippelt wie ein aufgedrehtes Durazell-Kaninchen durch den Raum direkt in Gerhards Büro. Uns bleiben nur Wolfgang Joops Duftwolke, Kevin, der Stylist, und ein winziges braunes Etwas, vermutlich ein Rehpinscher, der sich durch den lauten Knall fast zu Tode erschreckt und lauthals zu kläffen beginnt. «Twiggy, so beruhige dich doch. Cordy hat doch nicht dich gemeint, meine schöne Hundeprinzessin!», gurrt Kevin, beugt sich zu dem Möchtegern-Hund hinunter, hebt ihn auf der Handfläche nach oben und knutscht ihn ab. Der Hund antwortet begeistert mit feuchtfröhlicher Schlabberei, und mir wird wieder ein bisschen schlecht.

Während Kevin mit Twiggy Körperflüssigkeiten austauscht, ertönt drinnen in Gerhards Büro ein dumpfes Gekreische, das darauf schließen lässt, dass unserer Moderatorin irgendetwas schwer gegen den Strich geht. Wenige Minuten später öffnet sich die Tür wieder, und Cordula stapft mit so großen Schritten, wie es ihre hauchzarten Sandälchen eben erlauben, durch die Redaktion. «Nächste Woche will ich endlich wieder ein spannendes Thema. Etwas, was die Leute wirklich interessiert!», kreischt sie. «Natürlich Cordy, meine Teure, du hast ja völlig recht», schnauft Gerhard, hastet hinter ihr her und versucht, sich dabei in ihrem Arm einzuhängen. Das sieht ziemlich albern aus, weil es ihm erstens nicht gelingt und er zweitens neben Cordula aussieht wie ein Müllsack. 100 Kilo Lebendkarpfen kleben an 48 Kilo Zimmerpflänzchen, frisch und knackig. Inzwischen schwitzt Gerhard, und sein unterster Hemdknopf ist schon wieder aufgegangen. «Nun sei doch so gut und geh schon mal runter in die Maske. Wir würden dann gerne in einer halben Stunde mit der Aufzeichnung beginnen», ächzt er. Er hat sie inzwischen eingeholt und umgreift sie mit dem Arm. Sie weicht angeekelt zurück und streicht sich mit dem Handrücken demonstrativ über die völlig bewegungslose Stirn. «Ich brauch erst mal 'ne Stunde Erholung von dem Themenschock», sagt sie in befehlsgewohntem Ton. «Ruf bitte meine Yogalehrerin an, sie soll kommen. Und ich denke, ich hätte gerne noch ein paar Californiarolls und zwei bis drei Thunfisch-Nigiri. Ich bin dann in der Garderobe.» Cordula verlässt den Raum und trabt eiligen Schrittes hinunter zu ihrem Boudoir. Twiggy, der magersüchtige Rehpinscher, pupst vor lauter Schreck. Kevin greift sich das Tierchen und verlässt mit der kleinen Stinkbombe den Raum, natürlich ohne jegliche Entschuldigung. «Cordy, Schönste! Ich brüh dir am besten deinen Bananen-Minze-Tee auf! Den hast du doch so gerne. Hach ... die wissen dein Talent einfach nicht zu schätzen ...», hallt es noch im Treppenhaus.

Im Büro herrscht hingegen Totenstille. Es riecht leider immer noch etwas nach Hund. Wie kann etwas so Winziges nur so viel Gestank erzeugen?

«Soll ich dann mal beim Sushi-Lieferservice durchklingeln?» Eine von Gerhards Praktikantinnen, ihr Name fällt mir nicht mehr ein, bricht das Schweigen. Gerhard erwacht ebenfalls aus seiner Starre und nickt ihr dankbar zu. «Ja, ja, Liebes, tu das. Und ich kümmere mich um Gesine, sie soll rasch kommen. Oder nein, ruf du sie an. Ich gehe runter in die Regie und sage dem Team Bescheid, dass es etwas länger dauert. Sag Gesine, wir schicken ihr eine Limousine, die sie abholt.»

Zwei Stunden, eine Yogaeinheit und ein paar Reisröllchen später ertönt dann endlich die Sendungsmelodie. Eine bezaubernde Cordula begrüßt ihr geduldiges Publikum, als hätte sie sich ihr Leben lang genau auf diese Menschen gefreut. «Wir besprechen heute wieder ein Thema, das Sie wirklich interessiert. Brisant, pikant und höchst explosiv, wie Sie es von mir gewohnt sind.» Kameraschnitt, Nahaufnahme Cordula. Augenaufschlag. «Viele Menschen haben nicht das Privileg, so glücklich zu sein wie ich. Sie sind einsam und alleine, verlassen von ihren Liebsten. Hauptsächlich betrifft das Frauen ab 40.» Kurze dramatische Pause. 40 zu sein muss für Cordula mindestens so schlimm sein wie Hautkrebs. Kameraschnitt in die drei. «Aber auch Männer kann das Schicksal böse heimsuchen. Begrüßen Sie deshalb meinen ersten Gast am heutigen Abend. Johannes Grundbach!» Cordula dreht sich schwungvoll zur großen Flügeltür, wo sich Johannes bereits mit seinem Sohn Jakob positioniert hat. Etwas unsicher setzt er sich in Bewegung, Jakob an der Hand. Cordula trippelt auf die beiden zu. «Na, du bist aber ein Süßer! Und dein Sohn ist ja auch ganz herzallerliebst!» Cordula gackert drauflos und tätschelt Jakob etwas unsanft auf dem Kopf herum. «Jakob, magst du unserem Publikum denn mal verraten, warum der Papi so traurig ist? Na?» Jakob starrt auf Cordulas Blumenbusen und beginnt danach zu grapschen. Treffer! «Huuu! Du bist aber ein ganz ein forsches Kerlchen.» Cordulas Lächeln gefriert. Sie wendet sich hastig von dem kleinen Schwerenöter ab. «Wie wär's, vielleicht hole ich mir gleich einmal Verstärkung, denn wir haben natürlich auch Fachleute zum Thema ‹Einsamkeit› eingeladen.» War das Thema nicht «alleinerziehende Väter und Mütter»? Jessica und ich schauen uns irritiert an. Wir haben es uns gemeinsam im Hintergrund des Regieplatzes gemütlich gemacht. «Mann, redet die heute wieder einen Quatsch», sagt der Tontechniker, der so aussieht, als würde er an akuter Übelkeit leiden. «Aber geile Titten hat sie. Und das ohne BH!», ruft ein Mann vom Mischpult. Wieso sind Männer eigentlich so brustfixiert? Wir greifen ihnen doch auch nicht bei der erstbesten Gelegenheit in den Schritt oder verlangen, dass sie die Tatsachen offen vor sich hertragen. Körbchengröße gegen Penislänge, sozusagen!

«Geh close up auf die Tür, sie ruft gleich den nächsten Gast.» – «Ist die Psychotrulla eigentlich verkabelt?», fragt der Tonmann vom Mischpult aus.

«Tja, Johannes, die Erziehung eines Kindes so ganz alleine und ohne Hilfe ist wohl nicht so dein Fall, ha, ha. Ich hole jetzt mal unsere Expertin für solche Fragen auf die Bühne! Bitte applaudieren Sie für Dr. Gerda Haffeschmidt!», jubelt Cordula inzwischen.

«Mein Gast, mein Gast! Jetzt pass mal auf, die ist echt super!» Jessica ist jetzt aufgewacht und wippt aufgeregt auf ihrem Stuhl hin und her. «Ruhe auf den billigen Plätzen!», brüllt Gerhard, der neben dem Regisseur den direkten Blick auf die Monitore hat. Dann raunt er in sein kleines Mikrophon: «Frag Sie zu Anfang doch gleich einmal nach Zahlen!» Über das Mikrophon kann er Cordula Anweisungen auf einen kleinen Knopf im Ohr geben, so eine Art Fernsteuerung für Moderatoren, in Notfallsituationen und bei Blackouts. Natürlich auch für Menschen, die ohne Gehirn zur Welt gekommen sind, dafür aber blendend aussehen.

«Ja, Frau Dr. Haffeschmidt, wie sieht es denn aus mit den Zahlen?», zwitschert Cordula.

Frau Dr. Haffeschmidt schaut Cordula fragend an. «Alleinerziehende in Deutschland!», ruft Gerhard auf Cordulas Ohr. «Alleine in Deutschland!», wiederholt Cordula. Mit einem bezaubernden Lächeln schaut sie zwischen Johannes und Dr. Haffeschmidt hin und her.

«Ja, ich wollte nur sagen, wenn meine Frau, also, wenn meine Exfrau nicht lesbisch geworden wäre, dann würde ich sie immer noch lieben. Also lieben tu ich sie ja natürlich noch, aber wir hätten doch schon auch gerne eine neue Mami. Vielleicht später auch eine neue Ehefrau. Am besten natürlich beides in einem», sagt Johannes Grundbach.

«Ja, Herr Grunzbach ...», setzt Frau Dr. Haffeschmidt an.

«Grundbach, Frau Dr. Haffeschmidt», unterbricht Johannes Grundbach.

«Ja, natürlich, Herr Grundbach, oder darf ich Johannes zu Ihnen sagen? In meinen Therapiesitzungen greifen wir gerne zum Du, die Patienten öffnen sich dann leichter», sagt Frau Dr. Haffeschmidt. Johannes nickt ergeben.

«Ja, gerne, also ich heiße Johannes», sagt er überflüssigerweise. Cordula wippt ungeduldig hin und her.

«Was ist denn nun? Ist es nicht peripher richtig, dass die Zahlen in Deutschland zweidimensional kooperativ mit dem Ausland konkurrieren?» Cordula blickt nun ernst und beinahe fordernd zu Dr. Haffeschmidt, der für einen kurzen Moment das Gesicht entgleist.

«Nun, die Zahl der Singlehaushalte mit Kindern in Deutschland ist in der Tat erschreckend hoch. Doch natürlich gibt es in vielen Ländern Europas ähnliche Situationen. In Frankreich zum Beispiel oder in England.»

«Oh! Das ist ja ein super Stichwort für meinen nächsten

Gast, oder sollte ich besser sagen, für meine nächste Gästin? Sie wurde nämlich von einem Engländer verlassen, ist das nicht toll? Also, nicht dass sie verlassen wurde, aber dass es jetzt gerade so gut passt!»

Gerhard fängt an zu schwitzen und blättert nervös in seinen Unterlagen. Dann raunt er ins Mikrophon: «Frag sie gleich zu Anfang, ob sie sich jemals wieder auf einen Mann einlassen würde.»

Klein-Jakob hat sich inzwischen einige der abgelegten Moderationskarten geschnappt und kaut genüsslich darauf herum. Ein Speichelfaden lässt sich in Zeitlupe auf den Hosenanzug von Dr. Haffeschmidt herab, die das allerdings nicht bemerkt.

Sie ist damit beschäftigt, den Auftritt von Kerstin Sendelhuber zu beobachten, und der ist in der Tat sehenswert. In viel zu knappen Leopardenleggings, enganliegendem schwarzem Top und auf Plateauschuhen stolpert sie auf Cordula zu.

«Geil, Peggy Bundy mit schwarzen Haaren! Die drei soll mir bitte die Treter von der Trulla close zeigen», sagt Gerhard.

«Kerstin, du wurdest kürzlich von einem Engländer verlassen und bist nun schwanger, habe ich das richtig verstanden?», fragt Cordula ohne Umschweife.

«Neee, also dett is total falsch. Der Richy hat misch nur jevögelt, denn hatta erfahren, dass seine Ex ein Kind von ihm kriescht, und just in dem Moment issa och schon wieda bei seine Alten!», schwallt Kerstin.

«Nun, Kerstin, sicher fühltest du dich in dem Moment sehr verletzt und hattest eine große Wut im Bauch!» Dr. Haffeschmidt scheint langsam aufzutauen, sie beugt sich angeregt zu Kerstin und versucht, sie in den Arm zu nehmen.

«Neee, Frau Dokta, dett kam mir janz rescht, weil ick jetzte och wieda mit meim Rocko zusammjekommen bin.»

Kerstin strahlt über beide Backen und wippt aufgeregt wie eine Wasseramsel auf ihren meterhohen Schuhen auf und ab. Cordula blickt etwas ratlos in die Kamera. Dann strafft sie sich und fragt: «Ja, nun, warum sind Sie denn dann hier?»

Kerstin platzt fast vor Stolz: «Na, ick wollt nur sagen, dass dett ja nich immer so schlimm ist, wemma verlassen wird. Ick stehe jetzte quasi für all die Frauen, die dett ooch ohne ihren Mann schaffen können!»

Frau Dr. Haffeschmidt runzelt die Stirn, und Johannes Grundbach schüttelt ungläubig mit dem Kopf. Auch er scheint langsam seine Sprache wiederzufinden.

«Aber Sie sind doch gar nicht alleine!», wendet er vorsichtig ein.

«Ja, neee, dett nich, aber ick hab keene Kinder!», sagt Kerstin voller Überzeugung.

Cordula dreht sich frontal zur Kamera und sagt mit ziemlich gequältem Lächeln:

«Ja, liebe Zuschauer, wir machen dann einfach ein bisschen Werbung, danach geht es spannend weiter. Bis gleich, ihr Lieben!»

In der Werbepause erwacht die Regie zum Leben. Alle reden durcheinander. Gerhard dreht völlig durch.

«Welcher Volltrottel hat die Berliner Trulla eingeladen, die redet ja nur Schwachsinn! Cordy, kannst du mich hören? Lass diese Kerstin nach der Werbung keinen Ton mehr sagen, verstehst du, wir versuchen sie im Schnitt zu eliminieren, die nimmt uns doch jegliche Seriosität!», brüllt er.

Cordula fasst sich ans Ohr und nickt zu Gerhards Worten. Gerade ist Kevin bei ihr und zuppelt an ihrem Hauch von Nichts herum. Mit einer Bürste entfernt er hektisch ein paar imaginäre Fusseln. Twiggy baumelt fröhlich in einer Tragetasche um seine Schulter.

«Uh, hier stinkt's aba jewaltig», blökt Kerstin und wendet sich entsetzt ab. Twiggys Verdauung hat offenbar wieder zugeschlagen.

«So, Mädels, haltet euch ran, wir gehen wieder drauf, zwei Minuten», kommandiert Gerhard.

Im Studio zieht das Tempo an, die Kameramänner positionieren sich wieder hinter ihre Geräte und setzen die Headsets auf. Gerade wird noch Cordulas Nase gepudert, bis der Aufnahmeleiter das Puderluder von der Moderatorin wegscheucht.

Cordula greift ihre Moderationskärtchen und strahlt in die Kamera: «Herzlich willkommen zurück. Einsamkeit ist extraterrestrisch und kann zu tiefen Depressionen führen.» Ihr Blick trennt sich widerwillig von der Kameralinse, während ihre Hand schwungvoll im Schreinemaker'schen Kniegriff auf Johannes landet. «Viele Menschen greifen in dieser Situation zu Physiopharmaka. Johannes, wie war das bei dir?»

Physiopharmaka? Ich muss Johannes Grundbach nach der Sendung weiträumig ausweichen. Diese Show ist wirklich ein Elend, und der Mann hat schon genug Leid in seinem Leben gesehen. Ob das hier immer so läuft? Bisher habe ich erst drei Mitschnitte von Cordulas Sendung gesehen, und die waren eigentlich einwandfrei. Sie ließ die Gäste ausreden, die Fragen waren okay, standen aber nicht im Vordergrund, und alles in allem war die Show recht unterhaltsam. Aber dies hier ist schlimm.

Es kommt noch dicker: «Frau Dr. Haffeschmidt, kann man grundsätzlich sagen, dass Alleinerziehende durchaus komplementär durch ihre hochartige Frustration immer alleine bleiben werden?», fragt Cordula jetzt.

«Sie meinen ähm, ja, nein, Frau Reiss. Ich schätze, es liegt immer bei einem selbst, was man daraus macht!»

Jakob hat sich von Johannes gelöst und versucht eifrig, sich an Frau Dr. Haffeschmidts Beinen hochzuziehen, die das Ganze wiederum standhaft ignoriert.

«In Einzelfällen sitzt der Schmerz natürlich sehr tief, und es bedarf einer längeren Therapie, aber in den meisten Fällen können auch Freunde helfen», fährt sie fort.

«Mama!», kräht Jakob jetzt freudestrahlend. Frau Dr. Haffeschmidt schaut erschrocken vor ihre Füße, wo Jakob sitzt und die Ärmchen nach ihr ausstreckt.

Sie fasst sich schnell und sagt freundlich: «Ja, mein Kind, ich bin aber doch nicht deine Mami! Sehen Sie, meist sind es die Kinder, die unter einer solchen Situation am meisten leiden!»

Wie auf Kommando verzieht Jakob das Gesicht, atmet stoßweise und bricht in haltloses Heulen aus!

Gerhard macht die Kopf-ab-Geste mit der Hand an seinem Hals und schreit: «Jessica, lauf sofort ins Studio und hol den Jungen da raus! Der killt die ganze Stimmung!» Sein Kopf droht in der nächsten Sekunde zu platzen, so rot ist er. Er keucht wie eine Dampflok. Jessica flitzt ins Studio, reißt Jakob in ihre Arme und erlöst ihn von seinem Auftritt.

Noch eine halbe Stunde Aufzeichnung. Endlose 30 Minuten, die später von einem Schnittkünstler auf 25 Minuten sendefähiges Material zusammengeschnitten werden.

Kerstin fummelt sich kokett an den schwarzgefärbten Haarsträhnen. Zum Glück wundert sie sich nicht, warum sie seit der ersten Werbepause komplett ignoriert wird. Wahrscheinlich liegt das daran, dass sie im Publikum ein neues Flirtopfer entdeckt hat, dem sie so heftig zuzwinkert, als hätte sie büschelweise Wimpern im Auge.

«Frag Dr. Haffeschmidt, ob sie gerade in einer festen Beziehung ist!», grummelt Gerhard jetzt in sein Mikrophon.

Er blättert fleißig weiter in seinen Unterlagen. Cordula plappert munter drauflos und baut ab und zu völlig unpassende Fremdwörter in die von Gerhard vorgegebenen Fragen.

Kamera zwei zoomt mal wieder nah auf Cordula, die redlich versucht, ein interessiertes Gesicht zu machen und ihr Kopfnicken gleichmäßig einzusetzen.

«Geile Titten», seufzt der Tonmann nachdenklich, «die würd' ich gerne mal.»

Endlich naht das Ende. Cordula setzt ihr strahlendstes Lächeln auf und verkündet: «Und das war es auch schon wieder für diese Woche. Ich bedanke mich ganz herzlich bei meinen tollen Gästen und wünsche natürlich allen, dass sie bald wieder einen Partner finden. Hihi! Alles Liebe und bis nächste Woche, eure Cordula Reiss! Tschüüühüüüsss!», singt sie.

Dann knickst sie und wirft Kusshändchen in die Menge, während die Regie langsam wieder zum Leben erwacht.

«So, Jungs, Feierabend. Jemand Bock auf 'n Bier?», fragt der Bildmischer. Man sieht ihm die Anstrengung an.

Gerhard schnappt sich die Maz-Bänder. Er wirkt wie ausgewechselt und ruft: «So, ich hau mich in den Schnitt, durch die Verzögerung hab ich enormen Zeitdruck. Aber wir kriegen das hin, war doch 'ne tolle Sendung!»

Thorsten klemmt sich sofort an Gerhards Seite, und eine Schweißwolke wallt durch die Luft. «Ja, ganz supi! Gerhard, ein tolles Thema und ganz tolle Gäste!», schleimt er. «Darf ich mit in den Schnitt?»

«Nee, lass mal. Heute ist's echt knapp!» Gerhard wendet sich ab und will den Raum verlassen, aber Thorsten läuft ihm doch tatsächlich hinterher.

Cordula kommt aus dem Studio gerannt und reißt sich das Mikrophon und den Ohrknopf vom Leib. Gerhard stellt sich ihr in den Weg und ruft: «Cordula, mein Engel, du warst großartig!» – «Ja, und das, obwohl das Thema wirklich unterirdisch war. Und die Gäste erst! Entschuldige bitte, wer zum Teufel hat eigentlich diese Haffeschmidt eingeladen? Ich muss dringend nach Hause. Ist mein Wagen schon da?», sagt sie atemlos.

«Steht vor der Tür. Wir telefonieren dann nächsten Donnerstag, ja? Ich ruf dich an», entgegnet Gerhard und rennt weiter in Richtung Schnitt, während Thorsten sich nun an Cordulas Fersen heftet.

«Darf ich auch sagen, dass du wieder einmal ganz super ausgesehen hast, liebe Cordula?», sagt er ölig.

«Ja, ja, ich muss jetzt echt los.» Sie drückt dem verdutzten Thorsten mit genervtem Gesichtsausdruck ihren Ohrknopf in die Hand und verschwindet ohne ein weiteres Wort zum Hinterausgang hinaus.

«Auch noch auf 'n Bier?» Jessica schaut mich fragend an, aber ich beschließe, nach Hause zu fahren, um mir die Sendung gemeinsam mit Klaus und einer Tüte Kartoffelchips von der Couch aus anzusehen. Ich bin echt gespannt, was die aus dem Chaos im Studio machen.

Als ich jedoch nach Hause komme, hat Klaus sich im Badezimmer verbarrikadiert. Ich klopfe rücksichtsvoll. «Geht es dir nicht gut?», frage ich und versuche, durch den Türspalt zu linsen.

«Irgendwas ist mit Camilla», tönt es von innen. «Sie scheint mir grüner als sonst. Vielleicht ist ihr ja schlecht, weil sie schon schwanger ist. Kannst du mir mal die blaue Lampe aus dem Wohnzimmer bringen, damit kann ich die beiden vielleicht in die richtige Stimmung bringen.»

Na toll. Da hat man mal was Aufregendes erlebt, und wer vermasselt es einem? Ein Chuckwalla-Weibchen. Ich trotte folgsam ins Wohnzimmer, wo die Lampe neben zahlreichen anderen Utensilien wie Pipetten, Spiegeln und Mini-Wärmelüftern steht und will gerade danach greifen, als Klaus durch die Wohnung schreit:.

«Hanna?!»

Was denn noch?

«Ich brauche noch das Mäppchen mit den Spritzen!»

Spritzen? Manchmal denke ich, ich kenne den Menschen gar nicht, mit dem ich zusammenlebe.

Wortlos reiche ich ihm die Sachen ins Badezimmer und mache es mir vor dem Fernseher bequem. Er wird es doch nicht vergessen haben? Ich werde nichts sagen. Heute Morgen wusste er es noch, da hat er mir doch so nett das Frühstück hingestellt. Ich kann mir nicht helfen, seit die Chuckwallas in unser Leben getreten sind, ist irgendwie der Wurm drin. Aber vielleicht kommt er ja gleich, weil das Problem schnell gelöst ist. Das Tier machte ja wirklich keinen guten Eindruck. Wenn sie bald Eier legen würde, wär das ja sogar süß, lauter kleine Chuckwallas. Oh, die Sendung fängt an! Der Vorspann läuft bereits. Wie durch ein Wunder ergeben Cordulas Sätze Sinn, und die Studiogäste wirken koordiniert und locker. Wenn ich es nicht besser wüsste, würde ich sagen, das ist mal eine Spitzensendung! Unterhaltsam, informativ, innovativ! Es ist schon erstaunlich, was ein Redakteur und ein Cutter so alles hinbekommen. Wenn doch nur alles so einfach wäre! Aus unserem Leben würde ich dann zum Beispiel den Teil herausschneiden, in dem die zwei Chuckwallas in mein Leben traten. Dann würde Klaus mir wieder mehr Aufmerksamkeit schenken. So wie damals, als wir noch frisch verliebt waren und er mir zu unserem Jahrestag einen Hubschrauberrundflug über die Stadt schenkte. Und mindestens dreimal täglich SMS mit kleinen Liebesgedichten schickte. Oder das Kästchen, mit dem Zettelchen darin, auf das er 1001 Gründe geschrieben hat, aus denen er mich liebt. Inzwischen sind nur noch zwei warzige Reptilien Ziel seiner Zuneigung, denn ich bleibe die ganze Sendung über alleine auf meiner Couch sitzen. Irgendwann schlafe ich vor dem Fernseher ein und schrecke erst kurz nach zwei hoch. Ich raffe mich mühsam auf und schlurfe ins gemeinsame Bettchen, doch keine Spur von Klaus. Ich fahnde in der ganzen Wohnung nach ihm und finde ihn zusammengerollt schlafend auf dem Badezimmerboden, das Terrarium fest im Griff. Ich hole ihm eine Decke und lege sie ihm über die Beine. Schließlich soll der arme Kerl nicht frieren, wenn er aufwacht. Dann gehe ich zurück in unser Bett und schlafe sofort ein.

Sieben

Vorsicht ist die Mutter der Porzellankiste. Sagt meine Großmutter, die im Übrigen neben meiner Mutter auch noch meinen Onkel Eddi und die Zwillinge Martha und Karl großgezogen hat. Meiner Meinung nach hat sie das ganz toll gemacht, auch wenn meine Mutter stets das Gegenteil behauptet. Aber die hat ja sowieso immer an allem was zu meckern. Oma kann nicht kochen, Oma putzt nicht richtig, Omas Haare sitzen nicht perfekt. Für Außenstehende ist es sowieso unglaublich, dass Großmutter und meine Mutter miteinander verwandt sein sollen. Aber ich habe die Geburtsurkunde gesehen, es besteht also kein Zweifel. Wenn jemand dagegen nach der Verkörperung des Wörtchens «perfekt» suchen würde, er fände es in meiner

Mutter. Nicht nur, dass man bei Verabredungen die Uhr nach ihr stellen kann – sie ist noch dazu eine hervorragende Köchin, mit stets blitzblankpolierten Edelstahltöpfen und frischgewienerten Fußböden. Flecken und Knitterfalten sind ihr ein Fremdwort, und man kann bei ihr zu jeder Tageszeit in sämtliche Schränke und Schubladen schauen, denn auch hier herrscht stets militärische Ordnung. Wie sie das macht? Ich habe keinen blassen Schimmer. Ich komme da leider eher nach Oma. Eigentlich bin ich auch ganz froh darüber, die Dinge manchmal etwas lockerer zu sehen. Nur heute wünschte ich, ich wäre etwas mehr Hausfrau, als ich es momentan bin.

Denn Margot hat mich gebeten, auf Luzifer aufzupassen. Keuchend und mit schätzungsweise 15 Paketen bepackt (inklusive Luzifer), steht sie in meinem Wohnzimmer und gibt mir letzte Instruktionen für ihren kleinen Wonneproppen. Was der kleine Kerl an Zubehör für einen Tag braucht, passt in keinen normalen Reisekoffer. Da soll nochmal einer sagen, nur wir Frauen reisten mit zu viel Gepäck.

«Ich hab ihm gerade sein Fläschchen gegeben, er müsste also gleich wieder einschlafen», sagt Margot.

Das kann ich mir gar nicht vorstellen, denn Luzifer hat sich bereits aus seinen dicken Decken gelöst und verzieht sein Gesicht, um zum ganz großen Geschrei anzusetzen.

«Das ist jetzt nur wegen der Aufregung …», versichert Margot hastig. «Luzi-Duzi, so beruhige dich doch … du musst ihn einfach ein bisschen schaukeln, hier in diesem Stuhl!» Margot zieht einen Miniaturschaukelstuhl aus einer weiteren Tasche.

«Wenn du auf dieses Knöpfchen drückst, schaltet er auf Vibration, das hat er besonders gern.»

Margot drückt auf einen roten Knopf am unteren Rand des

Stühlchens, das umgehend zu surren und zu zittern beginnt. Irgendwie erinnert mich das Geräusch an einen Vibrator. Ich verkneife mir aber eine entsprechende Bemerkung, denn das Schaukelteil war sicher teuer, und sie soll es danach ja auch noch unbeschwert benutzen. Zeitgleich mit den Vibrationen ertönt ein Kinderliedchen, man kann es nur leider wegen der surrenden Mechanik nicht besonders gut verstehen.

«Zu Essen braucht Luzi heute nichts mehr, ich bin ja auch am späten Nachmittag wieder da ... Luzi, nein! Nicht die Vase anfassen ... Kekse hab ich hier eingepackt, und sein Tee ist hier in der Wärmeflasche ...»

Margot agiert wie ein Gewürzhändler auf einem arabischen Basar. Sie zieht Spielzeug aus der einen Tasche, Fläschchen mit Tee, Saft und Milchmixgetränken aus der anderen. Ich habe schon längst den Überblick verloren und kann ihr kaum folgen, weil ich nur die Hälfte von dem verstehe, was sie sagt, und sie außerdem ständig von ihrem Sohn unterbrochen wird und an einer, meiner Ansicht nach, völlig anderen Stelle wieder ansetzt. Wenn es um Luzifer geht, spricht Margot eine Fremdsprache. Wann und wo lernt man bitte all diese Vokabeln? Doch sicher nicht in der Schwangerschaftsgymnastik. Und wieso findet sie in all diesen Taschen immer den richtigen Deckel, Schnulli oder Teddy, wo sie doch früher nicht einmal im Stande war, zu wissen, wo sie ihr Handy zuletzt deponiert hatte?

«Also, wenn er schreit, dann gebe ich ihm den Tee, ja?»

«Nein, besser ist die Milch, die beruhigt ihn. Den Tee gibst du ihm, wenn er nach dem Nickerchen aufwacht.»

Ich schaue Margot verzweifelt an und würde am liebsten einen Rückzieher von meinem großzügigen Babysitting-Angebot machen, aber das kann ich ihr nicht antun. Meine beste Freundin scheint mein Zögern richtig zu deuten. Sie drückt mir drei weitere Tüten in die Hand, dreht sich auf dem Absatz um und verschwindet einfach durch meine Wohnungstür nach draußen. «Du schaffst das schon! Im Notfall kannst du mich auf dem Handy erreichen!», ruft sie mir noch über die Schulter zu.

Da geht sie nun hin und lässt mich mit dem Feind alleine. Klaus ist auch noch nicht wieder zurück. Er ist mit Camilla zum Tierarzt gefahren, denn es geht ihr offenbar immer noch nicht richtig gut. Bevor ich mich dem glücklicherweise zufrieden glucksenden Luzifer widme, höre ich noch kurz meine blinkende Mailbox ab. Seit gestern Abend habe ich bisher ungefähr 15 Nachrichten von Johannes Grundbach erhalten. Ob man sich nicht mal treffen könnte, und wo ich denn so schnell nach der Sendung gewesen sei. Jakob und er hätten sich gerne noch mit mir unterhalten.

Ich greife beherzt zum Hörer und bringe es hinter mich. Schließlich wollte ich heute sowieso die Wohnung ausmisten, da gehören hoffnungslose Verehrer irgendwie auch dazu. Nach drei Minuten ist das Telefonat auch schon beendet, denn Johannes gehört zu den Frauenverstehern, und das Argument, dass mein Freund im Vorstand eines Boxvereins ist, leuchtet ihm schnell ein.

Ich beginne also, meine alten Socken auszusortieren. Luzifer leistet mir brav Gesellschaft. Leider sind Babys an sich furchtbar langweilig, weil sie ja noch nichts können, außer schlafen, essen und in die Windeln machen. Hoffentlich passiert Letzteres nicht, schließlich habe ich noch nie eine volle Windel gewechselt. Angeblich soll Babykacke ja nach nichts riechen. So richtig spannend wird es wahrscheinlich erst, wenn die Kleinen in die Schule kommen. Dann fangen sie an, sinnvolle Sätze zu sprechen, und verstehen, was man ihnen sagen will. «Nein, nicht an die Steckdose, Luzi!», schreie ich erschreckt auf. Da wollte der kleine Racker doch glatt seine dicken Wurstfinger in die beiden Löcher stecken! Das hätte ins Auge gehen können. «Luzifer, nicht das Messer in den Mund. Pfui!» Ich nehme Luzifer das Kartoffelmesser aus der Hand und beginne einen Apfel zu schälen. Eine Sekunde später, und der Kleine hätte eine gespaltene Zunge gehabt, puh. «Ah, halt! Stopp!!» Gerade noch rechtzeitig greife ich nach dem frechen Kerlchen, das gerade im Begriff ist, sich vom Küchentisch zu stürzen. Kaum ein paar Monate auf der Erde, und schon will er sie wieder verlassen! Der Kleine ist eindeutig suizidal gefährdet. Das artet aus in Lebensrettung am Fließband. Eine Gefahr gebannt, schon lauert da die nächste. Jetzt weiß ich immerhin, wovon die Rede ist, wenn junge Eltern von kindersicheren Wohnungen sprechen. Da fällt mir ein, ich muss dringend Kondome besorgen. Nach ein paar Jahren Beziehung hat man zwar nicht mehr so viel Sex wie am Anfang, aber so ab und zu kommen Klaus und ich dennoch in den Genuss. In letzter Zeit war irgendwie immer der falsche Zeitpunkt. Während wir früher ganze Wochenenden opferten, um uns stundenlang zwischen den Kissen zu wälzen, gibt es heute tausend Dinge, die wichtiger sind. Beziehungssex im Anfangsstadium ist anders als ein One-Night-Stand. Bei einem Partner, dessen Vor- *und* Nachnamen man kennt, spielen die Gefühle einfach eine größere Rolle. Und das ist weitaus spannender, schließlich kann man zu fast 100 Prozent sicher sein, dass es immer noch besser wird, während man beim One-Night-Stand manchmal froh ist, wenn man sich garantiert nicht wiedersieht. So stelle ich mir das jedenfalls vor. Ich habe da kaum Vergleichsmöglichkeiten, denn, ehrlich gesagt, hatte ich bisher erst einen One-Night-Stand, das glauben zumindest meine Freundinnen. Um noch ehrlicher zu sein, bin ich zwar mit dem Typen in die Wohnung gegangen, wir haben aber dann doch nur geredet, und ich bin irgendwann um halb sechs Uhr morgens nach Hause gefahren.

Da Margot mir aber den Mann quasi auf einem Silbertablett serviert hatte – angesprochen, locker gemacht und mich in höchsten Tönen angepriesen wie eine Zuchtstute –, wollte ich ihr die Illusion nicht zerstören, dass sie zumindest kurzzeitig für meinen hormonellen Ausgleich gesorgt hätte.

Dabei fällt mir ein, dass ich schon lange keinen Ton mehr von Luzifer gehört habe. Er wird doch nicht wieder irgendetwas furchtbar Gefährliches angestellt oder sich gar aus dem Fenster gestürzt haben? «Luzi?!» Vorsichtig tappe ich den Flur entlang und rufe. Keine Antwort. «Luuuzzziii!» Ich versuche, mir meine langsam aufsteigende Panik in der Stimme nicht anmerken zu lassen. Ich laufe ins Wohnzimmer. Kein Kind. Ich renne weiter ins Schlafzimmer. Vielleicht schläft er ja, das Engelchen? Aber nein. Auch hier kein Kind. «Deideideidei ...duuuuu.» Da, ein glucksendes Quietschen! Luzifer ist offenbar noch am Leben. Mir scheint, das Geräusch kommt aus dem Badezimmer. Ich eile, so schnell ich kann, zu unserer Nasszelle und male mir in Gedanken aus, was so alles in einem nicht kindersicheren Badezimmer passieren kann: Ertrinken in der Wanne, Stromschläge durch den Haarföhn, Vergiftung durch das Essen von Seife ... doch als ich um die Ecke schaue, fällt mir ein Stein vom Herzen. Friedlich lallend sitzt Luzifer mit Charles, der einsam zurückgebliebenen Hälfte des Chuckwalla-Pärchens, auf dem Badezimmerboden. Wenn Klaus sehen könnte, dass gerade ein Kleinkind den Deckel des Terrariums geöffnet und die Echse mit seinen kleinen Patschehändchen aus dem Käfig befreit hat, würde er mit Sicherheit einen Wutanfall bekommen. Charles starrt mich denn auch ein wenig hilflos an, während eine mit Schokolade verschmierte dicke Kinderhand über seinen hornigen Kamm streicht. Woher Luzifer übrigens die Schokolade hat, möchte ich in diesem Augenblick lieber nicht wissen. Ich wundere mich schon in der nächsten Sekunde über Charles, denn der scheint tatsächlich einen Narren an dem Jungen gefressen zu haben, im wahrsten Sinne des Wortes, denn er knabbert munter an seinem Strampelhosenbein herum. Darin gleicht er seinem königlichen Namensgeber, der ja auch eine Vorliebe für Mutters Rockzipfel zu haben scheint. «Dino!», kreischt Luzifer begeistert und patscht Charles nochmal ordentlich eins auf die Rübe. Eine knallrote Nagellackspur fließt aus ihrem kleinen Fläschchen quer über den Boden. Offenbar sollte Charles verschönert werden, und zwar mit meinem Lieblingslack, «Pirate», dem besten Rotton, den Chanel jemals auf den Markt gebracht hat, dessen Produktion aber leider längst eingestellt wurde. Bis zum heutigen Tage konnte ich das Fläschchen wie meinen Augapfel hüten. Schade, denn jetzt ist es leer. Mir bleibt keine Zeit für Trauer, denn Luzifer packt jetzt Charles am Schwanz und schleift ihn rabiat quer durchs Badezimmer. Bevor er ihn in die Badewanne heben und ertränken kann, erbarme ich mich des Tierchens und befreie es aus den Fängen Luzifers, der dem armen Chuckwalla vorkommen muss wie ein tapsiger Riese. Dann setze ich ihn vorsichtig zurück ins Terrarium.

Gerade noch rechtzeitig! Klaus kommt von seinem Ausflug zum Tierarzt zurück und schließt gerade die Türe auf. «Mäuschen! Bin wieder da!», schallt es durch die Wohnung. «Bin mit dem Kind im Bad!», antworte ich, greife schnell nach dem Hosenmatz und wasche ihm hektisch die Händchen. Komisches Gefühl, wenn man etwas so Kleines, Lebendiges zwischen den Fingern hat. Luzifer ist zwar ein robustes Kind, aber eben doch noch völlig abhängig von einem Erwachsenen, der ihn füttert, anzieht, wäscht und beschützt. Ich drücke dem Kleinen einen Kuss auf die niedliche Stupsnase und gehe mit ihm Klaus entgegen, der Camilla vorsichtig in einem Karton vor sich herträgt. «Steht dir, so ein Kind!», sagt er anerkennend, und ich schließe messerscharf, dass er wieder besser gelaunt ist. Fast zu gut für meinen Geschmack.

«Sehr witzig», kontere ich. Ich verstehe bei solchen Scherzen ja grundsätzlich keinen Spaß, und bei meinem eigenen Freund schon gar nicht. Die Kinderdiskussion führen wir nämlich schon von Anfang an, aber das einzige Ergebnis, zu dem wir immer wieder kommen, ist, dass es sowieso noch zu früh ist und irgendwie auch nicht zwingend notwendig. Schließlich möchte ich weiter arbeiten, was mit einem Säugling definitiv nicht ginge. Ich heiße nun mal nicht Frauke Ludowig oder Heidi Klum und verfüge über mehrere Kindermädchen.

«Was war denn nun los mit Camilla?», wechsle ich geschickt das Thema.

Klaus setzt die Leguandame vorsichtig zurück zu Charles in den Käfig, und die beiden beschnuppern sich begeistert.

«Ach, die hatte nur Verstopfung, hat aber jetzt ein Mittelchen bekommen. Kann allerdings sein, dass wir in den nächsten Tagen das Terrarium öfter mal säubern müssen.»

«Wir?!», frage ich empört.

«Äh, ich natürlich, Hanna. Ich», beeilt er sich zu beteuern.

«Hier, halt mal.» Kurzerhand gebe ich mein lebendiges Bündel an Klaus weiter. «Ich wollte unsere Wohnung noch ausmisten und sauber machen, sonst komme ich wieder nicht dazu. Es sieht hier mal wieder aus wie auf einer Müllhalde. Und morgen geht's nicht, da fahren wir zu Oma.»

«Was halst du dir auch immer so viel auf. Ich wollte mir noch eine Dokumentation im Fernsehen ansehen, über das

Paarungsverhalten von Leguanen, vielleicht ist da ja was Nützliches für Charles und Camilla dabei», sagt Klaus etwas vorwurfsvoll. Wenn er so spricht, denke ich machmal, ich bin mit einem Alien zusammen. Anfangs hatte ich seine Absicht, aus unserem Charles einen Zuchtbullen zu machen, für einen Scherz gehalten, aber spätestens nach der Anschaffung dreier Speziallicht-Lampen à 150 Euro war mir klar, dass es sein voller Ernst ist. Immerhin hat er diesen Schrott nicht aus unserer Urlaubskasse bezahlt. Aber trotzdem hat ein Mann auch seinen Anteil im Haushalt zu leisten, auch wenn es nur um das Halten des Kindes der besten Freundin geht. Mal abgesehen davon hatte er mir ja nach der Heuschreckengeschichte sowieso mehr Hilfe versprochen. Davon merkt man allerdings noch nichts. Ich glaube, es ist zwecklos. Männer können einfach aus genetischen Gründen nicht den Müll wegbringen oder die Milch nachkaufen, wenn keine mehr da ist. Ich korrigiere: Sie können es sehr wohl, wenn sie etwas damit erreichen wollen. Ich erinnere mich noch gut daran, dass ich einmal aus dem Urlaub mit Karina und Margot zurückkam und mich eine vollbepackte Kiste Lebensmittel vor meiner damals noch eigenen Wohnungstür begrüßte. Aus Sorge, ich könnte nach dem Urlaub einen leeren Kühlschrank vorfinden, hatte mein Klaus für mich eingekauft. Mit dieser Aktion besänftigte er nicht nur Margot und Karina, die während unseres Griechenlandaufenthalts doch etwas genervt waren, weil wir jeden Tag mehrfach telefonierten und verliebte SMS hin- und herschickten. Ich war nun auch völlig aus dem Häuschen und machte mich, ohne meine Koffer auszupacken, sofort auf zu meinem Traummann, um ausgiebig die verlorenen zwei Wochen nachzuholen. Diesen Mann würde ich nicht mehr hergeben, dachte ich damals. Heute gibt es statt Lebensmitteln Heuschrecken im Kühlschrank. Wenn das so ist, kann er sich wenigstens an der zeitweiligen Kindererziehung beteiligen, finde ich.

«Margot hat heute ein Date mit ihrem Neuen. Da kann sie Luzifer definitiv nicht gebrauchen», erkläre ich.

«Deine Freundin möchte also wild in der Gegend herumpoppen, und du unterstützt das Ganze auch noch?», regt sich Klaus auf, während Luzifer auf seinem Arm herumzappelt. Ich schüttle nur den Kopf. Hier ist wirklich jeglicher Kommentar zwecklos. «Schaut doch die Doku gemeinsam. Ich glaube, Luzifer mag Tiere», schlage ich vor.

Innerlich muss ich kichern. Wenn du wüsstest wie gerne, du würdest dich wundern, denke ich und verziehe mich schleunigst in Richtung Kleiderschrank.

Wenn man in einer Beziehung lebt, werden Momente wie Frühjahrsputz, Großreinemachen und Ausmisten zur Seltenheit. Schließlich weiß man seine Zeit sinnvoller zu nutzen. Nein, ich meine nicht Sex, sondern Dinge wie gemeinsam fernsehen, essen, Freunde und Verwandte besuchen oder den Urlaub planen. Als Single gibt es diese Momente öfter, an denen man gerade nichts, aber auch wirklich gar nichts mit seiner Zeit anzufangen weiß, weil die beste Freundin mal wieder verliebt ist und nichts im Fernsehen läuft. Also widmet man sich der Schönheitspflege, wahlweise der des eigenen Körpers oder der Wohnung. Das Problem an der Sache ist: Man weiß erst dann zu schätzen, wie wertvoll eine zehnminütige ungestörte Gesichtsmaske ist, wenn man zum ersten Mal den Kommentar des geliebten Partners hört.

«Wie siehst du denn schon wieder aus?», kreischt Klaus, der gerade den Kopf durch die Tür gesteckt hat und entgeistert auf die Quarkmasse starrt, die ich mir für die Entrümpelung ins Gesicht geschmiert habe. «Luzifer will nicht stillsitzen und quängelt die ganze Zeit herum», quengelt Klaus herum.

Ich versuche, Klaus so schnell wie möglich wieder loszuwerden. «Gib ihm was zu trinken. In der Küche ist noch lauwarmer Kamillentee. Und spiel Hoppe-hoppe-Reiter mit ihm, das mag er.» Reine Vermutung, aber das kann Klaus ja nicht wissen. Außerdem hab ich mal gelesen, dass Babys gleichmäßige Auf- und Abbewegungen lieben und sich dabei sofort beruhigen. Mit dem Quark auf dem Gesicht beginne ich mit dem Aussortieren meiner T-Shirts und Pullover. Das Prinzip ist einfach: Was ich über ein Jahr nicht mehr getragen habe, kommt in den Keller, zwei Jahre bedeutet Altkleidersammlung und drei Jahre bedeutet Vergessenheit, was so viel heißt wie «Hey, ich wusste ja gar nicht, dass ich so hippe Klamotten habe!». Die Mode wiederholt sich ja in gewissen Abständen. Wenn es noch passt, wird es einfach wieder ins Repertoire aufgenommen. Ich finde ein herrliches rotes Top, das allerdings gleich mal in den Wäschekorb wandert, weil mir leider gerade etwas Quark drauftropft. Die Hosen lasse ich heute Hosen sein, schließlich gehe ich hier nie nach der Mode, sondern nach der Passform. Bei den Röcken bin ich ebenfalls schnell durch. Jetzt ist Klaus' Schrankabteilung dran. Hier reihen sich graue Pullis an braune Cordhosen und Sweater mit irre komischen Sprüchen wie «Bier formte diesen Körper» oder «Meine Freundin war in London, und alles was ich bekam, war dieses T-Shirt». Reizende Geschenke sogenannter Freunde eben. Ich packe ein Kleidungsstück nach dem anderen in den blauen Plastikbeutel fürs Rote Kreuz, und in null Komma nichts ist er auch schon voll.

Weil meine Quarkmaske langsam anfängt zu bröseln, wasche ich sie schnellstens ab, und da ich schon mal im Badezimmer bin, sortiere ich hier alte Seifen, Waschlappen aus der Steinzeit und fusselige Handtücher aus. In der Küche bin ich bereits so in meinem Wahn, dass ich binnen zehn Minuten überflüssige alte Kräuterdosen, zerkratzte Deckel, die zu keinem Topf mehr gehören, Schüsseln mit Sprung und hässliche Werbetassen entsorge. Es ist herrlich. So befreiend! Und ich werde immer mutiger. Als ich Omas alte Rosentasse greife, um sie wegzuwerfen, muss ich mich zwingen, in der Bewegung innezuhalten. Das geht zu weit. «Schatzi! Schaust du mal bitte in den blauen Beutel, ob ich das alles dem Roten Kreuz geben darf?», rufe ich durch den Flur. Schließlich muss man dem Mann an seiner Seite wenigstens kurz die Möglichkeit zur Intervention geben. Zu viel Zeit darf man ihnen aber auch nicht lassen, denn fangen sie erst einmal an zu überlegen, kann es Stunden dauern, und dann wandert alles wieder komplett in den Schrank. Gerade stehen jedoch die Chancen gut, denn die Dokumentation läuft, und Luzifer ist ebenfalls ein prima Ablenkungsmanöver. Ich greife zu Putzeimer und Wischlappen und gehe über zu Phase zwei meiner Großreinemachaktion. Am Ende des Tages habe ich es geschafft, dass die Wohnung wieder blitzeblank und sauber ist, ohne überflüssigen Krimskrams. Und ein gutes Werk werde ich nachher auch noch tun, wenn der kleine Racker weg ist. Dann kommen die Klamotten nämlich zum Altkleidercontainer.

Klaus hat sich immerhin in der Zwischenzeit rührend um seinen neuen Kumpel Luzi gekümmert. Als Margot klingelt, gucken beide ganz enttäuscht und wollen sich gar nicht mehr trennen. «Und? Wie war's?», frage ich neugierig, als Margot vor der Tür steht, schließlich ist sie ja auf der Suche nach ihrem neuen Traummann und einem potenziellen Ziehvater für ihren kleinen Teufel. Eigentlich hätte ich mir die Frage sparen können, denn ihre enttäuschte Miene verrät mehr als tausend Worte. «Ein absoluter Reinfall. Luzifer wird wohl in nächster Zeit der einzige Kerl in meinem Haus bleiben», sagt sie. Ich nehme sie in den Arm und sage: «Mach dir nichts draus, dafür haben wir drei uns prächtig verstanden. Nicht wahr, Luzifer? Luzifer?» Von Klaus und mir unbemerkt, hat sich unser kleiner Gast mal wieder still und heimlich aus dem Staub gemacht. Er sitzt nun vor der blauen Mülltüte mit den Altkleidern und wühlt voller Inbrunst in Klaus' aussortierten Klamotten. Margot kann ihren kleinen Bengel gerade noch aus den Stoffbergen angeln, als Klaus schon angestürzt kommt. Er gräbt sich entsetzt von Stück zu Stück, und seine Miene verfinstert sich zusehends.

«Aber das ist doch mein Lieblingsshirt, das kannst du doch nicht weggeben ... wie kannst du nur, ich *liebe* dieses Hemd ... ich glaube, ich muss das alles nochmal in Ruhe durchgehen.» Er setzt sich vor dem wilden Haufen auf den Boden. Da haben wir den Salat. Ich habe den günstigen Augenblick verpasst und muss mich nun auf eine längere Diskussion einstellen. Also gebe ich Margot ein Küsschen. «Mach's gut, wir telefonieren. Und tausend Dank euch zweien fürs Babysitten!», sagt Margot und winkt zum Abschied. Klaus schaut nur kurz von seinem Haufen auf und ruft zerstreut: «Mach's gut, Margot, bis ganz bald. – Hanna, das hier geht nun wirklich nicht in die Altkleider, das ist nigelnagelneu!» Er ist sichtlich aufgebracht.

«Nein, das hier hat ein Loch, guck mal!» Ich versuche es mit allen Mitteln.

«Okay, dies eine kannst du weggeben, aber schau mal das blaue!», lenkt er ein.

«Du meinst das, das mal blau war, als es noch jung war?!», frage ich streng zurück.

Man muss in diesen Dingen hart bleiben. Klaus benimmt sich, als würde ich gerade seine neugeborenen Kinder zur Adoption freigeben, und zwar ins eiskalte Sibirien. Da hilft nur knallharte und rationale Argumentation.

«Liebling, wann hast du denn diese Shirts zum letzten Mal angehabt?», frage ich bohrend.

Treffer! Klaus zögert.

«Siehst du, du erinnerst dich gar nicht mehr daran», setze ich nach.

«Aber ...»

«Die Sachen sind ja auch wirklich nicht mehr schön, und wenn deine Kollegen dich zufällig damit sehen ...» – genau da muss ich weitermachen. Ich laufe zur Höchstform auf. Gleich hab ich ihn!

«Ja, na ja, aber ich könnte sie doch noch zum Sport, da ist doch keiner ...», wendet er etwas kläglich ein.

«So oft wie du zum Sport gehst. Außerdem hast du da noch das grüne und das schwarze! Mehr brauchst du dafür wirklich nicht.» Gleich hab ich ihn. Jetzt hole ich zum finalen Matchpunkt aus!

«Und den Platz, der dadurch frei geworden ist, den kannst du für tolle neue Tier-DVDs nutzen.» Natürlich wird es nicht dazu kommen, denn die DVDs stehen bei uns wie bei allen vernünftigen Menschen unterm Fernseher, aber ich hoffe, Klaus merkt das Täuschungsmanöver in seinem Schockzustand nicht. Ich muss mir keine Sorgen machen, er geht mir voll auf den Leim:

«Das ist eine gute Idee, Hanna-Schatz! Ich hab da sowieso ein paar neue Filme im Auge! Soll ich dir mal den Prospekt zeigen?»

Bevor ich antworten kann, ist Klaus schon in Richtung Wohnzimmer verschwunden, und ich kann mir ein breites Grinsen nicht verkneifen. Der Punkt geht eindeutig an mich! Ich stopfe die Klamotten zurück in den Beutel und gehe damit gleich los zum Container, bevor mir mein Freund auf die Schliche kommt.

Acht

Wie man in den Wald ruft, so schallt es heraus, mein Kind.» Omi gießt heißen Tee in unsere Tassen und beginnt, den Frankfurter Kranz auf die Teller zu verteilen. Ich versuche immer wieder, ihm aus dem Weg zu gehen. Doch egal, zu welcher Uhrzeit Klaus und ich kommen, er wartet schon auf uns. Mit extra viel Buttercreme und dicker Krokanthülle. Dabei klingt der Name doch eher schlank, «Frankfurter Kranz». Wie ein nettes Stelldichein unschuldiger Backfische, die sich zum gemeinsamen Strickabend treffen. Stattdessen: Figurkiller, Cholesterinhammer, Fettbombe. Erschwerend, wenn man das so sagen kann, kommt hinzu, dass sich Omas Backtalent ebenso wie das meinige in ziemlich engen Grenzen hält. Ihr Kranz ist jedes Mal ein neues Abenteuer: Mal gab es im Supermarkt keinen Krokant mehr, und sie hat stattdessen Semmelbrösel genommen, dann verzählt sich Großmutter bei der Anzahl der Eier, und der Teig wird so hart, dass man damit Nägel in die Wand schlagen könnte. Diesmal hat sie offenbar die Uhr nicht richtig eingestellt, denn der Kranz ist innen noch etwas roh. Ich nehme schnell einen großen Schluck Tee, um mir Mut anzutrinken. Stattdessen verbrenne ich mir doch glatt die Zunge.

«Man muss immer höflich sein zu den Leuten, Hanna, und sich auch immer ordentlich anziehen. Hast du denn inzwischen Arbeit gefunden, Kind?» Oma nimmt auch sich ein Stück Torte und fällt mit einem lauten Seufzer in ihren etwa gleichaltrigen Ohrensessel, der prompt zurückseufzt.

«Natürlich hab ich einen Job, Oma. Hast du die Sendung denn am Freitag nicht gesehen? Ich hab dich doch extra angerufen.» Auch ich kann mir einen Seufzer nicht verkneifen.

Um Zeit zu gewinnen, probiere ich ein Stück Torte. Die Buttercreme verteilt sich gleichmäßig über meinen Gaumen. Den Klumpen im Ganzen hinunterzuschlucken ist ein erhebliches Gesundheitsrisiko, also schiebe ich ihn erst einmal in die linke Backentasche. Vielleicht löst er sich ja auf.

«Natürlich hab ich eingeschaltet. Es kam gleich nach dieser Piratensendung mit den vier Frauen. Aber dich habe ich nicht gesehen», sagt Oma.

«Piratensendung? Oma, du hast sicher den falschen Kanal gedrückt!», erwidere ich und verdrehe im Geist die Augen.

Die Buttercreme-Teigkugel sitzt immer noch zwischen Gaumen und Wange fest. Ich versuche, sie mit etwas Tee wegzuspülen, bin aber diesmal vorsichtiger und schaffe es, mir nicht noch einmal die Zunge zu verbrennen.

«Nein, nein, ich bin mir ganz sicher, dass es der richtige Kanal war, Nummer vier auf meiner Fernbedienung, genau wie du gesagt hast.»

Sie zeigt auf ihr TV-Gerät und nickt bestimmt mit dem Kopf. Vielleicht sollte ich doch einmal mit ihr zum Augenarzt gehen. Eine Piratensendung gibt es derzeit, soweit ich weiß, auf keinem Programm. «Omi, welche Piratensendung meinst du denn?», frage ich vorsichtshalber.

«Na ja, der Titel war auch komisch formuliert, da habe ich mich schon gewundert, die Leute vom Fernsehen können auch kein Deutsch mehr.»

Sie kaut auf ihrem Tortenstück herum, während sie angestrengt nachdenkt.

Dann hellt sich ihre Miene auf: «Jetzt hab ich's. Des Pirates Haus oder so ähnlich! Das war es. Und es ging darum, dass vier Frauen sich immer gegenseitig ihre Probleme erzählt haben. Die eine hatte sogar eine Affäre mit dem Gärtner.»

Langsam fällt bei mir der Groschen.

«Oma, kann es sein, dass du ‹Desperate Housewives› gesehen hast?»

Klaus hustet dezent in seine Serviette und nickt mir dann grinsend zu.

«Ja, so könnte die Sendung auch geheißen haben. Was ist denn ein Piratenweif?»

Jetzt ist mir alles klar. Oma hatte in ihrer Schulzeit einfach keinen Englischunterricht. Ich muss sie aufklären, das ist meine Pflicht als treusorgende Enkelin.

«Omchen, das ist der englische Originaltitel der Serie, der wurde nicht übersetzt. Eigentlich heißt es ‹verzweifelte Hausfrauen›. Aber wie hat dir denn jetzt meine Sendung gefallen?»

«Och, diese Piratenfrauen waren doch ganz unterhaltsam, aber ich habe mich doch stark gewundert, weil danach ja dann immer diese viel zu dünne Blonde in einem unmöglichen Hemdchen im Bild war. Aber du bist kein einziges Mal aufgetaucht. Gott, war mir das peinlich. Dabei war ich doch so stolz, mein Engelchen. Ich hatte auch extra Almut Winter und Jakubine Waslowski Bescheid gegeben, dass die sich das angucken. Die kennst du doch auch. Wann warst du denn dran?»

Vor lauter Verzweiflung schiebe ich mir noch einen Bissen Frankfurter Horrorkranz in den Mund.

«Omchen, ich war doch nicht vor der Kamera, ich arbeite doch als Redakteurin! Ich habe die Gäste eingeladen, genauer gesagt den netten jungen Mann mit dem Kind!»

Großmutter sieht mich verständnislos an. Ein Blick zu Klaus, als könne der ihr helfen, dann wieder ein Blick zu mir.

«Du kannst ihr schon glauben, sie arbeitet da wirklich», sagt Klaus und schaufelt tapfer den Kranz in sich hinein.

«Ja, nun, also den jungen Mann hab ich wohl gesehen. Und was hast du mit dem zu tun? Woher kanntest du den denn, und wieso hatte der denn sein Kind dabei? Ich finde ja, Kinder gehören nicht in eine TV-Sendung. Und diese Moderatorin, nein, wirklich. So ein dummes Ding!»

Großmutter schüttelt entsetzt den Kopf.

Ich würge noch einen Bissen hinunter und zähle bereits die Wochen, die es mich kostet, per FdH die unnötigen Kalorien wieder loszuwerden. Wir müssen dringend unser Sexleben wieder in Schwung bringen, denn ich hasse Fitness-Studios. Wenn ich allein an die meterlang aneinandergereihten Foltergeräte denke, läuft es mir eiskalt den Rücken hinunter. Und dann diese aufgeblasenen Muskelprotze, die nur darauf warten, dass so eine Sportnull wie ich sich genau vor ihrer Nase niederlässt, um den mickrigen Trizeps zu trainieren, damit er nicht bei jeder Handbewegung mitflattert ...

«Klaus, wenigstens hast du einen festen Job, sag nochmal, wie hoch ist deine Pension?»

«Oma! Ich habe auch einen Job!», werfe ich empört ein.

«Ja, Kindchen, natürlich», sagt sie begütigend.

Sie nimmt sich noch ein Stück Kuchen, und Klaus, der seinen Teller ebenfalls schon geleert hat, bekommt auch noch Nachschlag. Er wirft mir einen hilfesuchenden Blick zu, doch ich schüttele nur mit dem Kopf. Mittlerweile müsste er meine Methoden doch kennen. Nach den ersten zwei, drei Pflichtbissen zerteile ich den Kuchen in immer kleinere Stücke und schiebe sie von einer Tellerseite zur nächsten, und wenn Oma nicht hinsieht, kippe ich das Ganze in den Müll. Ab einem gewissen Alter muss man die Menschen einfach nicht mehr mit der Wahrheit konfrontieren. Ich finde, man sollte ihnen die Illusion lassen, dass ihr Kuchen toll, ihr Outfit phantastisch und ihre Hobbys aufregend sind.

Meine Oma zum Beispiel liebt es, sich mit fremden Leuten zu unterhalten. Das allein wäre ja nicht so schlimm. Sie archiviert diese Geschichten aber in ihrem Gehirn und erzählt sie dann bei jeder Gelegenheit weiter. Leider meist mehrfach und in epischer Breite.

«Hab ich euch eigentlich schon von dem Mann im Park erzählt?»

«Ja, hast du. Bereits dreimal.»

«Ja, also, dieser Mann ist wirklich unglaublich, er sammelt Steine, und die hebt er in einem blauen Sack auf, den er stets bei sich trägt.»

«Ja, Omi, das wissen wir.»

«Nun, er erzählte mir, es seien Symbole für die Herzen, die er in seinem Leben gebrochen hat, ist das nicht schaurig!» Na ja, schaurig ...

Ich liebe meine Großmutter, denn trotz ihrer Eigenheiten ist sie dennoch eine der normalsten Personen, die ich kenne. Normal und kalkulierbar. Ich weiß einfach, was ich an ihr habe. So etwas ist wertvoll, gerade in der heutigen Zeit, in der man von allem und jedem überrascht werden kann. Mein Großvater ist leider schon seit fünf Jahren tot. Ich habe ihn sehr gemocht, und er fehlt mir irgendwie immer noch. Gar nicht auszudenken, wie es wird, wenn Oma auch irgendwann mal nicht mehr da ist. Egal, wie alt man ist: Der Verlust eines geliebten Menschen ist immer schrecklich. Für Großmutter zum Beispiel käme es nie in Frage, sich einen neuen Mann zu suchen. Sie hatte nur diesen einen, und der war ihre große Liebe. Besser gesagt: Er ist ihre große Liebe. Auch wenn die Kirche sagt: «bis dass der Tod euch scheidet», fühlt sie sich im Geiste gar nicht getrennt von ihrem Achim. Er ist immer noch bei ihr. Da können noch so viele Sensenmänner antanzen.

«Eine Beziehung, liebe Hanna, bedeutet nicht immer eitel Sonnenschein. Das ist harte Arbeit» – so sagt sie immer, wenn ich mich einmal wieder über Klausis Unaufmerksamkeiten beklage. Ich bin mir nicht ganz sicher, ob diese Einstellung nicht vielleicht doch einen Tick altmodisch ist. Wenn zwei zueinandergehören, schwebt man doch die ganze Zeit auf Wolke sieben, teilt die Leiden, verdoppelt die Freuden, oder etwa nicht?

Vielleicht hat sich Oma ja auch nur mit ihrer Situation abgefunden, weil sie zur damaligen Zeit einfach keine andere Wahl hatte. Schließlich sind sich die beiden über ihre Familien vorgestellt worden und waren schon ein paar Wochen später Mann und Frau. Eine alleinstehende Frau wäre zu Omas Zeiten ein echtes Problem gewesen, und eine Geschiedene des Dorfes verwiesen worden. Das Wort Single gab es damals noch nicht, dafür aber Heerscharen unglücklicher Frauen und Männer, die vielleicht lieber mit jemand anderem zusammen gewesen wären. Andererseits ist die Freiheit, jeden Tag wieder frei über sein Liebesleben selbst entscheiden zu können, auch nicht immer einfach. Ich schaue zu Klaus hinüber, der tapfer sein zweites Stück Frankfurter Kranz bekämpft. Irgendwie ist er doch süß. Ich beuge mich zu ihm herüber und gebe ihm einen Kuss. Wie auf Kommando kommt die gefürchtete Frage:

«Wann heiratet ihr denn nun endlich?»

«Ach, Oma, das Thema hatten wir doch schon letzte Woche! Wir wollen nichts überstürzen.»

«Überstürzen? Kind, du bist 32! In dem Alter kann man nichts mehr überstürzen. Als ich in deinem Alter war ...»

Es folgt eine ihrer epischen Ausführungen über die gute alte Zeit, in der sie ihre Kinder, eins nach dem anderen, zur Welt brachte und trotzdem immer für etwas zu essen auf dem Tisch sorgen konnte. Klaus lauscht ihr andächtig. Er liebt ihre Monologe, vermutlich, weil sie alle von klassischen Beziehungsmodellen handeln. Er selbst wuchs nämlich in einem chaotischen Hippiehaushalt auf. Seine Eltern rauchen heute noch ab und zu Gras und haben ihm eine völlig antiautoritäre Erziehung zuteil werden lassen. Klein Klausi wurde als Einzelkind mit Liebe nur so überschüttet, durfte überall mit hingehen und stundenlange Sitzstreiks und Festivals anlässlich des Weltfriedens mitmachen. Ich vermute, dass er deshalb ab und zu etwas stoisch wirkt. Alles, was schneller ist als er, rauscht unbeachtet an ihm vorbei. Leider manchmal auch ich.

Er hält meine Kindheit auf dem Land für den Traum eines jeden jungen Mädchens. Denn ich wuchs zwischen saftigen Wiesen und Hunderten von Wiederkäuern als Tochter des allseits beliebten Dr. Rückad nebst Gattin auf. Direkt nach dem Abitur habe ich deshalb die Flucht in die Großstadt angetreten. Meine Eltern vergossen Tränen hektoliterweise. Sie beruhigten sich erst, als meine Großeltern ebenfalls in eine Wohnung in der Stadt zogen. So wurden sie meine Lieblingsgroßeltern, auch wenn Oma gerade heute besonders viel zu erzählen hat.

«... Das war nicht immer einfach, aber ich habe es immer geschafft, auch mit euch Enkeln. Christian und Mario sind nun auch schon ein paar Jahre verheiratet, und Klaus ist doch auch ein ganz ein Lieber.» Sie beugt sich verschwörerisch vor, als sie glaubt, dass er mit seinem Kuchen beschäftigt ist, und wispert mir in mein Ohr: «Denk an seine Pension!»

Natürlich hat Klaus es trotzdem gehört, tut aber mir zuliebe so, als habe er nicht.

«Kommen denn deine Freundinnen heute gar nicht?»

Hastig versuche ich vom Thema abzulenken. Oma lädt sich Sonntags eigentlich immer ihre «alten Tanten» ein, wie sie sie gerne nennt. Die sind in Wirklichkeit allesamt Witwen in ihrem Alter, die sich regelmäßig zum Kaffeeklatsch oder zu Konzertbesuchen treffen. Da sich meine Oma im Verhältnis zu den anderen wesentlich jünger und attraktiver fühlt, nennt sie die anderen eben «alte Tanten». Vermutlich tun das die «alten Tanten» zu Hause ebenso. Es ist ein weitverbreitetes biologisches Wunder, dass man nur von außen altert, innen hält man sich nach wie vor für jung. Insbesondere, wenn man ständig den Kontakt zu wesentlich Jüngeren pflegt, so wie meine Omi das macht. Sie vergisst dabei nur leider, dass auch sie inzwischen nicht mehr ganz taufrisch und dass Adenauer schon lange nicht mehr Kanzler ist.

«Eigentlich wollte ich mich mit den alten Tanten heute Abend zum Ballett treffen. Sie geben ‹Giselle› in der Oper. Aber wie stehe ich denn jetzt da, nachdem ich Almut und Jakubine gesagt habe, sie sollen sich deine Sendung ansehen!»

«Oma, sag ihnen, dass ich Redakteurin bin. Die sieht man nun mal nicht. Du kaufst ja auch deine Wurst nicht direkt beim Metzger, sondern bei Herrn Müller, der sie dir zwar aufschneidet, aber sie nicht gemacht hat.»

Ich glaube, sie wird meinen Beruf nie verstehen. Vielleicht sollte ich mir ihr zuliebe einen Zweitjob als Verkäuferin zulegen, nur, damit sie mich mal bei der Arbeit besuchen kann. Moment, das wäre überhaupt *die* Idee.

«Sag mal, Omchen, was hältst du eigentlich davon, wenn du zur nächsten Aufzeichnung kämest? Dann könntest du direkt ins Studio kommen und sehen, was ich so mache?»

«Ja, Kind, wenn das ginge? Wo arbeitest du denn nun? Und wann wäre das dann?»

«Nächsten Freitag. Ich schreib es dir am besten in deinen Kalender, damit du es nicht vergisst. Vielleicht holt dich Klaus ab und bringt dich zum Studio, ginge das, Klaus?»

«Klar», nuschelt Klaus mit vollem Mund.

Mir fällt ein Stein vom Herzen. Damit schlage ich zwei Fliegen mit einer Klappe: Oma wird endlich verstehen, dass ich nicht mehr arbeitslos bin, und Klaus zeigt vielleicht endlich mehr Interesse für meinen Job.

Als wir uns verabschieden, steckt mir Oma unauffällig einen 100-Euro-Schein zu. «Hier, ich weiß ja, dass du momentan nicht so viel hast!» Oje. Sie hat es also immer noch nicht verstanden! Aber das wird sich ja bald ändern.

Neun

Vögel, die morgens singen, holt am Abend die Katze. Das würde Großmutter sagen, wenn sie Josef Meier kennen würde. Jeden Morgen kostet er mich mindestens zehn Minuten, in denen er mich über die neuesten Ergebnisse der Fußballbundesliga, Länderspiele, Championsleague und jedes einzelnen Menschen, der sonst noch irgendwo auf der Welt einen Ball vor sich hergekickt hat, informiert. Wie kann ein Mensch nur den ganzen Tag damit verbringen, auf einen postkartengroßen Bildschirm zu starren, auf dem sich zweiundzwanzig Miniaturfußballer um einen Ball kloppen, der dank Meiers urzeitlichem Gerät nicht größer als eine Erbse ist? Natürlich in Schwarz-Weiß? Ist Jessica dabei, werden meist sogar zwanzig Minuten aus unserer Begrüßungszeremonie. Sie ist offenbar die einzige Frau auf diesem Erdball, die sich ebenfalls für Fußball interessiert. Die beiden sind sicher Zwillinge, bei der Geburt getrennt. Meine Brüder sind genauso. Die können sich wochenlang nicht zu Gesicht bekommen. Und dann, wenn sie sich treffen, beendet der eine die Sätze des anderen. Ich habe keinen Seelenverwandten, glaube ich. Ich habe Margot und Karina, mit denen ich so gut wie alles bespreche, und natürlich Klaus, meinen Freund, mit dem mich eine innige Beziehung verbindet. Aber Seelenverwandtschaft? Auf keinen Fall jedenfalls, was das Thema Fußball angeht. Da habe ich nämlich nicht mal eine Seele. Torhüter sind für mich zum Beispiel ein Fall für den Psychiater, denn sie versuchen zwanghaft, immer das zu verhindern, worum die anderen 90 Minuten lang kämpfen: dass der Ball ins Tor geht. Kein Wunder, dass Oliver Kahn wie ein wildgewordenes Gorillamännchen auf Speed wirkt. Der Torwart ist im Grunde der ewige Spielverderber, der nicht mitmachen darf, denn sonst stünde er ja mitten auf dem Feld und nicht am Rand unter einem Riesennetz.

«Hanna, Sie können sich nicht vorstellen, wie sich die alte Bachstauber mit ihrem Pudel aufgeregt hat. Geplatzt wäre sie beinahe, nur, weil der Sohn ihrer Nachbarin den Hund neu frisiert hat. Dabei ist der elf und traumatisiert durch die Scheidung seiner Eltern, da kann man doch auch mal ein Auge zudrücken, was denken Sie?»

Heute geht es ausnahmsweise nicht um Ballsport, sondern um Hundefrisuren. Trotzdem kann ich auch dabei nicht mitreden und fasse mich kurz.

«Ja, ja, das kann man. Ist Gerhard schon oben?», murmele ich.

Unauffällig schaue ich auf meine Armbanduhr. Schon sechs nach zehn!

«Nein, den hab ich heute noch nicht gesehen. Ist gestern auch erst ganz spät raus. Ganz spät. In letzter Zeit verlässt der sowieso immer als Letzter das Büro. Hat sicher Eheprobleme. So fängt es doch an. Man streitet sich, man geht sich aus dem Weg, spricht nicht mehr miteinander. Haben Sie einen Freund?»

«Ja, ich muss aber jetzt wirklich ...»

«Sehen Sie, ich bin seit nunmehr 25 Jahren verheiratet. Natürlich verändert sich so eine Ehe im Laufe der Jahre, trotzdem würde ich meine Grete niemals verlassen. Niemals. Und seit ich meine Fußballsendungen immer auf der Arbeit gucke, streiten wir uns auch kaum mehr. Sind Sie denn verheiratet?»

«Nein, wir leben zusammen, aber wir sind nicht ... Herr Meier, ich muss zur Konferenz und noch was vorbereiten, bevor die Konferenz losgeht, also, bevor Gerhard kommt.»

«Schon gut, Kind, gehen Sie, die jungen Leute haben heute ja immer so viel um die Ohren und merken nicht, dass das alles eigentlich gar nicht so wichtig ist. Denken Sie an den Pudel.»

Wieso soll ich an den Pudel denken? Schließlich kann der arme Hund doch nichts dafür, dass er Opfer eines psychisch kranken Kindes und Haustier einer unangenehmen alten Schabracke ist. Oder will mir Meier eigentlich sagen, dass man sich einfach mit seiner eigenen Situation abfinden muss, egal, was passiert? Das ist ja geradezu Zen!

Ich laufe im Eilschritt zum Konferenzraum, wo schon alle versammelt sind, außer Gerhard.

«Wo bleibst du denn?» Thorsten schaut mich vorwurfsvoll an. «Gerhard hat angerufen, er kommt etwas später, wir sollen aber schon mit dem Brainstorming anfangen.»

Super. Thorsten, unser Redaktionsklugscheißer und Plastikpulliträger, hat also heute den Vorsitz. Das kann ja heiter werden. Der Typ ist so kreativ und unterhaltsam wie ein Wollschal.

«Hanna und ich waren letzte Woche zur Recherche im ‹It› und haben uns gedacht, wir könnten mal eine Sendung über das Partyverhalten aufstrebender Politgrößen machen!» Jessica nickt mir aufmunternd zu, während ich mich neben sie setze.

«Wie soll ich das denn verstehen, liebe Jessica.»

Thorsten sagt immer «liebe Jessica» zu Jessica, und obwohl der Rest der Kollegen sie mit «Dschessica» anspricht, bleibt er stur bei «Jessica».

«Hör mal, du alte Quarktasche, was ich damit sagen will ist, dass sich der Kopf unseres Volkes auf Kosten der Sponsoren den Bauch vollschlägt. Da bekommt das Wort Diät doch eine ganz andere Bedeutung!»

Sie zupft sich ihr Designerblüschen zurecht und schaut ihm auffordernd ins Gesicht. Thorstens Unterlippe beginnt ein wenig zu zucken, und er nimmt schnell einen Schluck aus seinem Wasserglas, das vor ihm auf dem Tisch steht.

Eine kratzige Stimme vom hinteren Ende des Tisches meldet sich zu Wort. «Ey, ich weiß echt nich, Jessi, das ist doch viel zu heftig und so, außerdem hat Cordula gesagt, sie will mal wieder was mit mehr Boulevard.»

Paula. Ich habe sie vorher noch nie sprechen hören, außer bei unserer ersten Vorstellung.

Dankbar fällt Thorsten mit ein.

«Ja, ich finde auch, wir sollten lieber ein gängigeres Thema wählen, nicht nur Cordula zuliebe, auch wegen der Zuschauer, wir brauchen ja auch die Quote. Singles zum Beispiel.»

«Aber das hatten wir doch gerade!», wendet Jessica ein.

«Alleinerziehend ist was anderes», beharrt Thorsten, der sich und seinen Lieblings-Plastikpullover aufplustert wie ein Kakadu in Verteidigungsposition. Jessica kämpft weiter.

«Gott, wie abgedroschen, das läuft doch überall. Hanna?» Jessica wirft mir einen flehenden Blick zu. Ich stecke in der Zwickmühle. Das Thema «Singles» ist grundsätzlich gut, aber natürlich alles andere als neu.

«Also», beginne ich, «wir sollten einen Schritt weiter gehen. Wir brauchen mehr Verzweiflung. Wo sind die ganzen verlorenen Seelen dieses Landes, die wirklich keinen abkriegen? Oder vielleicht laden wir Menschen ein, die mehr als eine Person in ihr Leben lassen», versuche ich einen Kompromiss.

«Ja, ja, das ist es. Einfach genial! Verzweifelte Seelen, Menschen, die sich in Dark Rooms herumtreiben, Kontaktanzeigen wälzen, schneller anonymer Sex ...»

Gerhard hat unbemerkt den Raum betreten und nimmt meine Idee begeistert auf. Ehrlich gesagt, ganz so hatte ich mir das Thema nicht gedacht, schließlich möchte ich nicht einer von diesen Schmuddelsendungs-Redakteuren werden. Was soll meine Oma dazu sagen?

«Wie wäre es mit Sex in der Großstadt?», versuche ich, Schadensbegrenzung zu betreiben.

Gerhard nickt immer noch begeistert. «Ja, das ist toll!»

«Ja, Hanna, das finde ich richtig gut! Das gibt uns mehr Freiheiten bei den Gästen, wir könnten sogar eine Prostituierte einladen», ertönt Thorstens ölige Stimme.

Er schaut zwischen Gerhard und mir hin und her und entschließt sich, begeistert zu grinsen. Verlogener Schleimer.

«Unterzeile: So leben Singles und Paare wirklich», lässt sich jetzt Jessica vernehmen.

Sie scheint Gefallen an dem Thema zu finden.

«Abgemacht, das wird der Renner. Jessica, du suchst mir ein paar Nutten, du weißt schon, Dominas, die was zu erzählen haben. Wer kommt zu ihnen, was für perverse Spielchen wollen die, und, und, und. Hanna, von dir will ich, dass du Kontaktanzeigen wälzt. Ich will die richtig guten Chiffreanzeigen. Lies ein bisschen zwischen den Zeilen. Finde einen Verheirateten, der seine Ehefrau betrügt. Thorsten, du fährst die ‹Fisch sucht Fahrrad›-Nummer, und Paula, von dir will ich so einen Stadt-Gigolo, bei dem den Frauen der Sabber aus dem Höschen läuft.»

Betretenes Schweigen im Raum.

«Ah, ja, ihr wisst schon, was ich damit meine.» Gerhard wirft sich mit lautem Lachen in den Sessel zurück und klopft sich auf die dicken Schenkel. Ich greife meinen Notizblock und verziehe mich hinter meinen Schreibtisch. Das kann ja heiter werden.

Nach eineinhalb Stunden Internetrecherche habe ich immer noch nicht das, wonach ich suche. Zwar weiß ich jetzt, dass süße Kuschelmaus jemanden mit ganz viel Sinn für Romantik sucht und rassiger Fischemann gerne anbeißt, wenn sie sportlich ist, aber so richtig umhauen wird das wohl niemanden, der Freitagabend eine Sendung mit Cordula Reiss schaut.

«Sag mal, meinst du, wir könnten Trent in die Sendung einbauen?» Ich stehe vor Jessicas Schreibtisch und tippe auf ihr Telefonbuch, als hätte sie darin die Lösung all meiner momentanen Probleme.

«Trent?», fragt Jessica verständnislos zurück.

«Na ja, er ist doch Musiker und ziemlich beliebt, kann ich mir denken», plappere ich.

«Bist du scharf auf ihn? Hat er dich angebaggert?» Jessica entgeht aber auch nichts. Aber ganz so ist es ja auch nicht, also reiße ich mich zusammen und sage: «Nein, Quatsch. Nein. Ich dachte nur, weil er sich doch so nett um mich gekümmert hat auf der Party und so.» Ich werde ein bisschen rot. Hoffentlich sieht sie das nicht.

«Hm. 'n bisschen Promo könnte der Gute schon gebrauchen. Ja, wieso nicht, ruf ihn an», sagt Jessica leichthin.

Oje. So einfach ist das nicht! «Wieso ich? *Du* kennst ihn doch», sage ich. Aber Jessica winkt ab:

«Ach, der ist da nicht so, ruf ihn ruhig an, außerdem muss ich los, ich treffe mich gleich mit einer Domina, angeblich hat die was mit einem hohen Tier aus der Automobilbranche. Mehr wollte sie mir am Telefon nicht verraten.»

Jessica schnappt sich ihre Jacke und wirft mir ihr Telefonbuch zu.

«Hier! Steht unter Horst Mappeljoch.»

«Horst Mappeljoch?» Ich verstehe gar nichts mehr.

«Ja, schlimm, oder? Trent ist nur sein Künstlername, weil er Trent Reznor von den ‹Nine Inch Nails› so toll findet. Meiner Meinung nach eine gute Entscheidung, sich umzubenennen.»

Jessica kichert und verschwindet nach draußen. Vielleicht sollte ich einfach Paula Trents Nummer geben, schließlich wäre er auch ihr Studiogast. Als Gigolo vom Dienst. Aber ob Trent wirklich ein Gigolo ist? Er war charmant, gar keine Frage, aber so direkt angemacht hat er mich nicht. Er war doch eher höflich und schweigsam. Horst, was für ein blöder Name. Wenn ich mir vorstelle, ich müsste Sex mit einem Horst haben, das ginge ja gar nicht. «Oh, Horst, jaaa, oh, ja, Horst!» Hihi. Koitus interruptus garantiert. Wahrscheinlich nennt er sich auch deshalb Trent. Ich rufe ihn jetzt an und bespreche das mit ihm, dann kann ich später Paula einfach die Einzelheiten geben, und sie macht dann alles Weitere mit ihm aus. Wenn er überhaupt will. So ein junger Musiker ist sicher ständig auf irgendwelchen Gigs von seinen coolen Freunden oder probt mit seiner eigenen Band. Aber so ein Auftritt in einer Sendung ist ja auch gut für ihn. Vielleicht sollte ich mit offenen Karten spielen, ihm sagen, dass ich ihn ja nicht als Gigolo einschätze, aber Jessica und ich uns gedacht haben, dass es gut für seine Karriere sein könnte. Oder vielleicht sage ich doch lieber, dass es allein Jessicas Idee war, sie aber keine Zeit hatte, ihn anzurufen. Andererseits, wenn er sie dann darauf anspricht, wäre das auch blöd. Also doch besser sagen, dass es meine Idee war. Unsere gemeinsame Idee. Das werde ich ihr dann schon noch erklären, schließlich kennt sie ihn ja besser und länger und hat mir seine Nummer gegeben.

«Mmghjja?» Ein krächziges Stöhnen meldet sich an der anderen Leitung.

«Guten Tag, hier ist Hanna Rückad, Hanna. Wir haben uns letzte Woche im ‹It› kennengelernt.»

«Ahmmfff. Momenma.»

Ich warte. Am anderen Ende knarrt ein Bett. Dann schlurft jemand offenbar einen Flur entlang.

«Wieschbätisn?»

Ich schaue auf meine Uhr. Es ist kurz nach zwei Uhr.

«Kurz nach zwei», sage ich.

«Krass. Wersda?»

«Hanna. Rückad», sage ich betont langsam. «Wir kennen uns über Jessi. Aber die hat keine Zeit, weil sie zu einer Domina musste, deshalb melde ich mich bei Ihnen, äh, dir. Wegen unserer Sendung. Wir würden dich gerne einladen, zum Thema ‹Sex in der Großstadt›, wegen deiner Promo und so.»

Funkstille.

«Krass. Hastu was eingeschmissen?»

«Was, ich? Drogen? Nein, auf keinen Fall. Soll ich vielleicht später nochmal anrufen?»

«Ich brauch erstmal ’nen Kaffee, warte mal.»

Wieder Stille. Dann Schlurfen. Ich höre einen Wasserkocher, dann ein Plätschern.

«So. Jetzt nochma. Wers dran?»

«Hanna, ich bin Hanna, wir haben uns … ist ja auch egal. Jedenfalls habe ich deine Nummer von Jessica bekommen, weil wir dich gerne in unsere Talksendung einladen möchten», erkläre ich geduldig.

«Krass.»

«Nein, Cordula, Cordula Reiss», verbessere ich.

«Klar, wann soll ich denn kommen?», sagt Trent alias Horst.

«Wir müssten ein Vorgespräch führen, das würde dann meine Kollegin machen», sage ich.

«Alles klar, aber das nächste Mal nicht so krass früh anrufen», krächzt er.

Aufgelegt. Entweder habe ich gerade einen Studiogast für die Sendung herangeschafft oder Jessicas Freundschaft zu Trent komplett zerstört. Was habe ich da überhaupt für einen Blödsinn gequatscht? Jessi muss zur Domina! O mein Gott, was muss der Typ jetzt von mir denken? Wahrscheinlich wusste er sowieso nicht mehr, wer ich bin. Ich werde den Kontakt an Paula abtreten.

Janin, unsere neue Praktikantin, läuft kreischend durchs Büro, verfolgt von Gerhard, der hinter ihr herhechelt, ohne den geringsten Hauch einer Chance, sie irgendwann einzuholen. Was finden ältere, untersetzte Männer nur an Frauen, die gerade der Pubertät entsprungen sind? Und vor allem, was finden die an den Männern? Janin hat sich gerade hinter seinem Schreibtisch verbarrikadiert, und Gerhard grapscht abwechselnd nach ihren Brüsten und ihrem Hintern. Sie windet sich und quiekt wie ein Meerschweinchen in der Falle. Gerhard lacht aufgekratzt und genießt den Körperkontakt. Was seine Frau wohl dazu sagen würde, wenn sie wüsste, wie sich ihr Mann auf der Arbeit benimmt? Angeblich sind die beiden seit über zwanzig Jahren miteinander verheiratet und haben zwei erwachsene Kinder. Die Ehe ist eben auch nicht mehr das, was sie einmal war. Ich muss Karina anrufen, ich brauche dringend etwas Ablenkung.

Zehn

Jedem Tierchen sein Pläsierchen! Das würde Omchen wahrscheinlich sagen, wenn sie Karina und mich hier im Kaufhaus in der Dessousabteilung sehen würde. Spitzen-BHs, Tangas, French Knickers aus Seide, Strapse in Rot und Rosa, Korsagen aus Satin, Strümpfe mit Naht – kurz, ein Paradies für jede Frau, die einen Freund mit zwei Augen im Kopf hat.

«Ich suche was richtig Erotisches, weißt du?», sage ich zu Karina, «es muss ihn komplett aus dem Sessel hauen, wenn er mich damit sieht! Und es sollte natürlich auch schnell entkleidbar sein. Dieses ganze Zeugs mit Bändern und Schleifchen kriegt er einfach nicht auf. Die Phase haben wir hinter uns.»

Karina nickt wissend, schließlich hatte sie damals mit mir gemeinsam die Wäsche für Klausis und meine erste gemeinsame Nacht ausgesucht. Ich wählte einen schicken schwarzen Spitzenbody mit anthrazitfarbenem Satin an Dekolleté und Po. «Das hebt den Busen etwas hervor!», hatte die mopsige Verkäuferin damals gesagt und etwas mitleidig auf meine unscheinbare Oberweite gestarrt. 80 Euro hatte ich für das Stück hingeblättert. Die Moral von der Geschichte: Klaus fand die Knöpfe nicht und fummelte enervierend lang an mir herum, bis ich endlich begriff, warum er nicht zu Potte kam. Bodys haben die Knopfleiste nämlich unten. Das wissen die meisten Männer aber leider nicht, sie tragen nun mal keine. Auch die meisten Frauen wissen das nicht, wenn sie noch niemals einen angezogen haben. Ich persönlich habe es, wie gesagt, einmal und dann nie wieder getan. Zwar hat das Stück meinen Angebeteten auf die gewünschte Betriebstemperatur gebracht, dann aber ist der Motor nach langem Herumsuchen irgendwann abgesoffen und konnte nur mühsam wieder in Gang gesetzt werden.

Heute bin ich schlauer und wühle mich durch einfacher benutzbare Teile.

«Was hältst du davon?» Karina hat ein Wäscheset aus weißer Spitze, BH und Tanga in den Händen.

«Liebste! Ich will Klaus heiß machen und nicht abschrecken. Strings zeigen eindeutig zu viel von meiner Persönlichkeit!», rufe ich und deute vielsagend mit dem Finger auf meinen Allerwertesten. Karina kennt derartige Probleme nicht, ist aber mit der seltenen Gabe gesegnet, in Menschen, die sie liebt, dieselbe Schönheit zu sehen, die nur sie selbst hat. Ich bin da realistischer. Denn im Gegensatz zu Karina macht mich meine Mutter ständig auf meine optischen Defizite aufmerksam, falls ich mal vergesse, es selbst zu tun. «Kind!», sagte sie zum Beispiel zur Feier meines 18. Geburtstages, «aus dir wird niemals ein vollbusiger Männertraum werden. Du ähnelst doch mehr deinem Vater.» Ganz so schlimm ist es nun nicht gekommen, immerhin trage ich keinen Vollbart. Aber es gibt tatsächlich Männer, die mehr Oberweite haben als ich. Nur das breite Becken, das kann nur von Mama sein.

«Ich brauche für meine Zwecke einen Push-up, vielleicht sogar einen mit Gelpolstern. Und ein Höschen mit breiterer, wie nennt man das, Krempe? Du weißt schon, was ich meine!», sage ich.

«Welche Farbe?», fragt Karina.

«Es sollte schon etwas verruchter sein. Ich möchte ihm eine Seite von mir zeigen, die er vielleicht so noch nicht kennt!»

«Läuft's grade nicht so bei euch, oder wozu die ganze Mühe?»

Karina zieht eine Augenbraue weit nach oben und sieht

mich kritisch an. Irgendwie weiß sie ganz genau, wie es in mir aussieht.

«Was heißt hier, nicht so richtig ... Ich glaube, nach viereinhalb Jahren kann man einfach nicht jeden Tag ein Feuerwerk erwarten. Da braucht es eben manchmal ein bisschen mehr als nur ein Candle-Light-Dinner», fasele ich.

«Aber ihr habt keine ernsthaften Probleme?»

«Nein, nein, das nicht», beeile ich mich zu beteuern.

«Ich glaube, hier finden wir trotzdem nicht, was du suchst. Komm mit, ich hab eine Idee.» Karina nimmt meine Hand und zerrt mich aus dem Kaufhaus, quer durch die Fußgängerzone, bis wir vor einem Laden stehen, dessen knapp bekleidete Plastikpuppen im Fenster Obszönes im Inneren versprechen.

«In den Sexshop?!», kreische ich erschrocken. Das war wohl etwas zu laut, denn ein paar ältere Herren drehen sich um und mustern uns neugierig.

«Klar! Du sollst dir ja keine Peitschen kaufen, obwohl ich das auch sehr empfehlen kann.» Sie schmunzelt in sich hinein.

«Karina!», rufe ich schockiert.

Eigentlich ist Karina eher der romantische Typ, ständig frisch und glücklich verliebt, auch wenn sich das Feuer immer schnell in Rauch auflöst. Gerade ist sie mit einem Finanzberater liiert, der, wie ich hören muss, anscheinend eine ganz besondere Neigung hat. Karina mit Peitsche! Ich bin fassungslos.

Aber Karina bleibt ungerührt: «Jetzt hab dich mal nicht so. In Sexshops kann man nun mal die beste Unterwäsche kaufen. Nicht nur für den speziellen Anlass! Vertrau mir.»

«Und wenn uns jemand sieht, den wir kennen?», frage ich zaghaft. Ich komme mir vor wie ein Schulmädchen, das dazu angestiftet wird, Kaugummis zu klauen, um in die Clique aufgenommen zu werden.

«Was soll schon sein. Wenn wir drinnen jemanden treffen sollten, dann ist es demjenigen genauso unangenehm wie dir.»

Ich bewundere Karina für ihre Coolness in gewissen Situationen. Mit einem selbstsicheren Schwung stößt sie die Flügeltür auf, und wir spazieren in eine Welt voller Sünde, Videos und ganz viel Spielzeug. Ich wusste gar nicht, was es alles gibt, und vor allem – in welchen Größen!

Ich merke, wie mir die Röte ins Gesicht steigt, und senke meinen Kopf, um nicht noch mehr Dinge zu sehen, von deren Existenz ich lieber nichts gewusst hätte. Obwohl – neugierig wäre ich ja schon. Wofür sind zum Beispiel diese Klammern mit den langen Ketten gut?

«Nippelklemmen. Völlig überteuert. Kannst du dir im Baumarkt viel günstiger und effektiver besorgen. Da hinten ist die Wäscheabteilung», sagt Karina und geht schon mal voran.

Mir fällt die Kinnlade herunter. Meine Freundin überrascht mich immer wieder. Anscheinend kauft sie hier öfter ein. Wenn das ihre Kunden im Buchladen wüssten! Andererseits, vielleicht wissen sie es ja und kaufen auch hier ein. Vielleicht tun es ohnehin alle, und nur ich betrete mit meinen 32 Jahren zum allerersten Mal einen solchen Laden und schäme mich auch noch dafür. Wofür eigentlich nochmal? Ich lebe in einer festen Beziehung und habe Sex, das Normalste auf der Welt also. Zumindest hätte ich gerne mal wieder Sex, denn in letzter Zeit ist der irgendwie zu kurz gekommen. Wenn, dann war es eher so eine kleine Zwischendurch-Nummer, aber definitiv kein Hauptprogramm. Und weil Männer keinen Wink mit dem Zaunpfahl brauchen, sondern den Zaun, damit sie kapieren, was wir Frauen wollen, muss man eben in ein Zaun-Geschäft gehen und einen kaufen.

«Ich hab's!»

Karina quietscht begeistert zwischen den Kleiderstangen und hält mir ein ölig glänzendes Oberteil unter die Nase.

«Schwarzer Lack? Bist du wahnsinnig?», schreie ich.

«Korsagen machen einen super Body, und durch den Reißverschluss vorne lässt sie sich leicht öffnen», gibt sie zu bedenken.

«Da muss ich deiner Freundin aber recht geben, sie würde dir wirklich ganz hervorragend stehen.» Ein hochgewachsener brünetter Jüngling in einem engen Shirt und noch viel engeren Hosen mischt sich in unser Gespräch ein, und ich werde rot bis an die Haarwurzeln. Seine Hüften sind so schmal, dass er sie hinter einem Buchrücken verstecken könnte.

«Soll ich dir die Korsage in deiner Größe bringen? Lass mich raten, du bist eine 75 B.» Ah, der Schmeichler. Ich erblasse wieder etwas.

«Ähm, ich bin vielleicht eher ein A-Körbchen, aber vielleicht könnte ich beide Varianten mal anprobieren», hauche ich.

«Vertrau mir, die Polsterung macht einiges wett, Schätzchen. Du wirst begeistert sein und dein Schatz zu Hause erst recht!»

Er befördert mich mit einer energischen Handbewegung in die erste Umkleidekabine und hängt mir die Korsage an den Haken.

«Sag Bescheid, wenn du Hilfe brauchst», sagt er noch, bevor er entschwindet.

Langsam schäle ich mich aus meinem Oberteil und öffne gerade den Reißverschluss des Lackteils, da öffnet sich der Vorhang erneut.

«Hier, ich hab auch das passende Höschen gefunden.»

Schnell bedecke ich mit den Händen meinen nackten Oberkörper, während der Verkäufer völlig schamlos einen schwarzen Lacktanga an den Haken der Umkleide hängt.

«D...danke», bringe ich gerade noch so heraus. Ich schlüpfe in die Korsage. Sie passt wie angegossen und macht tatsächlich den versprochenen Super-Busen. Die Metallstäbe zaubern eine schmale Taille und drücken alles Verfügbare Richtung Norden. Mein Dekolleté sieht phantastisch aus! Richtig sexy. Fast wie Cordulas Melonenbowle mit ganzen Früchten, nur ohne Silikon. Der Tanga allerdings holt mich wieder auf den Boden der Tatsachen zurück. Meine Pobacken hängen schlaff und unsportlich Richtung Boden, und das grelle Licht der Kabine zeichnet noch mehr Dellen in meine Schenkel, als dort sowieso schon vorhanden sind. Wenn ich die Kohle hätte, würde ich mir meine Oberschenkel absaugen lassen. Solche OPs werden ja inzwischen schon in jedem Mittagsmagazin gezeigt, und leider muss ich immer wieder hinsehen, obwohl das wirklich nichts für mich ist. Außerdem ist es dafür im Alter von Mitte 30 schon zu spät. Ich habe neulich erst in einer Fachzeitschrift wissenschaftlich bestätigt gefunden, dass das Gewebe sich nur bei jungen Leuten nach einer Fettabsaugung wieder zusammenzieht. Bei den Älteren hängt die überschüssige Haut dann einfach schlaff herunter, genau wie bei diesen chinesischen Faltenhunden. Medizinisch jung ist man leider nur bis zu einem Alter von allerhöchstens Mitte 20. Danach fällt alles in sich zusammen, es sei denn, man nimmt schnell wieder zu und füllt die Hautlappen wieder auf. Eine tolle Ausrede dafür, mal wieder eine doppelte Portion Tiramisu zu bestellen. Lieber rund und gesund als dürr und schlecht gelaunt. Vielleicht sollte ich jedoch in Anbetracht meiner Orangenhaut doch noch ein paar blickdichte Strümpfe zur Korsage kaufen.

«Und? Passt alles?»

Noch bevor ich antworten kann, steht der dreiste Verkäufer schon mitten in meiner Kabine und begutachtet sein Werk fachmännisch. Er hat den Vorhang komplett zurückgezogen, sodass Karina und wahrscheinlich auch alle anderen Besucher in dem Laden nun meine Dellen einzeln besichtigen können. Am liebsten möchte ich im Erdboden versinken. Weil das aber im entscheidenden Moment noch nie funktioniert hat, greife ich nach meinem Oberteil und versuche, das Schlimmste zu verdecken.

«Mit dieser Haltung wird das aber nichts mit der Verführung.» Der Verkäufer kichert albern und lacht sich halb tot über seinen eigenen schlechten Witz. Eilig reiße ich den Vorhang direkt vor seiner Nase wieder zu und trenne mich von dem Lackensemble. Wo steckt eigentlich Karina? Sie sollte mir helfen, und nicht nach komischem neuem Spielzeug suchen.

«War doch nicht so gemeint, Schätzchen, du siehst toll aus», höre ich durch den Vorhang.

«Lassen Sie mal, ich mach das schon.» Karina hat den Ernst der Lage begriffen und wimmelt die tuntige Nervensäge endlich ab. In meinen Wohlfühlklamotten komme ich wieder aus der Kabine.

«Die Korsage sah wirklich spitzenmäßig aus, glaub mir», sagt Karina.

«Ja, aber der Typ ...», wende ich ein.

«Vergiss den Typen, der hat doch eh keine Ahnung. Lass dir doch von dem nicht den Spaß verderben.» Wo sie recht hat, hat sie recht.

Wie aufs Stichwort erscheint die Nervensäge erneut auf dem Parkett und kredenzt mir einen blassrosa Flakon in Form einer Frauenbüste.

«Das ist das neue Odeur d'Amour, ein ganz besonders erotisierendes Duftwässerchen, Erfolg garantiert!»

Mit einem «Plopp» öffnet er das Fläschchen und besprüht uns ungefragt von oben bis unten.

«Und? Riecht es nicht zauberhaft?»

Karina rümpft die Nase.

«Irgendwie muffig, nach Rindviech oder so», sagt sie.

«Oh, Madame haben ein großartiges Näschen! Hauptbestandteil von Odeur d'Amour ist das Sekret der Anusdrüse des Kaffernbüffels, ganz schwer zu gewinnen! Auf unsere Männchen hat das eine unglaubliche Wirkung!» Er kichert tuntig.

«Haben Sie auch was mit Leguanschweiß?» Karina blickt ihn ernsthaft an, und ich muss mich zur Seite beugen, um mein Lachen zu verbergen.

Unser Duftfreund zuckt abfällig mit den Schultern und verdampft, genau wie seine angepriesene Ware. Wahrscheinlich werden die meisten unserer Parfüms aus irgendwelchen Drüsen hergestellt, aber manche Dinge wirken einfach besser, wenn man nicht genau weiß, woher sie stammen.

Ich bezahle die Lackkorsage und hoffe, dass sich die Investition lohnt. Karina kauft noch ein Dreierpack rote Tangas mit Spitzeneinsatz. Für Harald, den Finanzberater, als optisches Vorspiel. Ich verkneife mir die Bemerkung, dass ich die Dinger billig finde, um nicht noch spießiger rüberzukommen, als ich es ohnehin schon tue. Ob Angela Merkel auch schon mal in so einem Laden eingekauft hat? Ich wüsste gerne, wie viel Geld wir Frauen eigentlich so insgesamt in die Verführung des männlichen Geschlechts stecken. Von wegen, Männer müssen immer so tief in die Tasche greifen, wenn sie uns zum Essen ausführen oder mal die Kinokarten bezahlen! Gesichtsmasken, Friseurbesuche, Maniküre und teure Unterwäsche, von den monatlichen Gebühren fürs Fitness-Studio ganz zu schweigen, das ist es doch, was wir alles leisten müssen! Wir würden sicher nicht hingehen, wenn Männer nicht so sehr auf optische Reize ansprächen. Andererseits – ich gehe auch sonst nicht hin. Kündigen möchte ich aber nicht, denn dann werde ich es sicher bereuen. Ich warte einfach auf den Augenblick, in dem es mich endlich packt und ich unbedingt einen dieser Bauch-Beine-Po-Kurse besuchen möchte.

Cordula hat so was sicher nicht nötig. Sie gehört zu dem Typ Frau, der essen kann, was er will und trotzdem immer schlank bleibt. Und der Rest wird einfach nach modernsten wissenschaftlichen Erkenntnissen zurechtgespritzt, -gefeilt und aufgepumpt, je nach Körperstelle und Bedarf. Pimp my body.

Karina und ich suchen uns ein Café um die Ecke und bestellen beide einen Milchkaffee. Selten genug, dass wir einmal ein paar ruhige Minuten für uns Freundinnen haben. Wir kennen uns zwar schon aus der Kindheit, aber seit wir beide berufstätig sind, kommt so ein gemeinsamer Tagesausklang selten vor. Meist liegt das an Karina, schließlich hat sie den eigenen Laden und jede Menge Verantwortung zu tragen.

«Sag mal, ist eure Moderatorin eigentlich wirklich so dämlich, wie sie aussieht?», fragt sie, während sie in ihrer Tasse rührt, «im Fernsehen kommt sie immer so rüber, als könne sie nicht bis drei zählen. Und diese naive Bauernmalerei, die sie da immer im Gesicht trägt. Schrecklich!»

«Es ist noch viel schlimmer, die schneiden die peinlichen Sachen ja schon alle raus», sage ich und ziehe dann richtig vom Leder: «Ich sage dir, die hält den Pisa-Test für eine Studie der Tourismusbranche und die Taliban für ein Transportmittel. Vermutlich macht sie das bei unserem männlichen Publikum nur noch beliebter, aber uns Redakteure treibt sie damit in den Wahnsinn. Nur Gerhard, unser Redaktionsleiter, hat den IQ unserer Moderationsfruchtfliege offenbar noch nicht bemerkt. Wahrscheinlich, weil er die meiste Zeit damit beschäftigt ist, den neuen Praktikantinnen nachzustellen und ihnen eine große Karriere vorauszusagen. Er macht das zur Not auch bei der Garderobiere oder bei dem ein oder anderen weiblichen Studiogast unter 25, aber auch nur, wenn der Intellekt nachgewiesenermaßen niedriger ist als der Brustumfang.»

Karina lacht. «Na, das klingt ja nach idealen Arbeitsbedingungen», sagt sie, «ich hatte auch mal so einen Chef, Akku-Kurt, klein, untersetzt, sexuell unausgelastet.»

«Ja! Genauso sieht Gerhard auch aus! Wieso hieß der denn Akku-Kurt?», frage ich neugierig.

«Der Typ war verknallt in mich. Nachdem ich klargestellt hatte, dass ich für ihn bis an sein Lebensende unerreichbar sein werde, begnügte er sich damit, mich bei jeder Gelegenheit anzustarren. So hat er wohl seine Batterien mit sexuellen Energien aufgeladen! In den Ferien, wenn im Laden wieder ein paar ahnungslose Germanistikstudentinnen jobbten, herrschte immer Alarmstufe rot. Die mussten dann zur Entladung herhalten, die armen Dinger.»

Sie nimmt einen großen Schluck aus ihrer Milchkaffeetasse und wischt sich das Schaumbärtchen vom Mund. Dann fährt sie fort:

«Und die Moral von der Geschicht: Eines Tages hatte Akku-Kurt einen Kurzschluss. Oder sollte ich eher sagen, einen Geistesblitz? Er verkaufte mir den Laden zu einem fairen Preis, und voilà, seitdem bin ich mein eigener Chef!»

«Alle Achtung, Karina, du bist doch die Mutter aller Luder! Respekt! Die Story hast du mir ja noch nie erzählt!»

Wir prosten uns begeistert mit unseren Tassen zu. Natürlich wusste ich, dass Karina ihren Laden von ihrem ehemaligen Chef gekauft hat, dass sie ihn aber vorher in den Wahnsinn getrieben hat, ist wirklich beeindruckend. Das nennt man weibliche Raffinesse. Leider verfüge ich nicht ansatzweise über die Fähigkeit, meine Talente derart geschickt einzusetzen. Aber ich lerne dazu, schließlich bin ich jetzt stolze Besitzerin einer Lackkorsage.

«Wieso moderierst du eigentlich keine Sendung? Du könntest das sicher tausendmal besser als diese aufgeblasene Möchtegern-Barbie.»

Da ist sie wieder, meine Karina. Gerade, wenn ich beginne, mich neben ihr klein, dick und kurzsichtig zu fühlen, reicht sie mir die Hand und zieht mich wieder auf gleiche Höhe. Ich fühle mich geschmeichelt. «Ach, Karina, das ist nichts für mich, außerdem habe ich dafür gar nicht das Aussehen.» Leider habe ich damit recht. «Aber ehrlich gesagt ist es mir bei unseren Themen ganz recht, dass es nicht mein Gesicht ist, das die Sendung verkauft. Gerade arbeiten wir an einem Single-Thema», erzähle ich.

«Klingt doch klasse!», sagt Karina, die davon schnell zu begeistern ist.

Single-Sein ist nämlich Karinas Lieblingsbeschäftigung, auch wenn sie sie zwischendurch gerne durch die eine oder andere heiße Affäre unterbricht. Ich muss an ihre neuen roten Spitzen-Strings denken.

«Ja, eigentlich läuft das Thema gut, und es war ja auch meine Idee, aber ich wollte das Ganze seriöser aufziehen, mit Kontaktanzeigen und Single-Börsen. Gerhard will es jetzt aber auf die schmutzige schlüpfrige Art, mit Rotlichtmilieu und allem drum und dran. Romantische Liebesgeschichten von Leuten, die trotzdem zueinandergefunden haben, möchte er nicht hören. Lieber eine Domina im Interview.»

Karina prustet los. Als ich ernst bleibe, weil ich so empört bin, reißt sie sich zusammen und sagt weise: «Hanna, das Leben ist manchmal grausam. Die Realität ist eben nicht immer so rosarot, so wie du sie gerne hättest.»

Karina hat gut reden. Bei ihr ist die Realität doch immer rosarot und das Leben ein einziger Süßwarenhandel! Dass Single-Sein auch mit Einsamkeit zu tun haben kann, wenn man von der Natur nicht so begünstigt wurde, ist für meine beste Freundin unvorstellbar. Sie hat noch nie stundenlang vor dem Telefon gesessen in der Hoffnung, es möge endlich klingeln, ganz zu schweigen davon, dass sie jemals von einem Kerl betrogen wurde. Sie nimmt sich, was sie will und wann sie will, und wenn der Kerl anfängt zu nerven, wird keine Lackkorsage gekauft, sondern einfach seine Telefonnummer gelöscht. Beneidenswert. Ich verzichte auf eine ernsthafte Debatte über das Leben auf der Schattenseite und konzentriere mich mit meiner Lästerattacke auf Gerhard.

«Ja, aber mein Chef steht einfach ständig unter Strom und scheint mit dieser Sendung seine innersten Phantasien ausleben zu wollen. Er stellt wirklich jeder Praktikantin nach. Entweder lässt ihn seine Frau nach 20 Jahren Ehe und drei Kindern nicht mehr ran, oder er will damit seine geringe Körpergröße kompensieren. Manchmal frage ich mich, wie Gerhard es überhaupt schafft, bei seinem dauerhaften Blutstau untenrum obenrum auch nur einen geraden Satz herauszubekommen. Sein Gehirn müsste mittlerweile doch schon längst mangels Durchblutung abgestorben sein.»

Karina kichert. «Es scheint ein ungeschriebenes Gesetz zu sein, dass hohe Positionen durch kleine Männer besetzt werden. Denk das nächste Mal einfach an Akku-Kurt. Dann weißt du, dass alles im Leben zu einem zurückkommt», sagt sie.

Mein Handy klingelt. Klaus ist dran.

«Ja, Schatzi, Karina und ich trinken nur noch unseren Milchkaffee aus, und dann mache ich mich auf den Weg … ja … ich freue mich auch, dich zu sehen … du musst mir was zeigen? Ich dir auch.»

Ich lege auf und stelle mir vor, wie Klaus wohl auf mein neues Liebes-Outfit reagieren wird.

«Ich drück dir die Daumen, Süße. Viel Spaß heute Abend, und ich will alle Details», schmunzelt Karina, als wir uns verabschieden. Natürlich wird sie nicht *alle* Details von mir erfahren. Erzähle niemals zu viel von deinem aktuellen Liebhaber, immer nur vom Verflossenen. Schließlich sollen sich deine Freundinnen dem Freund gegenüber noch normal verhalten können, wenn sie ihn zufällig treffen. Zumindest einigermaßen normal. Ungeschriebenes Gesetz zwischen uns.

Elf

Probieren geht über Studieren. Schließlich kann man sich nur ein Urteil über Dinge erlauben, die man kennt, sagt meine Großmutter immer. Vielleicht finden Klaus und ich ja tatsächlich Gefallen an meiner neuen Verkleidung. Wenn Cordulas Stylist Kevin mich in der Korsage sehen könnte, würde er sicher «Voll Porno!» sagen. Damit kommentiert er immer die Outfits von Cordula, wenn sie fix und fertig gestylt aus ihrer Garderobe kommt. Voll Porno, das bedeutet für Kevin so viel wie: «Die Männer werden sich um dich reißen, Baby.» Ich hoffe nur inständig, dass die Porno-Korsage für meinen Mann nicht doch zu gewagt ist. Schließlich hat er mich in den letzten Monaten fast ausschließlich in geblümter Baumwolle gesehen. Ich besitze ja nicht einmal Schuhe aus Lack, und nun gleich eine Korsage? Hoffentlich gefällt es ihm! Es ist schon merkwürdig: Da wohnt man über Jahre mit einem Menschen zusammen und weiß nichts von seinen intimsten Bedürfnissen. Gut, dass ich jetzt die Notbremse ziehe. Schließlich gibt es genug Ehen, in denen der Mann heimlich zu einer Prostituierten geht, um dort seine schmutzigen Phantasien auszuleben. Andererseits, vielleicht ist das ja nur im Fernsehen so. Ich sollte nicht mehr so viele Talkshows gucken.

Ob Klaus eine ähnliche Überraschung für mich vorbereitet hat? Schließlich hat er am Telefon so komische Andeutungen gemacht. Wir sind – oder sollte ich vielleicht besser sagen: waren? –, was den Sex angeht, eher «normal» veranlagt. Bis auf das eine Mal, als ich in Karinas Buchhandlung ein Tantrabuch entdeckt hatte, haben wir keine Experimente gewagt. Sex nach Adenauer sozusagen. Und Tantra war auch nicht gerade der Renner. Als Klaus und ich eng umschlungen und mit kreisenden Bewegungen unserer tiefen Atmung lauschten, kamen wir uns beide vor wie beim Geburtsvorbereitungskurs. Zum Glück bekamen wir einen Lachanfall und waren froh, derselben Meinung zu sein, was die indische Liebeskunst angeht. Sollen sich die Inder damit beschäftigen. Wir nicht.

Als ich die Tür aufschließe, schlägt mir schon ein überwältigender Vanilleduft entgegen. Duftkerzen, wie romantisch! Aus unserem Schlafzimmer schallt gerade der Song «Love will keep us together». Hach, ich liebe ihn wirklich! Sicher hat auch er die Notwendigkeit erkannt, dass wir uns einfach mehr Zeit füreinander nehmen müssen. Heimlich, damit er nicht merkt, dass ich schon da bin, husche ich ins Badezimmer und ziehe meine Klamotten aus und mustere kritisch meine Akquise. Vielleicht sollte ich etwas Puder auf die Korsage geben, damit sie nicht ganz so ölig glänzt? Eigentlich gehört das ja so, meinte der Verkäufer, aber wer weiß, wo der sich so in seiner Freizeit herumtreibt. Also Puder. Ich verteile den feinen Staub mit einer Quaste auf dem Lack. Komisch, wird irgendwie fleckig. Besser, ich wasche es wieder ab, sonst sehe ich aus wie ein Seehund, der durch die Wüste gejoggt ist. Mist, der Puder hat sich in den öligen Lack gefressen und geht jetzt nicht richtig ab. Ich tupfe mit einem Handtuch über die dreckigen Stellen und bemerke zu spät, dass jetzt auch noch Fusseln auf dem Lack haften. Wieso passiert eigentlich immer mir so was? Immer, wenn ich ausnahmsweise mal elegant, sexy oder souverän wirken möchte, bekomme ich mit der Bratpfanne eins übergezogen. Wütend knalle ich die Korsage in die Ecke. Zu laut, denn Klaus hat mich gehört.

«Hanna-Mausi? Bist du schon da?», ruft er.

«Ja, im Bad, komm gleich! Sekunde!», schreie ich zurück.

«Schnell, beeil dich, das musst du dir ansehen.» Seine Stimme klingt aufgeregt.

Ja, du dir auch, mein Schatz, denke ich und schlüpfe schnell in die Reizwäsche. Sieht nicht so übel aus, wie ich befürchtet hatte. Jetzt hat sie so etwas «Getragenes», echt Vintage, und wirkt nicht mehr ganz so fremd, finde ich. Ich zupfe hastig noch ein paar Fusseln vom Lack und atme, soweit es mir mit der engen Schnürung möglich ist, tief durch, bevor ich durch die Schlafzimmertür trete.

Es ist abgedunkelt, und Bryan Adams schmalzt «Everything I do, I do it for youuuuuu» aus dem CD-Spieler. Vielleicht ist Lack doch nicht das Richtige für einen romantischen Abend zu zweit? Eine Dose Sprühsahne und Schokoladensoße hätten möglicherweise besser gepasst. Klaus hat überall Kerzen aufgestellt, die ein schummriges Licht im Raum verbreiten.

Das erinnert mich an einen unserer ersten gemeinsamen Abende. Wir hatten zwar schon ein paar Male miteinander geschlafen, aber immer eher auf die stürmische und rastlose Art und Weise. An jenem Abend aber wanderten wir nicht sofort zwischen die Laken. Klaus hatte ein phantastisches Drei-Gänge-Menü gezaubert, mit Gurkensüppchen, gebratenem Lachs als Hauptspeise und Erdbeeren mit Champagner zum Dessert. Das haben wir allerdings schon in der Horizontalen verspeist.

Heute scheint Klaus jedoch nichts für mich gekocht zu haben. Es sei denn, das Vanillearoma kommt vom Vanillepudding, und die Kerzen duften gar nicht. Er sitzt etwas nach vorne gebeugt auf der Bettkante und nestelt an einer Kamera herum, die er dann auf einem Stativ festschraubt. So ein Schlitzohr! Und ich mache mir Sorgen, dass ich ihn mit meiner Reizwäsche schockieren könnte! Er muss mich wirklich lieben, wenn er meinen Hintern im Großformat auf unserem Fernseher betrachten möchte. Aber: Will ich das auch? Klar, ich habe gerne Sex, aber möchte ich mir dabei zusehen? Werde ich danach zwanghaft nur noch auf Körperhaltung und Ausdruck achten? Paris Hilton wirkte in ihrem Homevideo eher etwas aufgesetzt. Im wahrsten Sinne des Wortes.

«Hallo, Schatz!», hauche ich und versuche mich gekonnt erotisch zum Bett zu schlängeln. Das ist gar nicht so einfach beim flackernden Licht von den vielen Kerzen, die auf dem Boden verteilt sind.

Klaus wirft mir einen kurzen Blick zu, widmet sich dann aber gleich wieder seiner Kamera. Vielleicht hätte ich doch die hohen Schuhe anziehen sollen, damit meine Beine ein bisschen länger und schlanker wirken.

«Wieso trägst du denn noch deine Jeans?», frage ich mit besonders sanfter Stimme.

«Ich bin so aufgeregt, Hanna, ich konnte den ganzen Tag an nichts anderes denken und habe die Minuten gezählt, bis du endlich da warst!»

Er will es also genauso wie ich.

«Am liebsten wäre ich gar nicht zur Arbeit gefahren!»

Er vermisst unser Sexleben genauso dringend wie ich.

«Du bist so süß. Und so sexy!», gurre ich.

Ein bisschen Motivation kann schließlich nicht schaden. Dennoch werde ich ihm die Initiative überlassen. Schließlich will der Mann ja erobern.

«Ich hätte nicht gedacht, dass es so schnell geht. Ich habe aber auch alles genauso gemacht, wie es in den Büchern steht», sagt er jetzt.

Hätte ich mir denken können, dass diese romantische Inszenierung nicht auf seinem Mist gewachsen ist. Aber der Wille zählt, und wenn jemand nun mal nicht so kreativ ist, dann muss er eben andere für sich denken lassen. Selbst ist der Mann von heute, besonders, wenn er so eine tolle Frau hat, wie ich eine bin, die seine Wünsche schon im Voraus erahnt.

«Ich hatte den ganzen Tag den gleichen Wunsch, mein Hasenöhrchen. Gefällt es dir denn?», hauche ich zärtlich.

Ich drehe mich einmal um die eigene Achse und stelle mich in aufreizender Pose vor Klaus, der etwas erstaunt, aber ohne aufzublicken, erwidert:

«Aber wieso, du hast die beiden doch heute Morgen gar nicht gesehen?»

Mir dämmert langsam, dass hier irgendetwas nicht stimmt. Klaus dreht sich abrupt zu mir um und mustert mich überrascht von oben bis unten.

«Wie siehst du denn aus?»

«Wie, wie sehe ich denn aus? Das ist die Überraschung! Ich wollte dich mal überraschen mit diesem Outfit, ich hab es zusammen mit Karina ausgesucht, weil ich dachte, ich bringe mal etwas Schwung in unser Schlafzimmer. Du willst das doch auch, oder? Immerhin konntest du es kaum erwarten, bis ich zu Hause war.»

Klaus schüttelt den Kopf und schaut mich so erschrocken und schockiert an, als hätte er gerade seine Eltern beim Geschlechtsakt ertappt. Übrigens ist das tatsächlich vorgekommen, und nicht nur einmal. Das lag mit Sicherheit an den zahlreichen Zelturlauben, die mein Freund in seiner Kindheit mit seinen Hippie-Eltern machen musste. Und ich spreche hier nicht von intimen Familienzelten, sondern von ganzen Kommunen, die alle gemeinsam unter einer Bundeswehr-Plane übernachten. Da konnte es schon mal vorkommen, dass er zwischen zwei kopulierenden Pärchen eingeklemmt war. Deshalb mag Klaus heute ausschließlich Sex im Bett und bei verschlossener Tür. Der einzige Vorteil seiner recht offenen Beziehung zu Helga und Jonathan (Mama und Papa sagt man bei Hippies nicht) war seine detaillierte Aufklärung. Die verlief nämlich nicht rein biologisch, sondern tatsächlich sehr offen und ehrlich. Schließlich hat Helga noch höchstpersönlich BHs für die sexuelle Freiheit der Frauen verbrannt.

Mittlerweile leben die beiden irgendwo in Indien, in einem Ashram, um sich selbst zu finden. Auch so ein Rätsel, das ich nie lösen werde: Wieso fliegen alle Menschen, die sich selbst finden wollen, nach Indien? Wenn man nicht zufällig Inder ist, hat das doch gar keinen Sinn.

«Aber Hannileinchen, versteh doch, ich wollte dir nur die tolle Entwicklung von Charles und Camilla zeigen. Sieh mal, sie scheinen sich schon den ganzen Tag zu bebalzen! Ich habe ihr Terrarium deshalb wieder in unser Schlafzimmer gestellt, weil ich hier das Licht am besten beeinflussen kann.»

In diesem Moment fällt mir meine komplette Mimik aus

dem Gesicht. Schwere Kindheit hin oder her – er hat die ganze Zeit von seinen blöden Leguanen gesprochen! Seine dämlichen Urviecher sind ihm wichtiger als ich! Hätte ich mir ja denken können, dass es nicht um uns geht.

«Und die Kameras?», bringe ich keuchend hervor.

«Ich dokumentiere alles für eine neue Internetplattform. Für Chuckwalla-Liebhaber», sagt er.

«Du produzierst Leguan-Pornos fürs Internet?» Ich bin fassungslos.

«Hanna, ein bisschen mehr Respekt vor den Tieren! Die Paarung im Tierreich hat einen viel höheren Stellenwert als bei uns Menschen.» Herrje, der kennt ja wirklich gar kein Feingefühl.

«Ja, das ist mir auch schon aufgefallen», sage ich trotzig.

«Tiere reagieren viel sensibler auf ihre Umwelt als wir Menschen. Wir könnten ja praktisch immer und überall.» Jetzt wird er aber größenwahnsinnig.

«Ach», entgegne ich ironisch.

«Hanna, schau doch mal, ist das nicht irrsinnig?» Klaus ist schon wieder abgelenkt. Von seinem Terrarium.

«In der Tat», stoße ich hervor.

Klaus bemerkt meinen sarkastischen Unterton gar nicht. Andererseits: Er liebt seine Tiere einfach über alles. Darf ich das überhaupt so persönlich nehmen? Immerhin ist es besser, als wenn er jedem Weiberrock hinterherstieren würde. Und das würde mein Klaus einfach niemals tun.

«Ich lass euch drei mal besser alleine. Bin in der Wanne.» Das scheint mir der eleganteste Rückzug zu sein.

«Ist gut, Schatz, soll ich später nachkommen?» Klaus blitzt mich begeistert an, er ist ganz aufgeregt wegen der ganzen Leguan-Sex-Geschichte.

«Klar», sage ich großzügig.

Ich zögere kurz, denn ich bin mir nicht sicher, ob Leguane Wasser mögen. Womöglich lädt Klaus sie noch zu unserer Planschparty ein! Dann fällt mir ein, dass sich die meisten Reptilien trocken doch wohler fühlen, im Gegensatz zu Amphibien, die gern mal schwimmen gehen. Vielleicht kommt Klaus ja doch noch zur Besinnung! Ich ziehe erst einmal dieses alberne Outfit aus. Leider kann ich das teure Teil nicht mehr zurückgeben, weil es voller Puder und Fusseln ist. Für das Geld hätte ich mir auch ein paar neue Schuhe kaufen können. Was soll's. Dafür schäumt mir Klaus später noch den Rücken in der Wanne ein. Manchmal sind Männer eben doch zu etwas nutze. Und er will mich am Wochenende zum Essen einladen. Vielleicht haben kopulierende Leguan-Pärchen auch ihr Gutes, obwohl sie mein Sexualleben derzeit etwas behindern.

Wie machen das eigentlich Paare, die noch länger zusammen sind als wir? Zwischen Gerhard und seiner Ehefrau scheint tatsächlich nicht mehr viel zu laufen, sonst würde er nicht ständig mit geschwollenen Hosen durchs Büro laufen. Josef Meier scheint nach 20 Ehejahren auch lieber elf jungen Kerlen und einem Ball hinterherzuschauen, als sehnsüchtig an die Gattin zu denken. Ob Großmutter mit Opa bis zuletzt? Und meine eigenen Eltern? Um ehrlich zu sein, alleine das Wissen, dass Klausis Eltern nach wie vor regelmäßig zugange sind, lässt mich ein bisschen schaudern. Ich hoffe inständig, dass wenigstens meine Eltern asexuelle Wesen sind und sich einander niemals in eindeutiger Weise nähern, bis auf die zwei Ausnahmen, die mich und meine Zwillingsbrüder zur Folge hatten. Nie im Leben würde sich meine Mutter in Lack und Leder vor meinem Papa, dem Landarzt, aufbauen. Niemals! Und mein Vater würde eher noch die «Bäckerblume» abonnieren, als etwas über ausgefallene Praktiken nachzulesen. Als Arzt sieht er den menschlichen Körper wahrscheinlich sowieso eher als Arbeitsgerät. Hoffe ich zumindest. Und ich hoffe auch, dass ich die Wahrheit nie erfahren muss.

Zwölf

Großmutter sagt immer, Pech in der Liebe, Glück im Spiel. Das gilt auch für mich, wenn man «Spiel» durch «Job» ersetzt.

«Bockiger Leitwolf sucht zielstrebiges Lämmchen zur gemeinsamen Züchtigung.» Ich hatte von Anfang an so ein gutes Gefühl, als ich auf die Chiffreanzeige antwortete. Gut, das hatte ich bei den anderen 20 Anzeigen ebenfalls, aber der bockige Leitwolf hat am schnellsten geantwortet. In wenigen Minuten werden wir uns an einem neutralen Ort zum gegenseitigen Kennenlernen treffen. Ich liebe meinen Job! Wo sonst habe ich tagtäglich mit so aufregenden Menschen und ihren heimlichen Abgründen zu tun? Jessica soll mich begleiten, falls der Typ irgendeinen Blödsinn macht. Sie hat mehr Erfahrung auf dem Gebiet der Studiogast-Akquise. Ob das alles überhaupt legal ist? So ganz sicher bin ich mir nicht, trotz Gerhards beruhigender Worte.

«Versprich ihm alles, was er haben will! Wir lassen ihn gerne auch mit Perücke und verzerrter Stimme auftreten! Und lasst in Gottes Namen euren weiblichen Charme spielen. Macht ihn ein bisschen an. Ihr Weiber wisst ja, wie das geht!»

Mit einem geschickten Sprung zur Seite kann ich gerade noch Gerhards schmieriger Hand ausweichen, die zielsicher zum Klaps auf meinen Hintern ausholt. Gerhards Grapscher landet auf Thorstens Oberschenkel, der gerade mit zwei Tassen Kaffee unterwegs ins Chefbüro war. Thorstens Kaffeetassen klappern, dann landet der Inhalt in großzügigem Schwall auf seiner Hose. Manchmal bekommt man eben seinen Lohn schneller, als man denkt.

«Wusstest du, dass Thorsten heimlich Tierpornos auf dem PC guckt?», fragt Jessica, als wir wieder an unserem Platz sitzen.

«Tierpornos? Das ist doch normal. Mein Freund macht das mit seinen Chuckwallas auch. Er filmt sie, wie sie miteinander kopulieren.»

Jessica zieht die Augenbrauen hoch.

«Hanna, das meinte ich nicht. Thorstens Filmchen sind anders.»

Sie blickt mich vielsagend an, und ich fühle mich mal wieder wie ein einfältiges und verklemmtes Landei. Ich könnte höchstens mit meinem Wissen über Fremdbefruchtung bei Rindern beeindrucken. Theoretisch und praktisch. Aber auch da bin ich etwas aus der Übung, schließlich trifft man in der Stadt fast nur auf zweibeinige Kühe.

Zum Glück geht Jessica nicht näher auf mein fehlendes sexualsoziologisches Wissen ein.

Sie packt ihr Täschchen und sagt: «So, Komplizin, lass uns nochmal kurz die Keramik aufsuchen und ein bisschen Mascara auftragen. Es wäre doch gelacht, wenn wir Monsieur Leitwolf nicht lammfromm hinkriegten.»

Jessica und ich verschwinden auf der Damentoilette.

«Warte, ich helf dir», sagt sie, «nimm mal deine Brille ab. So, du kannst meine Mascara nehmen, die macht schön lange Wimpern. Brauchst du noch etwas Rouge?»

Jessica fummelt an meiner Sehhilfe herum und legt sie zur Seite.

Sie tritt einen Schritt zurück und ruft begeistert: «Wow! Du siehst ja richtig scharf aus! Mach mal die Haare auf! Klasse, wie Jennifer Lopez!»

«Findest du? Um ehrlich zu sein, das höre ich nicht zum ersten Mal», sage ich ein bisschen beschämt.

«Du sieht wirklich sexy aus. Warum trägst du keine Kontaktlinsen?», fragt Jessica.

Kontaktlinsen. Ein dunkler Schatten in meiner Vergangenheit. Natürlich habe ich in meiner Eitelkeit schon mal zu den kleinen Plastiklinsen gegriffen. Allerdings hatten meine eine extrem hohe Anziehungskraft für kleine Staubkörnchen und Fruchtfliegen. Ich bin sogar sicher, dass meine Augen ein bekannter Treffpunkt für Mücken, Fliegen, Fusseln und Rußpartikel sind. Als ich die Testexemplare zurückgab, quittierte der Optiker sie nach einem Blick auf meine rote und geschwollene Augenpartie kommentarlos.

«Ich vertrage sie einfach nicht!», sage ich jetzt.

«Egal, du siehst ja auch mit Brille ganz gut aus, aber lass sie doch zu Anfang einfach weg, das macht deinen Blick ein bisschen verschleiert. Das ist sexy.»

Ich weiß zwar nicht, was an kurzsichtig zusammengekniffenen Augen sexy sein soll, aber bitte.

Jessica wuschelt sich kurz durch die Haare. 20 Sekunden, und sie sieht einfach sensationell aus. Das ist mir schon an unserem ersten Partyabend aufgefallen. Davon bin ich leider meilenweit entfernt. Deshalb sehe ich von großartigen Schminkaktionen ab. Kaum habe ich meine Nase gepudert, fängt sie sowieso schon wieder an zu glänzen.

«Na, dann, auf in den Kampf!», sagt Jessica.

Ich fühle mich wie eine Undercover-Agentin und hake mich lässig bei Jessica unter.

«Na, ihr zwei Hübschen, wohin des Weges?» Ein hagerer

Typ mit weichen Gesichtszügen, die von einem kläglichen Haarrest umrahmt werden, stellt sich uns in den Weg. Er nimmt Jessica in den Arm und gibt ihr einen dicken Schmatzer auf den Mund.

«Reini!», entfährt es ihr.

Sie scheint sich irgendwie ertappt zu fühlen.

«Meine Frau und ich sehen uns so selten und das, obwohl wir im gleichen Gebäude arbeiten», lacht er.

Bereits zum zweiten Mal an diesem Tag teilt mir das Schicksal gnadenlos mit, dass ich komplett ahnungslos bin, was meine Umwelt angeht. Das Leben zieht an mir vorbei in all seiner schillernden Pracht, und ich flattere blind, taub und unbeteiligt nebenher.

Reini scheint allerdings an erstaunte Kollegen gewöhnt zu sein, denn er reagiert ziemlich cool auf meinen heruntergeklappten Unterkiefer. Vielleicht sollte ich für den nächsten Ernstfall in diesem Bereich mehr Muskulatur aufbauen.

«Jessica und ich sind seit fünf Jahren verheiratet», erklärt er mir.

Das ist doch jetzt ein Scherz! Das muss ein Scherz sein! Reini ist mindestens Mitte 50, und Jessica benimmt sich von allen Frauen, die ich kenne, definitiv und mit großem Abstand am ledigsten.

«Du hast es ihr nicht gesagt, oder?», fragt er seine Gattin.

Jessica zuckt nur mit den Schultern.

«Nein, es kam einfach noch nicht zur Sprache.»

Und die ganzen DJs, Barkeeper und Rockstars? Mir liegen etwa eintausend Fragen auf der Zunge, nur für den Anfang, deren Antworten ich aber vielleicht auch gar nicht wissen möchte.

«Weißt du was? Lass uns deine Kollegin doch einfach mal zu uns zum Essen einladen!», schlägt Reini vor.

«Ja, Reini, das ist 'ne Spitzenidee! Du und Hannas Klaus, ihr werdet euch prima verstehen», ruft Jessica begeistert.

Sie fällt ihrem Reini-Mann um den Hals, und ich kann nicht den kleinsten Hauch eines ironischen Untertons ausmachen. Na gut. Dann ist sie halt verheiratet. Irgendwie ulkig.

Das wohlwollende Pfeifen von Hausmeister Meier bestätigt, dass wir sogleich einen tollen Auftritt haben werden. Das Café, in dem wir Leitwolf treffen sollen, befindet sich nur fünf Gehminuten von unserem Verlagshaus entfernt.

«Wollen wir es ihm gleich sagen? Ich meine, sicher fühlt er sich ertappt und steht gleich auf und geht!», frage ich Jessica.

«Glaub mir, der wird so überrascht sein, dass er garantiert anders reagiert, als du es erwartest. Diese Typen sind eitel. Und das Fernsehen bietet ihnen ein hervorragendes Forum.»

Ich schaue überrascht zu Jessica hinüber, ihre Stimme klingt plötzlich so anders, fast philosophisch. Ich muss grinsen. Immerhin arbeiten wir ja für eine Talkshow und wollen nicht die Welt verbessern. Man lernt nie aus. Schließlich hätte ich bis vor fünf Minuten auch nicht geglaubt, dass Jessica einem Mann vor Gott die Treue geschworen hat.

«Da vorne sitzt er, siehst du das Erkennungszeichen? Eine gelbe Nelke!», sagt sie.

Ich kneife meine Augen zusammen. Wie verabredet, hat unser Opfer in spe eine gelbe Nelke vor sich auf den Tisch gelegt. Der Mann ist etwa Mitte 50, klein und gedrungen, sieht ein bisschen aus wie Mr. Big aus «Sex and the City», nur kleiner und dicker. Er trägt einen Borsalino aus grauem Filz, dazu Anzug, Weste und Hose aus einem etwas dunkleren Stoff. Mehr kann ich ohne meine Brille leider nicht erkennen.

Wir gehen auf «Leitwolf» zu und nehmen am Tisch Platz. Überrascht schaut er von einer zur anderen.

«Ich hatte eigentlich mit nur einem Lämmchen gerechnet», sagt er mit tiefer und sonorer Stimme, und schon in diesem einen Satz steckt so viel Dominanz, dass mir die Knie etwas zittrig werden. Doch Jessica bleibt ganz cool.

«Guten Tag, mein Name ist Jessica Hoch, und das hier ist meine Kollegin Hanna Rückad. Wir arbeiten für die Sendung mit Cordula Reiss. Vielleicht haben Sie sie schon einmal gesehen. Bitte entschuldigen Sie, dass wir zu diesem Trick greifen mussten, aber wir recherchieren für eine ganz besondere Ausstrahlung!»

«So, so, ich bin Ihnen also auf den Leim gegangen», sagt Leitwolf.

Er zieht die eine Seite seines Mundes nach oben, das soll wohl ein Lächeln werden. Er beugt sich nach vorne und mustert Jessica von oben bis unten.

«Sind alle Redakteurinnen beim Fernsehen so attraktiv wie Sie?», fragt er.

«Nun, Thema unserer Sendung ist Sex in der Großstadt. Das klingt erst einmal banal, aber wir wollen aufzeigen, dass jeder, vom Handwerker bis hin zum Millionär, seine Bedürfnisse hat. Und wir wollen zeigen, welche Möglichkeiten sich bieten», referiert Jessica in professionellem Tonfall.

Ja, das ist sie, meine Kollegin, sie ist so was von cool! Zeig's ihm, Baby! Rock and Roll! Die Bedienung kommt an unseren Tisch, langbeinig, blond, Anfang 20. Wie aus einem Hochglanzmagazin entsprungen.

«Kann ich euch was bringen?», nuschelt sie, während sie ein wenig mit den Hüften wippt und auffällig an ihrem Kaugummi kaut. Ich muss plötzlich an unsere Kühe auf dem Land denken.

«Drei Roederer Brut Premiere», bestellt Leitwolf, bevor Jessica und ich auch nur den Mund aufmachen können. Er mustert die blonde Bedienung so intensiv, dass diese knallrot anläuft und unsicher kichernd davontrippelt.

«Wir müssen doch auf unseren bevorstehenden Vertrag anstoßen», sagt Leitwolf.

Wie? Das war's schon? So einfach geht das also? Der hat sich ja gar nicht geziert! Das kann es doch nicht gewesen sein. Wir spazieren wie eine Laientheatergruppe in irgendein Café und überzeugen einen offenbar sehr erfolgreichen Geschäftsmann davon, sich in unserer Sendung zu outen. Ich sehe, dass jetzt selbst die sonst so coole Jessica kurz schlucken muss. Zu meinem Glück, denn ich habe bisher noch keinen Ton herausbekommen, fängt sie sich schnell wieder und zieht unseren Standardvertrag aus der Tasche.

«Sehr gut. Wenn Sie dann hier noch unterschreiben könnten? Auf der ersten Seite finden Sie alle Infos zu Zeitpunkt, Ort, et cetera.»

«Jetzt hören Sie mir mal gut zu ...» Er hält kurz inne, als der Champagner gebracht wird, und lässt es sich nicht nehmen, die Bedienung durch seinen Blick erneut in Verlegenheit zu bringen. Er nimmt einen Schluck aus seinem Glas und fährt fort: «Nur, weil Sie von mir eine Zusage für mein Kommen bekommen haben, heißt das noch lange nicht, dass ich Ihnen Ihren Schmierzettel hier unterzeichne. Ich melde mich bei Ihnen. Mein Büro wird Ihnen die Unterlagen morgen zukommen lassen.»

Jessica und ich sehen unsere Felle davonschwimmen.

«Wir bieten Ihnen die Anonymität, die Sie verlangen», flüstere ich mit etwas krächzender Stimme.

«Frau Rückad, davon gehe ich aus. Bis Freitag also.»

Mit diesen Worten steht Leitwolf auf, drückt der verdutzten Kellnerin einen 100-Euro-Schein in die Hand und verschwindet.

«Was zur Hölle war das denn, bitte schön?»

Jessica und ich schauen uns kurz in die Augen, bevor wir in hysterisches Gelächter ausbrechen.

«Prost, Hanna!»

«Auf Ex!»

Beschwingt vom Champagner, betreten wir wenig später die Redaktion und geben unsere Erfolgsmeldung weiter. Leitwolf hat sich in der Zwischenzeit bereits gemeldet. Im wahren Leben heißt er Ernst Rackel und ist juristischer Leiter eines Bauunternehmens. Mehr möchte er nicht verraten, aber den Vertrag hat er, mal abgesehen von ein paar Änderungen und der Garantie seiner Anonymität, unterschrieben. Perfekt!

«Hanna, du siehst aber heute echt super aus!» Thorsten tritt an meinen Schreibtisch und glotzt mich begeistert an. Schnell setze ich wieder meine Brille auf.

«Äh, ja, das ist ... was gibt es denn?», frage ich verwirrt.

«Da hat jemand angerufen. Ein Herr Trent. Er ließ ausrichten, dass er sich heute Abend mit dir in der ‹Casa Granada› treffen möchte», sagt er.

Trent! Mein Herz rutscht mir ohne Vorwarnung in die Unterhose. Jessica kommt neugierig an meinen Schreibtisch.

«Trent? Was will der denn von dir? Betreut den nicht jetzt Paula? Na, dann pass mal auf, dass dich unser Schwerenöter nicht vernascht», grinst sie.

Was ist das nur für ein Tag! So viele Ereignisse, man könnte glatt drei daraus machen.

«Ich weiß auch nicht, eigentlich habe ich alle Unterlagen an Paula abgegeben. Hat er denn nicht gesagt, um was es ging?» Jetzt bin ich nervös.

«Nein, eigentlich nicht», antwortet Thorsten. «Doch, warte. Ich glaube, er sagte etwas wie ‹Du sollst den krassen Rock von neulich tragen›.»

«Aha», krächze ich.

«Trent steht auf Hanna, Trent steht auf Hanna!» Jessica hüpft vor meinem Schreibtisch auf und ab und packt Thorsten an den Schultern, um mit ihm quer durch die Redaktion zu tanzen.

Ich sitze da und grübele. Was kann Trent nur von mir wollen? Will er wirklich was mit mir anfangen? Weiß er denn nicht, dass ich einen Freund habe? Nein, ich werde nicht hingehen. Ich rufe ihn jetzt an und sage ihm, dass ich heute Abend keine Zeit habe. Was bildet sich dieser Möchtegern-Popstar eigentlich ein? Als ob eine Frau wie ich jeden Abend Zeit für ihn hätte und nur darauf wartete, dass er anruft. Woher hat er überhaupt meine Nummer? Von Jessica sicher nicht, die hätte mir das schon erzählt, bevor er meine Nummer wählen konnte, sie kann nämlich keine Überraschungen für sich behalten. Paula? Ist heute nicht in der Redaktion, sondern beim Auswärtstermin. Vielleicht hat er ja ein Telefon mit Rufnummererkennung und kann die Nummer des Anrufers speichern? Normalerweise sind Männer auf diesem Gebiet nicht sehr kreativ. In den meisten Fällen, eigentlich immer, sind wir es doch, die anrufen müssen, damit es was wird. Von wegen: Ruf ihn nach dem Kennenlernen drei Tage nicht an, er soll dich anrufen und so weiter. Die menschliche Rasse wäre längst ausgestorben, wenn wir Frauen immer nur darauf gewartet hätten, dass ER anruft.

Was steigere ich mich eigentlich so in die Sache hinein? Okay, er ist ein sehr attraktiver Mann, und er macht tolle Musik. Und er riecht gut. Sogar am Ende der Nacht hat er noch lecker gerochen.

Aber so ein Typ will doch nichts von einer Frau wie mir! Wobei, Jessica und Thorsten haben mir heute eigentlich ausreichend Komplimente gemacht. Ich ruf ihn jetzt einfach an und sag ihm ab. Ich habe einen Freund, da trifft man sich nicht mit fremden Männern. Hm. Neugierig wäre ich aber schon. Ich kann ja mal hingehen. Wenn es zu brenzlig wird, sage ich ihm, dass ich mit Klaus zusammenwohne. Ein bisschen flirten darf man doch, oder nicht? Schließlich will ich nicht mit ihm ins Bett. Niemals. Das würde ich meinem Klausi nie antun. Ich liebe meinen Freund über alles, so etwas wirft man nicht einfach über Bord.

Ich rufe Margot an, sie weiß in solchen Fällen immer am besten, was zu tun ist. Karina ist mir zu impulsiv. Wahrscheinlich ist sie sowieso mit ihrem neuen Verehrer verabredet.

Dreizehn

Alles hat sein Für und Wider!» Margots Spruch könnte glatt aus dem Mund meiner Großmutter kommen, die ich zu diesem Thema lieber nicht befrage. Meine Beziehung steht auf dem Spiel, das würde ihre Vorstellung von Romantik und lebenslanger Liebe völlig zerstören. Für sie ist Klaus ein Sechser im Lotto, und sie würde lieber heute als morgen durch mich erneut zur Urgroßmutter werden. Ob sie und Opa es jemals bereut haben, so früh geheiratet zu haben? Da ist das gebrannte Kind Margot schon eine bessere Ratgeberin. Ihr Ex alias «der Erzeuger» hat sich ja auch erst nach der erfolgreichen Befruchtung ihrer Eizelle als Vollzeit-Arschloch entpuppt.

«Geh doch einfach hin und flirte mit ihm», sagt sie. «Du wirst nie herausfinden, was dahintersteckt, wenn du es nicht ausprobierst. Finde heraus, was er dir bedeutet und was für Gefühle du hast, wenn du in seiner Nähe bist. Du willst doch nicht ein Leben lang mit einem Mann zusammen sein, der dich nicht glücklich macht, weil er lieber seinen Eidechsen beim Vögeln zusieht.»

«Es sind Chuckwallas», widerspreche ich.

«Ist doch egal. Du weißt schon, was ich meine. Aber geh nicht gleich mit ihm ins Bett! Zieh am besten einen deiner Liebestöter an und einen BH, damit du gar nicht erst auf dumme Gedanken kommst.»

«Aber ich brauche keinen BH. Außerdem habe ich heute auch gar keinen drunter», wende ich ein.

«Hanna, ich gehe doch mal schwer davon aus, dass du vorher noch nach Hause fahren wirst. BH und Riesenschlüpfer sind Pflicht, sonst bekommst du mein Einverständnis nicht! Männer finden es scharf, wenn eine Frau ohne BH rumläuft, egal, aus welchen Gründen. Meine Güte, warum hast du mir nicht viel früher erzählt, dass Klaus sich langsam zum Freak entwickelt. Ich hatte ja schon so eine Ahnung, aber als Freundin hält man sich da besser zurück.» Margot schweigt nachdenklich am anderen Ende der Leitung.

«Ich würde dir sofort sagen, wenn mir was bei dir auffällt», sage ich mutig.

«Sicher? Damals beim Erzeuger hast du auch erst eingegriffen, als es zu spät war», gibt sie zu bedenken.

Da hat sie auch wieder recht. Schließlich ist es so eine Sache mit der Wahrheit, sogar wenn sie das Wohl der besten Freundin betrifft. Immerhin ist die Kritik, die am aktuellen Partner geübt wird, immer ein Risiko. Im schlimmsten Fall kann sie zum abrupten Ende einer Freundschaft führen. Meine damalige Freundin Rachel, wir waren beide 18 und konnten uns seinerzeit wirklich alles erzählen, verliebte sich eines Tages in einen gewissen Borg. Zwei Wochen nach ihrem ersten Kennenlernen eröffneten sie mir, dass sie heiraten wollten. Als Borg mir kurz vor der Trauung unter den Rock fasste, stand ich in der Kirche mutig auf, als die Stelle kam, an der es hieß, «Wer etwas gegen die Verbindung einzuwenden hat, der möge jetzt aufstehen oder für immer schweigen!». Vor versammelter Hochzeitsgemeinde habe ich Borg bloßgestellt. Das Ende vom Lied war, dass Rachel mir Eifersucht unterstellte. Ich war damals gerade Single und ziemlich unglücklich in meinen Kollegen Hauke verliebt. Sie kündigte mir die Freundschaft und sagte «ja» zu Borg. Später stellte sich dann auch noch heraus, dass Hauke schwul war und heimlich meinen Bruder Mario liebte. Deshalb hatte er mich so oft in meiner Wohnung besucht und mich über meine Familie ausgefragt. Rachel und Borg habe ich seit der Hochzeit nie wieder gesehen. Eine gemeinsame Bekannte, die ich zufällig einmal beim Shopping an der Kasse traf, erzählte mir, dass die beiden immer noch verheiratet sind. Er grapscht wohl immer noch fremd, und Rachel hat sämtliche Kontakte zu ihren alten Freundinnen abgebrochen, die ebenfalls zu Borgs Fummelopfern gehören. Frauen jedenfalls sollten es sich gut überlegen, ob sie ihrer Freundin von ihren Bedenken erzählen. Eine wirklich gute Freundin hält einfach nur Taschentücher bereit, wenn es darauf ankommt. Sie darf im besten Falle bei der Hosengröße ehrlich sein. Bei der Partnerwahl sollte sie sich schön zurückhalten. Liebe führt bekanntlich zu erheblicher Sehschwäche. Aber die kluge Frau baut vor, und ich werde bei meinem Klaus genau hinsehen, bevor es zu spät ist.

«Süße, du gehst ja nicht gleich fremd, nur weil du dich mit diesem Trent triffst.»

«Und was ist, wenn Klaus fragt, wo ich hingehe?», sage ich.

«Dann sagst du einfach die Wahrheit. Du triffst dich mit einem Studiogast!»

«Ich weiß nicht ...»

«Komm schon. Du tust doch nichts Verbotenes.»

Margot hat recht. Oberflächlich betrachtet, tue ich tatsächlich nichts Verbotenes, schließlich gehe ich nur mit einem Studiogast essen. Und Nahrungsaufnahme in Gesellschaft ist legal, auch wenn die Gesellschaft nicht der eigene Partner ist. Die Frage ist nur, was als Dessert serviert wird. Da ich aber vorhabe, standhaft zu bleiben, ist doch alles im grünen Bereich. Rede ich mir ein.

«Na gut. Ich ruf dich an, wenn ich's hinter mir habe», sage ich.

«Alles klar. Und, Hanna, das hier ist kein Besuch beim Zahnarzt, es ist nur ein Date», sagt Margot, bevor sie auflegt.

Die Frau hat gut reden. Wenn ich ehrlich bin, wäre mir ein Termin beim Zahnarzt gerade lieber. Immerhin müsste ich dann nicht überlegen, was ich anziehen soll.

Auf dem Weg nach Hause grübele ich darüber nach. Es sollte natürlich nicht zu aufgerüscht wirken. Schließlich hat er mich angerufen, nicht umgekehrt. Eigentlich will ich ja auch gar nichts von ihm. Ich möchte nur herausfinden, um was es geht. Ich werde eine Jeans anziehen und das gestreifte Hemd, das ich mir neulich geleistet habe. Andererseits, in der Jeans wirkt mein Hintern so dick, und außerdem wollte Trent ja, dass ich Rock trage. Ich sollte es gerade deshalb nicht tun. Was bildet sich dieser Schnösel eigentlich ein? Oder gibt es einen Grund, dass er mich gerne im Rock hätte? Ein Rock unterstreicht die Weiblichkeit einer Frau. Moment mal, wieso überhaupt Rock? Hatte ich neulich im ‹It› einen an? Mir war, als hätte ich eine Hose getragen, die mit den Nieten am Saum. Man kann in einer Hose auch viel lässiger sitzen. Bei einem kurzen Rock muss man ständig die Beine übereinanderschlagen. Das wirkt so tussimäßig, und ich will auf keinen Fall, dass er mich für eine Tussi hält. Ich bin eine Frau zum Pferdestehlen, eine, die ihren Mann unterstützt und hinter ihm steht, egal was passiert. Andererseits wollen die meisten Männer eine Frau ja auch erobern. Er hat den ersten Schritt gemacht und um die Verabredung gebeten. Da mag er es vielleicht nicht, wenn ich so burschikos gestylt zu einem romantischen Essen erscheine. Wenn er später reich und berühmt ist, braucht er ja auch eine repräsentative Frau an seiner Seite und kein Mauerblümchen.

Mein Leben ist eine Vollkatastrophe! Ich bin eine Vollkatastrophe. Ich habe seit fast fünf Jahren eine Beziehung, ich müsste Fachfrau in Männerangelegenheiten sein, schließlich lebe ich mit einem Exemplar dieser Spezies zusammen. Stattdessen verhalte ich mich wie ein pubertierendes Gör kurz vor der Begegnung mit dem Klassenschwarm.

Das muss daran liegen, dass ich komplett aus der Übung bin. Ich habe auch wirklich schon sehr lange keine Verabredung mehr gehabt. Ich weiß schon überhaupt nicht mehr, wie man das heutzutage so macht. Ob ich doch Karina anrufe? Wie hypnotisiert greife ich zum Telefon.

«Gut, dass du anrufst, ich wollte eben dasselbe tun!», sagt Karina, als ich mich melde.

Wunderbar. Gedankenübertragung. Wie schön, dass wir uns haben.

«Hanna, ich muss dir was erzählen», fährt sie ein wenig atemlos fort.

«Ja, ich dir auch, aber fang du an!», sage ich.

Eigentlich wollte ich sie nur kurz um Rat bitten, aber sie ist meine Freundin, meine beste neben Margot, deshalb hat sie auch das Recht auf mein Ohr.

«Ich habe mit David geschlafen», sprudelt es aus ihr heraus.

«Wer ist David? Bist du nicht gerade mit Dr. Karl Knauff zusammen?», frage ich verständnislos.

Karina stöhnt auf.

«Das ist ja gerade das Problem! Dr. Karl Knauff ist ein Langweiler und musste deshalb aus meinem Leben verschwinden. Ich habe mich bei David ausgeheult, und irgendwann lagen wir uns in den Armen und sind in der Kiste gelandet!»

Ich verstehe immer noch nicht, wo das Problem ist. Dann heißt ihr derzeitiger Liebhaber eben David und nicht mehr Karl.

«Karina, ich bin etwas in Zeitnot. Was ist denn nun so schwierig daran?»

Ich stehe unten in meinem Treppenhaus und kann nicht in die Wohnung, weil ich ihr ja noch mein Problem schildern muss und sich ein Teil meines Problems gerade in selbiger befindet.

«Mensch, Hanna, ich hab dir doch von David erzählt. Er arbeitet seit drei Monaten bei mir im Laden und ist wirklich gut!», erklärt Karina.

«Keine intimen Details über aktuelle Lover, das haben wir doch so ausgemacht!», warne ich.

«Ich meine doch gar nicht ‹gut› in dem Sinne – obwohl ich sagen muss, es gibt auch darin keinen Grund zur Klage. Das Problem ist: Ich bin seine Chefin, und der Junge ist doch erst 28, er wird am Boden zerstört sein, wenn ich ihn abserviere!»

Das ist Karina, wie sie leibt und lebt. Kaum hat sie einen Neuen an der Angel, denkt sie schon wieder daran, wie sie ihn wieder loswerden kann. Sie sollte sich wirklich mal ernsthaft verknallen. Am besten noch unglücklich, obwohl ich das eigentlich niemandem wünsche.

«Nun warte doch erst einmal ab. Vielleicht klappt es ja ausnahmsweise mal», sage ich.

«Du verstehst mich nicht. Er ist mein Angestellter», beharrt Karina.

Langsam werde ich wütend. Kann es hier nicht ausnahmsweise mal um mich gehen? *Ich* habe schließlich ernsthafte Beziehungsprobleme, während andere nur ihre Hormone nicht unter Kontrolle haben.

«Karina. Ich muss jetzt auflegen. Du machst das schon», sage ich kühler als beabsichtigt.

«Aber du wolltest mir doch auch was erzählen. Ich bin eine Egoistin, tut mir leid», sagt sie jetzt.

Karina ist doch ein Schatz. Ich sollte mir ihren Rat anhören. Also seufze ich und lege ihr die Probleme dar:

«Die Sache ist die: Ich habe dir doch erzählt, dass ich diesen Rockstar kennengelernt habe, groß, gut gebaut, wahnsinnig charmant!»

«Ja, ja, Dent hieß er, nicht wahr?»

«Trent, er hieß Trent. Jedenfalls habe ich ihn in die nächste Sendung als Talkgast eingeladen. Jetzt will er sich mit mir treffen!»

«Um alles zu besprechen?»

«Das Thema betreut eine andere Redakteurin.»

Karina schweigt verständnislos. So schwer von Begriff ist sie sonst selten. Vielleicht nimmt die Sache mit diesem David sie doch mehr mit, als ich dachte.

«Warte mal, du denkst, er will dich flachlegen?»

Na, endlich! Sie hat's kapiert.

«Hanna, du kleines Miststück! Du willst doch nicht etwa mit ihm ...» Sie lacht fröhlich auf.

«Nein! Natürlich nicht!» Ich unterbreche sie harsch.

«Aber du triffst dich mit ihm!», giggelt sie.

«Ja, aber doch nur ... also wegen der Sendung ... ich ... es war schließlich meine Idee, ihn einzuladen», stammle ich.

Ich merke, wie ich rot werde, als ich das ausspreche.

«Weil du ihn scharf findest!», lacht sie.

Karina amüsiert sich köstlich.

«Nein, so ist es nicht ... also, ich finde ihn schon toll, aber natürlich rein beruflich gesehen. Und vielleicht ein ganz kleines bisschen auch privat.»

Den letzten Satz flüstere ich. Wer weiß, wer hinter den Türen steht und lauscht.

«Hanna, bleib einfach cool. Triff dich mit dem Typen, mach dir einen schönen Abend, lass deine Hände auf dem Tisch liegen und sorg dafür, dass er die Rechnung bezahlt.»

Das ist nicht das, was ich hören will.

«Und wenn er Anstalten macht? Wenn er mich anbaggert?», frage ich.

«Hanna, du redest hier um den heißen Brei herum. Du weißt, ich gehöre nicht zum Klaus-Fanclub, aber findest du, dass er es verdient hat, hintergangen zu werden?»

Ich nicke in den Hörer. Karina ist zwar den irdischen Freuden sehr zugetan, hatte aber bisher nie etwas parallel laufen.

«Hanna? Bist du noch dran?», fragt sie jetzt.

«Ja. Du hast recht. Hände auf dem Tisch lassen und immer an Klaus denken», wiederhole ich.

«Du weißt schon, wie ich es gemeint habe. Drück dich!»

«Drück dich auch!»

Ich lege auf und nehme statt des Lifts die Treppen. Bevor ich die Wohnungstür aufschließe, atme ich noch einmal tief durch.

«Hallo, Schatzi!» Keine Antwort. Dafür finde ich einen Zettel auf dem Küchentisch:

– Liebe Hasenmaus! Bin in der Zoohandlung. Dein Klaus. –

Er ist also gar nicht da. Und wieder sind ihm seine Tiere lieber als ich. Na toll. Ich springe schnell unter die Dusche und entscheide mich in Windeseile für den blauen Jeansrock. Der ist ein toller Kompromiss. Ein Rock, wie gewünscht, dafür geht er aber weit übers Knie. Dazu trage ich Jessicas Stiefel, die ich ihr immer noch nicht zurückgegeben habe, und ein grünes Oberteil. Darunter einen Push-up, schließlich hat Margot gesagt, ich soll einen BH tragen. Ich sehe für meine Verhältnisse toll aus und habe sogar so etwas wie ein Dekolleté. Trent hätte sicher auch Spaß an der Lackkorsage. Wer weiß ... Ich muss einfach herausfinden, ob da etwas zwischen uns ist. Schließlich habe ich nicht mehr ewig Zeit, um den wirklich ganz Richtigen für mich zu finden.

Ich trage etwas Lipgloss auf, die Mascara von heute Vormittag sieht noch passabel aus. Mehr werde ich nicht tun. Männer stehen auf natürliche Frauen. Wobei es erstaunlich ist, dass man ihnen auch drei Kilo Make-up als «ungeschminkt» verkaufen kann. Worauf genau Trent so alles abfährt, werde ich ja in weniger als 30 Minuten erfahren.

Ich schreibe Klaus noch schnell einen Zettel: – Musste nochmal weg zu einem Termin. Warte nicht auf mich, kann später werden. Kuss – deine Hanna

Ist ja schließlich nicht gelogen. Termin ist ja nur die deutsche Übersetzung für Date.

Vierzehn

Auch ein blindes Huhn findet mal ein Korn. Das sagt Großmutter immer, wenn von ihrer Erzfeindin Rea Sattel, geborene Sorse, die Rede ist. Schon zu Schulzeiten konnten sie sich nicht leiden, und ich glaube, die gute Rea war seinerzeit ebenfalls in meinen Großvater verschossen, konnte aber weder mit dem Witz noch mit dem guten Aussehen meiner Oma konkurrieren. So stellt es Omi jedenfalls dar. Komischerweise kreuzen sich die Wege der beiden alten Damen immer wieder. Mittlerweile hat die gute Rea ebenfalls Anschluss ans männliche Geschlecht gefunden (Gundbert Sattel) und zwei stattliche Söhne zur Welt gebracht, die wiederum haben beide geheiratet und Rea zur vierfachen Großmutter gemacht. Ein Spross, Sascha, ist inzwischen mein Exfreund und erster Herzensbrecher, und er ist ein Grund mehr für Omi, Rea Sattel, geborene Sorse, abgrundtief zu hassen. Ich für meinen Teil habe daraus gelernt, dass ein Mann grundsätzlich niemals besser aussehen sollte als die Frau, mit der er zusammen ist. Sascha war ein ausgesprochen attraktiver Typ – markantes Gesicht, Sixpack, Drei-Tage-Bart, der mir beim Knutschen jedes Mal das Gesicht ganz wund scheuerte. Danach sah ich neben ihm noch unansehnlicher aus als sonst. Doch, wie sagte Sascha damals immer so schön: Schatz, ich liebe dich so, wie du bist. Im Nachhinein denke ich eher, dass er mich schätzte, weil er durch mich einfach an jede Frau herankam, die er haben wollte. Ein Mann alleine wird nämlich eher selten in einem Café oder einem Club angesprochen. Hat er jedoch eine durchschnittlich attraktive Frau an seiner Seite, fühlt sich fast jedes weibliche Wesen in einem Radius von fünf Metern motiviert, den potenziellen Märchenprinzen aus den

Klauen des hässlichen Monsters zu erlösen. Ich erinnere mich nur ungern an all die abfälligen Mienen, in die ich schauen musste, wenn ich mit ihm unterwegs war.

Unsere Trennung verhalf mir jedoch unverhofft zu einem umwerfenden Liebesbekenntnis meiner beiden Zwillingsbrüder. Die wollten es nicht auf sich sitzen lassen, dass ein dahergelaufener Schwerenöter ihre große Schwester derart schlecht behandelt. Sie lockten ihn kurzerhand auf eine hippe Party in einem der angesagtesten Clubs der Stadt. Sascha ließ sich nicht bitten, schließlich waren reichlich Wein, Weib und Gesang angekündigt. Kostenlos natürlich. Chris und Mario füllten den guten Sascha jedoch dermaßen ab, dass er gar nicht mehr wusste, wie ihm geschah. Sie wickelten ihn in Alufolie – komplett von Kopf bis Fuß braucht man übrigens genau eine Rolle – und steckten ihn dann für 20 Minuten in die hauseigene Clubsauna. Dort durfte der Schönling in Ruhe darüber nachdenken, wie man sich einer Frau gegenüber verhält, die zwei Brüder hat. Da die beiden damals noch minderjährig waren und der Hausherr und Gastgeber der Party ihre Anwesenheit vehement abstritt – schließlich hätte er sonst seine Lizenz verloren –, konnte Sascha sie nicht verklagen. Mir wurden am nächsten Tag ein paar höchst amüsante Hochglanzfotos Marke «Schwein in Folie» präsentiert. Ich denke, diese Bilder haben meine Trauerzeit um mindestens sechs Monate verkürzt.

Trent kommt 20 Minuten zu spät ins «Casa Granada» gestolpert. Wieso kommen eigentlich die meisten Männer zu spät? Von wegen, wir Frauen hätten kein Zeitgefühl! Sogar mit Klaus ist es so: Wenn wir um acht Uhr verabredet sind, beginnt er um Viertel vor acht mit seinen Vorbereitungen und sucht die komischsten Sachen. Das ist übrigens die zweite Sache, die ich an Männern nicht verstehe: Noch bevor sie ihr Gehirn anstrengen oder auch nur die Augen aufmachen, fragen sie ihre Frau oder Freundin, wo wahlweise Socken, T-Shirt, Buch oder Aktentasche sind.

Trent steuert zielstrebig auf meinen Tisch zu und begrüßt mich wie selbstverständlich mit Küsschen links, Küsschen rechts. Ich ernte neidische Blicke vom Nebentisch. Weiter kann ich leider nicht sehen, da ich meine Brille nicht aufhabe. Ich gehe aber davon aus, dass mich gerade das halbe Lokal anstarrt. Ja, das ist meine Verabredung, er ist nur meinetwegen hier. Habt ihr seinen Hintern gesehen? Und sein enges Shirt? Er hat mich angerufen, und ich sehe auch toll aus! Ich habe es einfach nicht nötig, mein halbes Leben vor dem Spiegel und im begehbaren Kleiderschrank zu verbringen, nur um dem Rest der Welt etwas vorzutäuschen, was ich nun mal nicht bin. Ich wette, selbst Claudia Schiffer hat nach dem Aufwachen verquollene Augen und zerzauste Haare.

«Hey, hattest du neulich nicht 'ne Brille?»

Trent mustert mich durch seine langen schwarzen Ponyfransen und kommt mir dabei bedrohlich nahe. Dass er sich daran erinnern kann! Wie aufmerksam. Ich habe meine Brille tatsächlich in meine Handtasche gesteckt.

«Krass. Siehst du mich überhaupt?» Er fuchtelt mit seinen beiden Händen wild vor meinem Gesicht hin und her, wie Thomas Gottschalk bei seinen Kandidaten, wenn sie diese Sichtschutzbrillen tragen. Das ist jetzt aber nicht sehr charmant.

«Ich bin nicht blind. Ich sehe nur auf die Entfernung schlecht», entgegne ich leicht beleidigt.

«Krass. Also, das da hinten auf der Tafel, kannst du das lesen?», fragt er interessiert und deutet auf die Tageskarte, was ich allerdings nur deshalb weiß, weil ich mir vorher wohlweislich das Menü durchgelesen und es auswendig gelernt habe. Ich will ja nicht behindert wirken. In Zeiten von Kontaktlinsen finden Männer Kurzsichtigkeit nicht mehr so sexy.

«Klar», antworte ich also, «der gegrillte Thunfisch klingt lecker.»

Ich setze mein breitestes Strahlen auf und stütze mein Gesicht in beide Hände.

«Krass. Fisch ist irgendwie so ... krass fischig», sagt Trent.

Na toll, da habe ich wohl genau ins Fettnäpfchen getreten. Wahrscheinlich steht er nur auf Fleisch. Echte Kerle mögen saftige Steaks, am besten ohne Gemüsebeilage, denn die ist was für Weicheier.

«Die haben hier ein ganz tolles T-Bone-Steak!», schlage ich ihm vor, als der Kellner kommt.

«Ja, krass, das ist gut, ja, das ist gut.»

Bingo!

«Ich nehme das Gleiche!», sage ich hastig.

Der Kellner starrt auf Trents durchtrainierte Oberarme und würdigt mich keines Blickes.

«Wolltest du nicht Fisch?», fragt Trent nach, fährt sich durchs Haar und scheint es zu genießen, dass das halbe Lokal ihn beobachtet. Der Ober rollt genervt mit den Augen.

«Ja, was denn nun? Fisch oder Steak?», näselt er mich ungeduldig an.

«Steak, bitte. Ganz durchgebraten», sage ich.

«Und zu trinken?»

«Was trinkst du denn, Trent?», frage ich. Hoffentlich bestellt er eine Flasche Wein. Ich finde, Wein gehört irgendwie zu einem Date dazu.

«Ich nehm 'n Bier», sagt er.

«Ja, das hätte ich auch gerne», lüge ich.

Ich hasse Bier. Davon muss ich immer aufstoßen.

«Bringen Sie doch bitte noch 'ne Flasche Wasser, ja?», sage ich noch schnell.

Ich werde einfach nur am Bier nippen und mich ans Wasser halten, schließlich muss ich die Kontrolle über die Situation behalten. Kein Sex beim ersten Date! Beim zweiten, ja, das geht, spätestens beim dritten. Aber niemals beim ersten. Schließlich möchte ich nicht, dass er mich für eine Schlampe hält. Wobei – manchmal wäre ich gerne eine. Dann würde ich ihn einfach aufs Restaurantklo zerren und ihm das enge T-Shirt vom muskulösen Leib reißen. Ich würde ihm seinen verschwitzten Oberkörper mit der Zunge ablecken und ihn dann aus seinen engen Jeans pellen.

«Hallo? Pellkartoffeln oder Pommes zum Steak?»

Offenbar war ich abgelenkt.

«Pell. Kartoffeln. Aber bitte ohne Petersilie», sage ich hastig.

«Krass, wir bestellen genau das Gleiche. Ich krieg 'nen fetten Ausschlag, wenn ich Petersilie esse. Echt Scheiße so was. Nur wenn ich sie rauche, passiert nichts, verstehst du!»

Trent bricht in Gelächter aus und fasst mir vertraut an die Schulter. Ich kann sein Aftershave riechen. Männlich. Lecker. Hoffentlich rieche ich nicht danach, wenn ich nach Hause gehe. Sonst wird Klaus misstrauisch. Nein, ich bin eine treue Freundin.

«Ich muss mit dir reden», fängt Trent an.

Jetzt kommt es. Er hat sich in mich verknallt! Wenn er mich nur flachlegen wollte, so wie Jessica gesagt hat, würde er mich nicht zum Essen einladen. Ich fange aber nichts mit Trent an. Ich werde mich erst von Klaus trennen. Ich bin ja schließlich kein Arschloch wie Sascha, der mich nach Strich und Faden betrogen hat. Wenn Trent mich heute Abend küsst, o. k., aber ich werde dann gleich mit Klaus sprechen. So eine bin ich nicht.

«Ich bin doch am Freitag in der Show», sagt er zögernd.

«Jaaa?», frage ich langgezogen.

«Und ich habe mir gedacht, also, wir könnten doch, also, ob du vielleicht …», stammelt er.

Nun sag es schon. Sag es. Du willst eine zweite Verabredung! Nach der Sendung!

«Ich weiß jetzt nicht, krass, das klingt jetzt irgendwie …» Trent kommt einfach nicht auf den Punkt.

«Lass es einfach raus!», ermutige ich ihn.

Ich bin eine sensible Frau, an meiner Seite kann er er selbst sein.

«Vielleicht zeige ich dir besser, was ich meine», sagt er jetzt.

Trent springt auf und verschwindet in Richtung Tresen. Leider kann ich ohne meine Brille nicht so weit gucken und erkenne bloß, wie er mit dem Bartender etwas abspricht. Dann wird das Licht gedimmt, und Trent legt sich flach auf den Boden des Restaurants. Laute Musik ertönt, und Trent beginnt sich im Rhythmus zu krümmen und zu dehnen. Langsam richtet er seinen Oberkörper auf und zuckt mal nach rechts, mal nach links im Takt der Musik. Dann kreist er seinen Kopf, die Haare wirbeln wild durch die Luft. Die Musik wird lauter, offenbar ist das einer seiner Songs, denn die Singstimme kommt mir bekannt vor. Trent, mittlerweile obenrum nackt, robbt zwischen den Tischen hin und her. Die Gäste sind etwas erstarrt, soweit ich das bei meiner Kurzsichtigkeit erkennen kann. Dann endet der Sound abrupt, und Trent lässt sich keuchend neben mir nieder. Das Licht geht an, und nach ein paar Schweigesekunden hört man wieder Besteckgeklapper von den anderen Tischen. Ein paar Leute applaudieren verhalten.

«Ich trete hier ab und zu auf», japst Trent.

«Okay», sage ich.

Mehr fällt mir nicht ein. Außerdem fühle ich mich etwas komisch, weil ich das Bier so schnell ausgetrunken und das zweite direkt hinterhergekippt habe. Soll ich jetzt beeindruckt sein, oder erwartet er eine fachmännische Kritik? Unser Essen kommt, das verschafft mir ein wenig Zeit zum Nachdenken. Vorsichtig löse ich den Fettrand von meinem Steak. Es ist zäh und versalzen. Nur die Kartoffeln schmecken lecker.

«Also, wegen Freitag. Meinst du, du kannst das durchboxen?», fragt Trent mit vollem Mund.

Langsam dämmert es mir. Trent möchte einen Auftritt in der Show, und zwar diesen Auftritt!

«Also, ich weiß nicht», sage ich.

Wieso kommt er denn damit zu mir? Glaubt er, mich kann man am leichtesten um den Finger wickeln? Wieso geht er damit nicht zu Jessica, seiner langjährigen Freundin?

«Jess und ich trennen das Berufliche vom Privaten. Außerdem hab ich den Eindruck, du verstehst was von Kunst und Musik.» Er scheint meine Gedanken zu lesen.

Ich fühle mich geschmeichelt.

«Mein Manager da drüben meint, ein Auftritt könnte den Song weit nach vorne bringen.»

Er nickt in Richtung Tresen, wo ich allerdings nur den Barkeeper erkennen kann. Wie aufs Stichwort stolziert der zu unserem Tisch und setzt sich unaufgefordert dazu.

«Hi, ich bin Guido. Ich manage Trent schon seit drei Jahren. Toll, dass du ihn unterstützen willst. Also, das mit der Performance, wenn das klappt, das wäre einsame Spitze. Yo. Du machst das schon», sagt Guido.

Ich rutsche unruhig auf meinem Stuhl herum. «Ja, also, ich kann natürlich nicht bestimmen, was in die Show kommt,

Trent wird auf jeden Fall im Interview sein, aber das mit dem Auftritt ...», plappere ich.

Guido plustert sich auf und setzt nochmal an: «Der Musiker Trent, die öffentliche Person, kann doch nur vom Zuschauer verstanden werden, wenn er auch seine Kunst präsentieren kann. Warum kriegt er alle Weiber, warum fahren die Leute auf ihn ab, was ist sein Geheimnis – das ist es doch, was die Leute interessiert, nicht wahr, Trent?»

Der winkt ab und sagt: «Hanna ist super, sie macht das schon, nicht wahr, Babe?»

Er legt den Arm um mich und rutscht noch etwas näher heran. Ich werde noch nervöser.

«Und danach gehen wir feiern», fährt er fort, «wenn alles geklappt hat. Hast du eigentlich einen Freund?»

Guido legt ebenfalls seinen Arm um mich und streichelt mir über die Schulter.

«Ich ... ich werde das morgen mal besprechen», stottere ich verwirrt.

«Super. Ich ruf dich dann morgen an», sagt Guido zufrieden, zieht seinen Arm wieder zurück und steht von unserem Tisch auf.

«Ich lass euch beiden Turteltäubchen dann mal alleine. Ich muss arbeiten. Aber versprich mir, dass ihr Freitag nach der Show noch bei mir vorbeischaut.»

Er grinst uns zum Abschied an und klopft Trent kumpelhaft auf den Rücken. Trent bestellt noch zwei Bier und sinkt wieder in sich zusammen.

«Wieso nennst du dich eigentlich Trent?», frage ich ihn. Ich kenne die Antwort zwar schon von Jessica, aber irgendwas muss ich ja sagen.

«Ist doch ganz klar. Trent Reznor ist der krasseste Musiker und mein Vorbild», antwortet Trent.

Leider weiß ich so gut wie nichts über Trent Reznor. Nur, dass er ebenfalls Industrial Pop macht mit der Band «Nine Inch Nails».

«Und was findest du an ihm so toll?»

Ich nehme einen großen Schluck aus der Bierflasche, bekomme prompt einen Schluckauf und fange an zu kichern. Ich finde es nun mal wahnsinnig komisch, wenn ich Schluckauf habe.

«Ich geh mal pinkeln», sagt Trent völlig unbeeindruckt.

Er schlurft in Richtung Toilette und lässt mich mit meinem Schluckauf allein. Selbst von hinten sieht er scharf aus. Hicks. Ich muss auch auf die Toilette, werde aber warten, bis er wieder zurück ist. Hicks. Sonst sieht es noch so aus, als würde ich ihm aufs Klo folgen. Vielleicht will er ja auch, dass ich ihm nachgehe, weil er mich verführen will. Hicks. Aber so eine bin ich nicht. Sex auf öffentlichen Toiletten ist nur was für Schlampen. Ein alter Kollege hat mal damit geprahlt, es auf einer Flugzeugtoilette gemacht zu haben. Ich habe mir die Dinger danach mal genauer angesehen. Da hat man ja nicht einmal alleine Platz, geschweige denn zu zweit in Aktion! für mich ist schon die ordnungsgemäße Benutzung einer Flugzeugtoilette eine Herausforderung. So, mein Schluckauf ist jetzt weg. Wenn Trent zurück ist, werde ich mich höflich verabschieden. Ich habe wirklich schon einen ordentlichen Schwips. Er hat so schöne volle Lippen! Wie die sich wohl anfühlen, wenn man sie küsst? Klaus kann toll küssen. Wie spät ist es eigentlich? Ich muss wirklich nach Hause.

«Noch 'n Bier?» Trent ist von der Toilette zurück und stellt zwei Flaschen vor mir auf den Tisch. Er rutscht dicht an mich heran. Ich kann seine Oberarmhärchen an meinem linken Arm spüren. Jetzt hebt er den rechten Arm und streicht mir sanft eine Haarsträhne aus dem Gesicht. Seine Finger streifen meine Wange, und ich zucke unter der Berührung leicht zurück. Sein Geruch raubt mir die Sinne. Am liebsten würde ich mich an ihm reiben. Ich schließe die Augen, um den Moment, in dem seine Lippen die meinen berühren, voll und ganz genießen zu können. Seine Zunge ist etwas rau und schmeckt nach Bier.

«Kann ich euch noch was bringen?»

Guido reißt mich aus meinen Träumen.

«Weißt du, ob Trent noch 'n Bier will?», fragt er.

«Er ist kurz aufs Klo», erwidere ich.

Mein Gesicht läuft knallrot an. Jetzt bekomme ich schon Hitzewallungen! Guido schaut mich auffordernd an.

«Sag mal, pennst du immer mit offenen Augen?», fragt er.

Da kommt Trent auch schon vom Klo zurück und erlöst mich aus der peinlichen Situation. Mein Ritter.

«Ich muss nach Hause», sage ich.

«Okay. Ich bleib noch.»

«Was kriegst du?», frage ich Guido.

Ich traue mich kaum noch, ihm in die Augen zu schauen.

«Geht aufs Casa. Schließlich bist du ja für Trents Wohlbefinden zuständig!»

Er lacht zweideutig und knufft seinen Schützling in die Seite, bevor er abdampft.

Trent zuckt mit den Schultern und drückt mir einen Kuss auf die Wange.

«Bis Freitag, Babe.»

Mir ist schwindlig, und ich beeile mich, aus dem Restaurant zu kommen, was sich als schwierige Aufgabe gestaltet, da mein Gleichgewichtssinn gestört ist.

Klaus weilt schon im Land der Träume, sodass ich mich nicht für mein spätes Heimkommen rechtfertigen muss. Ich putze mir schnell die Zähne, um den bitteren Biergeschmack loszuwerden. Irgendwie ist Trent schon süß. Und verboten sexy. Immerhin hat er mich auf die Wange geküsst. Ich muss umbedingt mit Klaus reden. Am Wochenende. Vorher nicht, schließlich kommt Oma am Freitag in die Sendung. O Gott, Oma! Vielleicht ist es besser, sie zu einem anderen Thema ins Studio einzuladen? Ich muss jetzt schlafen. Heute kann ich das sowieso nicht mehr regeln. Morgen mach ich das. Morgen ...

Fünfzehn

Kinder und Narren sagen die Wahrheit. Würde Großmutter Gerhard kennen, wüsste sie, dass an diesem Spruch rein gar nichts dran ist. Der Typ geht mir heute mal wieder total auf den Keks, und Thorsten, sein nach Schweiß riechender Speichellecker, ebenfalls. Wer macht denn hier die ganze Arbeit, damit das feine Fräulein Reiss am Freitag wieder eine gute Figur vor der Kamera abgibt? Da bitte ich meinen Chef nur um einen winzigen Gefallen, nachdem ich zwei, in Worten zwei Studiogäste für die Sendung besorgt habe, und was sagt der übergewichtige Frustklops?

«Hanna, wir sind kein Musikkanal für Möchtegern-Künstler. Trent hat seinen Aufreißer-Auftritt im Interview mit Cordula, und das war's!»

Selbstverständlich mischt sich auch noch Thorsten ein und unterstützt Gerhard in seiner Meinung. Bei Music-Acts gingen grundsätzlich immer die Quoten runter, behauptet der alte Schleimer und verkriecht sich dann wieder in den Hintern seines Lieblingsredaktionsleiters.

Von richtiger Fernsehunterhaltung haben die beiden doch keine Ahnung.

Ich setze mich zurück an meinen Schreibtisch und öffne eine E-Mail von meiner Großmutter. Sie macht neuerdings einen Computerkurs, den ihr Margot vermittelt hat. So ganz kommt sie noch nicht mit dem Sprachgebrauch zurecht. Heute möchte sie wissen, ob sie einen Exorzisten bestellen muss, weil sie einen Mailer Daemon in ihrem Postfach gefunden hat. Ich muss dringend mit Margot sprechen. Sie soll sich um sie kümmern, bevor sich meine Großmutter aus Versehen ins Sicherheitssystem einer Bank hackt. Immerhin weiß sie inzwischen, dass sie auf E-Mails, in denen Viagra oder Penisverlängerungen angeboten werden, nicht reagieren muss. Leider leitet sie sie jetzt immer an Klaus weiter. Der findet das überhaupt nicht komisch.

Ich nehme eine zweite Aspirin und hoffe, dass meine Kopfschmerzen dann endlich nachlassen. Keine Chance, denn durch die Tür kündigt sich mit kreischendem Gegackere Cordula an. Sie ist diese Woche gleich auf drei Zeitschriftencovern abgebildet, einstimmige Frage der Käseblättchen: Wie kann man nur so jung, attraktiv, erfolgreich und gleichzeitig Single sein?

So stolziert unsere junge, attraktive, erfolgreiche Moderationspuppe auf ihren hohen Hacken durch die Redaktion, als wäre der Teppich ihr Laufsteg. Gefolgt von ihrer Hofschranze Kevin, heute in einem nachtblauen Kaftan, und Twiggy, ebenfalls in einem winzigen nachtblauen Ensemble, in das selbst meine Babypuppe Bertha vor ihrem Grießtod nicht hineingepasst hätte. Twiggy kläfft Thorsten an, der gerade vor Cordula in einen tiefen Hofknicks sinkt und dem Köter dabei fast auf den Schwanz getreten wäre. Der reagiert wie gewöhnlich mit Blähungen, die die gute Luft im Umkreis von hundert Quadratmetern verseuchen.

Das allein ist schon schlimm genug. Hinzu kommt aber die Tatsache, dass unsere Moderatorin sich im Tag geirrt hat, denn sie ist ganze 24 Stunden zu früh da. Ihr sogenanntes «persönliches Briefing» bekommt Cordy ja immer erst donnerstags von ihrem Gerhard eingeflüstert. Der ist entsprechend völlig aus der Fassung. Denn zu früh ist immer schlecht, besonders bei Männern.

«Schätzchen, mein Goldstück, was machst du denn schon hier?», stammelt er und hampelt in seinem kneifenden Anzug um Cordula herum wie ein Medizinmann um einen vom Dämon besessenen Urwaldbewohner.

Unser Blondchen fuchtelt mit einem Kugelschreiber in der Luft herum, als wolle sie Staubpartikel dirigieren. Vielleicht sucht sie auch nur nach einem unpassenden Fremdwort.

«Ich dachte, ich schaue diesmal etwas früher vorbei, bevor wieder alles zu spät ist. Das Thema ist gut, ja, sicher, aber mir fehlt noch das Sahnehäubchen, das I-Tüpfelchen. Etwas, das mich und die Sendung explizit von den anderen unterscheidet.»

Cordula bleibt direkt vor meinem Schreibtisch stehen. Ich höre vor lauter Schreck auf zu tippen.

«Du!» Sie zeigt mit dem Kugelschreiber auf mich.

«Das ist Hanna, sie arbeitet seit ein paar Wochen hier.» Gerhard schaut überrascht zwischen Cordula und mir hin und her. Auch Thorsten und Jessica sind neugierig geworden und gucken herüber.

«Hi, Cordula.» Ich versuche, die Fassung zu bewahren, und ringe mir ein freundliches Lächeln ab.

«Ja, genau, Anka. Das ist die Lösung!»

«Hanna …»

«Ja, ja … schon gut. Ich will sie in der Sendung haben!»

Jessica bricht in lautes Gelächter aus. «Cordy, deine Einfälle in allen Ehren, aber das Thema lautet ‹Sex in der Großstadt›, und Hanna verkörpert nun nicht unbedingt den Aufreißertyp.»

«Schönen Dank auch, Jess», presse ich zwischen den Zähnen hervor.

«Ja, aber genau das ist es doch! Hanna ist perfekt», jubelt Cordula.

Ich fühle mich geschmeichelt und richte mich auf meinem Stuhl auf.

«Hanna ist die perfekte Frau von nebenan. Wir lassen sie während der Sendung zur Sexbombe umstylen! Von meinem Kevin!» Cordula kreischt vor Entzücken über ihre grandiose Idee.

Kevin geht einmal um mich herum und schaut mich mit dem kritischen Blick eines Pferdehändlers an. Es fehlt gerade noch, dass er meinen Mund öffnet, um meine Zahnqualität zu prüfen. Er kräuselt die Stirn und wiegt seinen Kopf bedächtig hin und her. Auch Twiggy stellt ihr Köpfchen etwas schräg und klimpert mich erwartungsvoll an.

«Graues Mäuschen wird Supervamp! Vom Mauerblümchen zur Vorzeigefrau! Das ist total Porno! Echt spitze!» Kevin ist offenbar zu dem Schluss gekommen, dass man etwas aus mir machen kann. Na, Gott sei Dank.

Ich versuche, meine Mimik unter Kontrolle zu halten, während mir die Worte eiskalt den Rücken hinunterrinnen. Graues Mäuschen, Mauerblümchen. Okay, ich geb's zu, heute ist nicht gerade mein Supermodel-Tag, aber so unterdurchschnittlich sehe ich doch wirklich nicht aus. Ich denke, ich werde einfach mal das Schweigen im Raum brechen und den Rest der Redaktion schnell wieder von diesem Schwachsinn abbringen. Moderatorinnen sollten sich wirklich aus redaktionellen Dingen heraushalten. Außerdem macht mir die

Vorstellung, dass Kevin aus mir irgendetwas «Pornomäßiges» macht, wirklich Angst.

«Ich weiß nicht, ob ich das will. Außerdem will das doch niemand sehen», wende ich ein.

Aber keiner hört mich. «Das ist phantastisch!» Gerhard macht einen großen Satz und rammt mit der Schulter Thorstens Kinn, der mal wieder erniedrigend nahe an ihm klebt und unter Schmerzen mit einstimmt.

«Ja, das ist toll! Der Vorher-Nachher-Effekt! Damit schlagen wir zwei Fliegen mit einer Klappe. Und wir können eine tolle Spannung aufbauen!»

Ich schaue etwas hilflos zu Jessica und hoffe, hier wenigstens eine Verbündete zu finden.

«Hanna, die Idee ist wirklich toll. Vielleicht solltest du das einfach mitmachen», sagt sie. Jess, du bist eine spitzenmäßige Freundin.

«Ich will aber nicht vor die Kamera», sage ich in weinerlichem Ton.

So ganz stimmt das nicht, irgendwie sind wir ja alle ein bisschen eitel, aber als hilfloses Opfer eines wahnsinnigen Stylisten die Mauerblümchen-Pornostar-Wandlung zu vollziehen, das muss doch nun wirklich nicht sein. Vor meinem geistigen Auge türmen sich bereits zu enge Hosen, Bustiers und Lockenwickler, und ich leide unter dem Gedanken, dass man mich in besonders unvorteilhaftem Licht abfilmen wird, um den Nachher-Zustand dann umso farbenfroher darstellen zu können. Das ist aber noch lange nicht alles. Trent wird ebenfalls in der Sendung sein. Sicher wird man ihn nach seiner Meinung fragen, ihn, den qualifizierten Frauenkenner, dem ich übrigens heute noch mitteilen muss, dass er nur ein Interview gibt, aber keine Promo für seine Platte machen darf. Klaus wird neben Großmutter im Publikum sitzen und verständnislos den Kopf schütteln. Er findet diesen ganzen Fernsehzirkus, wie er es nennt, sowieso völlig abgedreht. Dabei fällt mir ein: Oma! Der wollte ich ja eigentlich absagen, weil ich sie doch nicht in eine Sendung, in der es nur um Schmuddelkram geht, einladen möchte. Aber jetzt wird sie sich sowieso nicht mehr davon abhalten lassen.

Ich werde einfach zum Arzt gehen und mir ein Attest schreiben lassen. Das kriege ich schon irgendwie hin. Vielleicht esse ich Seife. Ich habe mal in einer Serie gesehen, dass das jemand getan hat, um glaubhaft eine Magenverstimmung vorzutäuschen. Oder ich renne einfach gleich mit dem Kopf gegen die Klotür. Ist mir schon mal passiert, und ich hatte zwei Wochen lang ein schickes Veilchen. Damit lassen die mich nie vor die Kamera!

«Gut, dann ist das abgemacht. Hanna, du bist am Freitag unser Stylingopfer.» Gerhard reibt sich die Hände und freut sich wie ein kleines Kind, während Cordula schon wieder ihr gelangweiltes «Ich stehe über den Dingen»-Gesicht aufgesetzt hat. Zu viel Emotion führt zu frühzeitiger Faltenbildung.

«Kevin, rufst du Hanna dann an, wegen des Fittings? Wir werden aus ihr sicher was machen können.»

«Na, looogisch!» Kevin und Cordula mustern mich erneut von oben bis unten, ihr Blick bleibt erst an den Hüften und dann an meiner Oberweite hängen. Cordula schürzt ihre geglossten Lippen und lächelt honigsüß.

«So, dann sind wir ja so weit klar. Mein Personal Trainer wartet auch schon. Gerhard, lass uns das Briefing dann morgen telefonisch besprechen, ich hab in der Woche so viele Termine, dass ich es einfach nicht schaffe, morgen nochmal reinzukommen.»

«Klar, Cordy, ruf an, wenn du kannst. Kein Problem, wir machen alles so weit fertig für dich!»

«Supi. Bis daaaahann!», flötet sie und macht auf dem Absatz kehrt. Mit einem hellen Klipp-Klapp-Klipp-Klapp stöckelt sie aus dem Raum. Kevin und Twiggy folgen ihr unauffällig. Wäre da nicht immer noch der Hundegeruch, vermischt mit Cordulas süßem Parfüm, das man noch Minuten nach ihrem Auftritt riechen kann, man könnte meinen, sie wäre nie da gewesen.

Jessica rollt auf ihrem Drehstuhl zu meinem Schreibtisch hinüber.

«Nun mach mal kein Gesicht wie sieben Tage Regenwetter. Kevin wird dir schon nichts abhacken. Du kannst ihm vertrauen, er versteht wirklich etwas von seinem Handwerk. Nur Cordy hat einen ziemlich schlechten Geschmack», tröstet sie.

«Was soll ich denn nun Klaus erzählen? Der findet das sicher total blöde», jammere ich.

«Das übernehme ich! Es bleibt doch bei unserer Verabredung heute Abend bei uns?», fragt sie.

Jessica hat Reinis Vorschlag prompt in die Tat umgesetzt und Klaus und mich heute Abend zu sich nach Hause eingeladen. Zu meiner Überraschung war Klaus sogar damit einverstanden. Zuerst hat er zwar herumgemosert, weil er sie lieber in einem Restaurant getroffen hätte. Er möchte selbst entscheiden, wann er geht, wenn er die Leute noch nicht kennt.

Aber er hat sich von mir umstimmen lassen.

So sitzen mein Klausi und ich also um 20 Uhr bei Familie Hoch-Fein am Küchentisch. Auch hier kocht der Herr des Hauses. Wie sympathisch. Wenigstens hat Jessica ihren Kerl im Griff! Es gibt ein afrikanisches Gericht mit Lamm und Kürbis. Dazu hat Reini Couscous gemacht.

«Wir reisen total gerne nach Afrika!», erzählt Jessica in ihrer ungezwungenen Art. Sie schenkt uns einen südafrikanischen Shiraz ein und setzt sich wieder an den Tisch, während Reini in einem großen Topf herumrührt. Es riecht köstlich. Auch Klaus entspannt sich langsam. Er steht neben dem Koch und guckt ihm über die Schulter. Sie diskutieren angeregt über irgendein Weltkulturerbe in Kenia. Wenn das mal nicht der Beginn einer langen Freundschaft ist ... Jessica denkt offenbar gerade dasselbe und knufft mich fröhlich in die Seite. Wir Mädels decken den Tisch und zwitschern uns einen mit dem leckeren Rotwein.

«Siehst du, Hanna», Klaus deutet auf einen Haufen Kürbisschalen, die auf einer alten Zeitung liegen, «die beiden sind FAZ-Abonnenten.» Er wendet sich wieder seinem neuen Freund zu. «Bei uns zu Hause wurde das Abonnieren abgeschafft, weil Hanna meint, dass das zu viel Altpapier produziert!»

«Mach dir mal keine Sorgen, wir lesen das Zeug auch nicht vollständig durch. Und für den Job brauch ich eh die ‹Bild›!», ruft Jessica dazwischen. Sie und ich sind eben doch aus demselben Holz geschnitzt. Bevor eine tiefgründige Diskussion über täglichen Lesestoff entbrennt, verkündet Reini, dass sein Afrika-Curry nun fertig sei und darauf warte, gegessen zu werden.

«Du musst mir unbedingt das Rezept aufschreiben, das ist phantastisch!», sagt Klaus mit vollem Mund. Wenn ich es nicht besser wüsste, könnte man meinen, da unterhielten sich zwei Schwule über den neuesten Kochtrend. Auch Reinis weibliche Seite scheint extrem ausgeprägt zu sein. Er neigt zu einem etwas breiteren Becken, obwohl er sonst eher dünn geraten ist. Vorhin am Herd hat er meinem Klaus für einen kurzen Moment auf den Po geschielt, das habe ich genau gesehen. Aber vielleicht war das ja auch nur ganz normales männliches Revierverhalten. Das Essen jedenfalls ist wirklich köstlich. Für den Kaffee verlassen wir die Wohnküche und wechseln ins Wohnzimmer, wo Jessica Klaus und mir stolz eine umfangreiche Sammlung an afrikanischer Volksmusik zeigt. Ich lerne immer mehr verborgene Seiten meiner Kollegin kennen.

«Nehmt doch schon mal auf dem Sofa Platz! Reini zieht sich nur kurz um!», sagt sie in aufgeräumtem Ton.

«Er zieht sich um? Wofür?», frage ich erstaunt, nehme einen Schluck aus meiner Kaffeetasse und lehne mich entspannt in Klaus' Arme.

«Er besucht seit zwei Jahren einen Tanzkurs an der Volkshochschule. Und besonderen Freunden zeigt er, was er gelernt hat!», erklärt sie.

Ich schaue sie etwas ungläubig an. Nimmt sie mich jetzt auf den Arm? Aber das scheint sie leider nicht zu tun. Stattdessen setzt sie den CD-Player in Gang, und es ertönen exotische Bongos und Stammesgesänge. Wie auf Kommando erscheint Reini in einem Aufzug, der Klaus und mich mit einem Satz zurück in unsere Sofakissen drückt. Jessicas Göttergatte sieht aus wie der Hagelgott höchstpersönlich! Er trägt nicht mehr als ein mit Knochen und Federn verziertes Baströckchen! Seine Hühnerbrust hat er mit brauner Farbe bemalt und sein karges Haupthaar mit Pomade nach oben gegelt. Nun beginnt er seine breiten Hüften im Takt zu bewegen. Ich erstarre zur Salzsäule. Vielleicht ist das die gerechte Strafe für meine Verabredung mit Trent? Zwei derartig merkwürdige Tanzeinlagen in zwei Tagen, da bleiben doch selbst Detlef D! Soost die Worte im Halse stecken.

Jessica hingegen wippt stolz im Takt der Musik mit.

«Den Bastrock hab ich aus dem Karnevalsshop. Die Knochen und Federn sind Originale aus Namibia. Die hab ich im Nachhinein drangenäht», wispert sie mir zu.

Klaus wirft mir einen seiner bitterbösen Blicke zu, die er

immer dann benutzt, wenn ich ihn zu etwas überredet habe, was er nicht tun wollte und das dann auch noch schiefgeht.

Gerade biegt Reini seinen Oberkörper nach hinten, so, als wolle er unter einer Stange hindurchtanzen. Anderswo auf der Welt heißt das Limbo.

Ich nehme einen kräftigen Schluck Rotwein und gieße Klaus' Glas ebenfalls randvoll. Er nimmt dankbar an und leert sein Glas in einem Zug. Jessica bewegt sich im Takt auf den Plattenspieler zu, und ich kann nur noch einen Gedanken denken: Wie sag ich's ihnen? Diese Nummer ist so peinlich, dass ich mich höchstpersönlich für Reini mitschäme. Ich werfe Klaus einen hilflosen Blick zu und sehe, wie sich sein Mund langsam zu einem Grinsen verzieht.

Reini lässt sich jetzt mit dem Gesicht nach vorn flach auf den Boden fallen und stoppt seine Bewegungen genau in dem Moment, in dem die Musik aussetzt.

Jessica beginnt frenetisch zu klatschen, also stimmen Klaus und ich ebenfalls mit ein, wenn auch wesentlich leiser.

Klaus springt auf und hilft Reini wieder in die Vertikale zurück. «Hey, Kumpel, alles klar? Ich habe in einem Hotel in Gambia mal eine ähnliche Performance gesehen. War sicher anstrengend», fragt er einfühlsam.

Ich liebe meinen Freund für seinen Sinn für Diplomatie.

«Ja, das geht ganz schön auf den Kreislauf!», klagt Reini.

«Wir wollten uns sowieso schon verabschieden. Schließlich müssen wir ja alle morgen fit sein.» Klaus zerrt mich an der Hand nach draußen, als wolle er einen Wettlauf veranstalten. Vielleicht hat er auch nur Angst, Reini und Jessica könnten plötzlich von ihrem VHS-Kurs für Kannibalismus erzählen.

«Vielen Dank für das tolle Essen!», sage ich und falle Jessica in die Arme, leicht angetrunken vom Rotwein und der betörenden Performance.

«Ja, das machen wir mal wieder!», sagt Jessica unbekümmert. Reini steht immer noch in Bast gehüllt im Türrahmen. Vielleicht lebt er so seine homoerotische Seite aus. Wer weiß? Ich will es zumindest heute Abend nicht mehr wissen. Ich kann nicht glauben, was hinter deutschen Wänden so alles geschieht.

Als Klaus und ich außer Hörweite sind, prusten wir los und können es einfach nicht glauben, was sich da gerade vor unseren Augen abgespielt hat.

Dann jedoch verfinstert sich seine Miene. «Ich hoffe doch sehr, dass wir so ein Treffen nicht mehr wiederholen. Das kannst du mir nicht antun. Wenn das meine Kollegen bei der Stadtverwaltung wüssten!»

Ich schaue Klaus etwas skeptisch von der Seite an. Er scheint vergessen zu haben, dass seine Eltern beim alljährlichen «Return to the Flowery»-Festival immer ähnlich kreative Kostümierungen tragen. Aber Klaus ist eben vollkommen anders als seine Eltern.

«Das ist mein voller Ernst!» Seine Stimme bekommt einen harten Unterton.

«Aber die beiden sind doch ganz nett», wende ich ein, «ich mag Jessica. Vielleicht müssen wir einfach etwas toleranter werden! Ich meine ...»

«Nein, nein und nochmals nein ...», fällt Klaus mir ins Wort. «Ich möchte mit solchen Leuten nichts zu tun haben. Ich bin alt genug und habe ausreichend Erfahrungen gesammelt in meinem Leben. Wenn dir das nicht passt, dann triff dich mit ihnen alleine.»

Ich bin perplex von Klaus' heftiger Reaktion und muss erst einmal schlucken. Trent hätte sich sicher köstlich mit mir über Jessicas Mann amüsiert.

«Aber Klaus, man muss doch nicht immer alles gleich so ernst nehmen! Die beiden sind eben so», gebe ich zu bedenken.

«Ja, genau. Und ich bin eben so. Akzeptier das doch einfach.»

«Ich akzeptiere schon mehr als genug. Charles und Camilla hausen schließlich auch mit mir unter einem Dach, ohne jemals bei mir vorgesprochen zu haben», sage ich empört und verschränke bockig meine Arme vor der Brust.

«Jetzt fang nicht wieder mit der alten Leier an. Das haben wir doch schon längst geklärt.»

Klaus spricht im Ton eines Montessori-Lehrers mit mir, und das macht mich rasend. Inzwischen sind wir zu Hause angekommen und stehen nebeneinander im Badezimmer, um uns bettfertig zu machen.

«Aber nur, weil ich wie immer nachgegeben habe», sage ich.

«Nun sei nicht kindisch!», protestiert er.

«Ich bin nicht kindisch!»

«Bist du doch.»

«Nein, bin ich nicht!»

«Also, das ist mir jetzt wirklich zu blöd, Hanna. Ehrlich. Es hat keinen Sinn mit dir ernsthaft zu diskutieren, wenn du dich so verhältst.»

Klaus schmiert sich Zahnpasta auf die Bürste und schrubbt mit übertriebener Gründlichkeit seine Beißer.

Ich gebe es auf. Klaus und ich sind einfach grundverschieden. Oma sagt zwar, Gegensätze ziehen sich an, aber vielleicht passen wir doch nicht zusammen. Es wird immer deutlicher. Vorbei sind die Zeiten des nonverbalen Verständnisses füreinander. Der Schokoküsschen auf dem Kopfkissen und der kleinen Grußbotschaften, wenn der andere mal alleine zu Hause bleiben musste.

Ich werde am Wochenende ein klärendes Gespräch führen müssen. Vorher muss ich aber noch meinen Stylingauftritt hinter mich bringen. Oje, das muss ich ihm auch noch beibringen. Durch unsere überstürzte Flucht aus dem Hause Jessica/Reini ist der Beichtteil des Abends leider unter den Tisch gefallen. So ein Pech aber auch. Ich hätte gerne Jessica als Kollegin und Beistand dabeigehabt, damit es nicht wieder zum Eklat kommt. Klaus wird nicht gerade Luftsprünge vollführen, wenn er erfährt, dass seine Freundin vor laufenden Kameras aufgebrezelt werden soll. Ich benehme mich für heute wie eine Erwachsene und küsse meinen Freund, um ihm zu signalisieren, dass für heute das Kriegsbeil begraben werden soll.

Ich kuschle mich dicht an Klaus' wohlig warmen Körper, schnuppere den geliebten Geruch an seinem Nacken und schlafe dank Rotwein schnell ein. Was für ein Abend. Was für eine Woche. Und sie ist noch nicht einmal vorbei.

Sechzehn

Wer A sagt, muss auch B sagen, Liebes!» Omis Stimme klingt ganz aufgeregt und kratzig. Sie findet es natürlich ganz großartig, dass sie bei einer Fernsehaufzeichnung dabei sein soll. Aber vor allem ist sie beeindruckt, dass ihre Enkelin, ihr eigen Fleisch und Blut, über die Bildschirme des Landes flimmern wird.

«Natürlich lasse ich mir das nicht entgehen! Was glaubst du, wie mich beim Friseur und in meiner Bingogruppe alle beneiden werden!», sagt sie.

Vor meinem geistigen Auge versammeln sich Almut Winter, Jakubine Waslowski und Rea Sattel, geborene Sorse, mit selbstgebackenen Keksen und einer Flasche Eierlikör in ihrem Wohnzimmer, um meinen persönlichen Untergang mitzuverfolgen. Beim nächsten gemeinsamen Treffen werden sie sich darüber auslassen, wie missraten die heutige Jugend doch ist.

Großmutter selbst ist da noch das geringste Übel, vor allem deshalb, weil sie sich selbst heimlich ja immer noch zur Jugend zählt. Die «alten Tanten» hingegen sind eine mittlere Katastrophe und lehnen alles Neue prinzipiell ab. Oma erlaubt sich bei den Treffen immer den Spaß, ihnen Videospiele vorzuführen, ihr Handy zu präsentieren oder ein paar Sätze aus amerikanischen Krimiserien zu zitieren. «Ich erzähle solche Dinge immer, wenn ich die Gesellschaft der Greisinnen nicht mehr ertrage. Das ist für mich die beste Möglichkeit, sie loszuwerden. Sie kommen einfach nicht damit zurecht, dass die Zeit an ihnen vorbeiläuft!», kichert sie. Immer, wenn mir Oma Geschichten aus ihrem Kaffeekränzchen erzählt, muss ich mich innerlich kaputtlachen. Was gäbe ich dafür, nur einmal dabei zu sein! Aber Oma ist dagegen. «Sie würden versuchen, dich mir auszuspannen. Almut hat selbst keine Enkel, und Rea und Jakubine werden von ihrer Familie vernachlässigt. Du bist und bleibst mein Goldstück. Diese Weiber sind wie Hyänen, da halte ich dich besser fern!»

Für Großmutter bin ich immer noch die kleine Hanna, die sie beschützen muss. Sicher war das der eine Grund dafür, dass sie und Opa mit mir in die Stadt gezogen sind. Der andere Grund war, dass sie sich nicht besonders gut mit meiner Mustermutter, ihrer Tochter, versteht. Oma war immer für mich da. Sie brachte mir Töpfe mit vorgekochtem Essen vorbei, leider ungenießbar, aber die Absicht zählt. Nicht zu vergessen die ständigen Zuwendungen in Form von großen und kleinen Geldscheinen. Ich muss ihr dringend die Schmach ersparen, sollte die Stylinggeschichte in der Talkshow in die Hosen gehen. Und die Wahrscheinlichkeit, dass etwas schiefgeht, liegt bei meiner derzeitigen Misserfolgskurve bei zirka 99 Prozent.

Vielleicht gieße ich Großmutter auch ein paar K.-o.-Tropfen in den Kaffee, es gibt sicher welche, die auch bei älteren Leuten keine nachhaltigen gesundheitlichen Schäden verursachen. Und sie wäre, was die Sendung angeht, außer Gefecht gesetzt. Die anderen Damen kriege ich auch irgendwie in den Griff. Freikarten für eine Kaffeefahrt mit Gratisheizdecken, damit kriegt man doch alle jenseits der 80 rum. Andererseits: rohe Gewalt ist eigentlich auch keine Lösung, wenn es um die eigene Familie geht. Mal abgesehen davon besteht immer noch die Hoffnung, dass Omi vor lauter Aufregung bis Freitag sowieso kein Auge zumacht und dann während der Show schlichtweg vor Erschöpfung einschläft. Vielleicht meint es das Schicksal ja gut mit mir.

«Sag Oma, ich hol sie Freitag gegen 15 Uhr bei ihr zu Hause ab!», ruft Klaus mir zu.

Woher weiß Klaus, dass ich mit Oma telefoniere? Wenn es um Gefälligkeiten geht, die man von ihnen erwartet, sind Männer komplett taub, aber bei gewisperten intimen Telefonaten bekommen sie restlos alles mit. In diesem Fall ist das ja auch gar nicht so verkehrt, schließlich nimmt mir mein Herzblatt dadurch eine gehörige Last von den Schultern. Nur, warum tut er das? Bisher hat er sich doch auch kaum für meine Arbeit in der Talkshow interessiert. Seit dem Einzug von Charles und Camilla herrscht in unseren vier Wänden sowieso eine Art Zweiklassengesellschaft. Leider befindet sich meine Wenigkeit offenbar nicht in der Upperclass. Hat Klaus vielleicht ein schlechtes Gewissen? Ich beobachte ihn unauffällig aus dem Augenwinkel, während Oma mir von ihrem letzten Nachmittag mit den «alten Tanten» erzählt. Klaus geht wirklich auffallend oft zum Sport oder zu irgendwelchen Terminen in letzter Zeit.

Ob er ein Verhältnis hat? Männer sind doch für die Monogamie nicht geschaffen. Sind es nicht immer die Frauen, die vorher grundsätzlich für die Treue ihres Angebeteten die Hand ins Feuer gelegt haben, die betrogen werden? So eine kleine Hand ist schnell verbrannt.

Margots Ex, der «Erzeuger» und Vater von Luzifer, hat zuerst alles abgestritten. Erst Wochen später rückte er mit der Wahrheit raus und schob Margot dabei noch die Schuld in die Schuhe. Eigentlich hatte sie nämlich längst geahnt, dass der Schweinehund in anderen Schlafzimmern zugange war. Sie hat es ihm dann auf den Kopf zugesagt. Als er es schließlich zugab, wunderte er sich noch darüber, dass die arme Margot daraufhin einen Nervenzusammenbruch erlitt. Obwohl sie damals schon hochschwanger mit seinem Sohn war, war er sich keiner Schuld bewusst. «Sie hätte mich ja nicht ständig danach fragen müssen, irgendwann musste ich es ja sagen», sagte er voller Überzeugung. Wer weiß, vielleicht hatte er ja sogar recht, und die beiden wären bis an ihr Lebensende zusammen geblieben, so wie viele Ehen, die, gebaut auf Lügen, ausgezeichnet halten. Deprimierende Vorstellung. Ich möchte lieber wissen, woran ich bin.

Aber woran merkt man, dass der eigene Kerl fremdgeht? Riecht er nach einem fremden Frauenparfüm? Das wäre doch zu dämlich! Eher riecht er spätabends frisch geduscht. Lippenstiftflecken am Kragenrand sind ein Anfängerfehler, den heutzutage wohl keiner mehr macht. Ich glaube, ein fast hundertprozentiges Indiz dafür, dass der eigene Freund oder

Gatte fremdgeht ist, wenn er plötzlich anfängt, sich für unwichtige Dinge zu rechtfertigen. Wenn er mit kleinen Aufmerksamkeiten ankommt und Dinge tut, die er vorher noch nie gemacht hat. Andererseits – eine kleine Aufmerksamkeit von Klaus wäre schon mal wieder schön. Wir planen zwar hin und wieder Ausflüge ins Grüne oder Kurztrips in Großstädte, die mit dem Billigflieger erreichbar sind, aber immer wieder kommt etwas dazwischen. Entweder muss ich am Wochenende arbeiten, Klaus' Naturschutzbund macht einen Rundgang, oder die Leguane haben Schluckauf.

«Das machen wir dann eben ein andermal, Schatz!», heißt es dann, entweder von ihm oder von mir. Da kommt seine Idee, Oma zur Show zu fahren, wirklich überraschend. Vielleicht ist er ja doch treu und will was ändern?

«Also, Omi, Klaus ist dann gegen drei Uhr bei dir, ja?», sage ich in den Hörer.

«Gut, Kind. Kommt denn dieser Hugo Egon Balder auch? Den finde ich ja sehr sympathisch!», fragt Omi.

«Hugo Egon Balder?» Ich hätte alles erwartet, nur nicht, dass Oma auf Männer mit Königspudelfrisur und Solariumabo steht!

«Nein, Omchen, Hugo Egon ist nicht in unserer Sendung», sage ich.

«Wie schade. Seine Frisur erinnert mich immer an Elfriede, nur mit dem Unterschied, dass er es mit der richtigen Portion Humor auf dem Kopf trägt.» Man kann das Bedauern in ihrer Stimme hören.

Da haben wir es mal wieder. Kai Pflaume und Oliver Geissen haben als Traum aller Schwiegermütter und -großmütter ausgedient. Männer mit Humor sind eben doch die bessere Wahl, auch im höheren Alter. Gerade will ich auflegen, da höre ich es durch die Muschel rufen:

«Warte noch, was soll ich denn da anziehen? Die Leute beim Fernsehen sind doch immer so schick.» Dieses Thema scheint ebenfalls generationenübergreifend zu sein.

«Ach, Quatsch, zieh einfach was Bequemes an, deinen beigefarbenen Rock und die blaue Bluse von neulich. Das ist schick, aber nicht aufdringlich. Du sollst dich ja auch wohlfühlen.» Es reicht schließlich, wenn sich eine aus der Familie in unbequeme Klamotten zwängen muss, denke ich. Ich werde die Angelegenheit einfach bis Freitag verdrängen und danach meine Identität wechseln, indem ich mich einer Nasenkorrektur unterziehe, mir dann auf dem Schwarzmarkt einen neuen Pass zulege und nach Südafrika auswandere. Soll dort richtig schön sein, auch das Wetter ist viel wärmer.

Ich lege den Telefonhörer auf und setze mich neben Klaus auf die Couch ins Wohnzimmer. Er blättert gerade in einem «Geo»-Heft, in dem es, wer hätte das gedacht, natürlich um Reptilien in Europa geht. Unsere sitzen gelangweilt in ihrem Glaskasten. Charles kaut gerade auf einer Heuschrecke herum, während Camilla einfach nur vor sich hindöst. Ich bilde mir ein, sogar ein leises Schnarchen aus ihrem Maul zu vernehmen. Wahrscheinlich ist das aber pure Einbildung.

«Klaus, ich finde es ganz toll, dass du meine Großmutter zur Show fährst», sage ich zärtlich.

«Hmpf», antwortet Klaus.

Ich kuschle mich in seinen Arm und gebe ihm einen Kuss auf die Wange.

«Du tust mir damit einen großen Gefallen», hauche ich.

Ich streiche zart über seinen Unterarm und kraule zärtlich seinen Bauch.

«Hmhm», brummt er.

Klaus blättert eine Seite um, um sich dann wieder in den Artikel zu vertiefen und meine Anwesenheit zu ignorieren.

«Magst du dir die Sendung denn dann auch ansehen? Du kannst auch backstage sitzen», frage ich.

«Klar, wenn ich schon mal da bin.» Klaus liest weiter, als müsse er den Text auswendig lernen.

«Ich … ich bin übrigens auch in der Show», gestehe ich.

«Ach ja?»

Er blickt auf und legt das Heft zur Seite.

«Ja, die unterziehen mich einem professionellen Styling. Toll, nicht?» Wenn ich eines jetzt nicht gebrauchen kann, dann ist es der Spott meines eigenen Freundes, deswegen versuche ich meine Stimme extrem optimistisch klingen zu lassen.

«Was willst du denn ändern? Ist doch alles gut so», sagt er. Nett.

«Ach, weißt du, von einem Profi gestylt zu werden, dafür zahlen andere ein Vermögen», sage ich. So langsam beginne ich, tatsächlich Gefallen an dem Gedanken zu finden.

«Ja, stell dir vor, vielleicht machen sie mir blonde Strähnchen oder verraten mir einen vorteilhafteren Kleidungsstil», schwärme ich.

«Lass dir bloß keinen Kurzhaarschnitt verpassen», sagt Klaus, streicht mir über die langen Haare und schaut mich wehmütig an. Vermutlich könnte ich auch mit einer blauen Pappnase im Gesicht herumlaufen, Hauptsache, die Haare bleiben lang. Wozu geben sich eigentlich Hunderttausende von Frauen täglich kosmetische Mühe, wenn wir für die Männer doch eigentlich nur nackt und langhaarig sein müssten? Dennoch, am Freitag wird alles gut, und ich werde wie Phönix aus der Asche steigen. Vielleicht bekomme ich ja sogar Fanpost, wer weiß. Positives Denken soll ja dazu beitragen, die Dinge um sich herum in die gewünschte Richtung zu lenken. Also spreche ich brav mein Mantra: Ich bin schön, ich bin erfolgreich, und alle werden mich lieben. Hoffe ich zumindest. Aber ein bisschen mehr Zuspruch hätte ich mir von Klaus schon erhofft.

Wenn Trent hier bei mir auf der Couch säße, würde er mir sicher Mut zusprechen. Wahrscheinlich würden wir gar nicht auf der Couch *sitzen*, sondern liegen und andere schöne Dinge zur Ablenkung tun. So wie Klaus und ich am Anfang unserer Liebe. Komischerweise erinnert man sich am Ende einer Beziehung meistens nur an den Anfang. Vielleicht damit es besonders weh tut. Aber sind Klaus und ich schon am Ende? Belastet er mich mehr, als dass er mich glücklich macht? Anfangs war er nur die Ablenkung von meinem Liebeskummer mit Sascha. So schaffte er es innerhalb kürzester Zeit, sich in mein Herz zu schleichen. Klaus war zuerst vor allem ein Freund für mich, behutsam, sensibel, fürsorglich. Jemand, der einem ein heißes Bad einlässt, wenn man den ganzen Tag in der Kälte unterwegs war. Jemand, der einem die Augen zuhält, wenn der Horrorfilm gerade an seiner schlimmsten Stelle angelangt ist. Auf Klaus war eigentlich immer Verlass. Das ist sicher ein Grund dafür, dass ich ihn liebe. Aber in letzter Zeit hat das Gefühl nachgelassen. Wann war das nochmal genau? Vielleicht sollten wir uns wirklich besser trennen und unsere Freundschaft nicht aufs Spiel setzen. Bevor einer von uns etwas Schlimmes tut. Zum Beispiel ich mit Trent. Oder er? Vielleicht hat er es sogar schon getan? Das würde zumindest erklären, warum wir in letzter Zeit so wenig Kontakt miteinander hatten. Liebt man denn überhaupt immer gleich stark? Kommt die Liebe wieder von selber zurück, oder wird sie irgendwann zu Gleichgültigkeit, wenn man nicht die Notbremse zieht?

Siebzehn

Man wird alt wie eine Kuh und lernt immer noch dazu. Das ist der Lieblingsspruch von Oma, wenn sie sich mental zu neuen Ufern aufmacht. Sie ist wegen ihres Studiobesuchs heute aufgeregter als ich, und das, obwohl die Wahrscheinlichkeit, dass ich mich heute zum Vollhorst mache, bei mir wesentlich höher ist. Zum Glück ist meine Großmutter ziemlich lässig im Umgang mit anderen Menschen. Anders als meine Mutter akzeptiert sie jeden so, wie er eben ist. Immerhin denkt sie ja auch, ich sei in Wirklichkeit arbeitslos, und trotzdem liebt sie mich bedingungslos.

Meine Mutter verhält sich da eher wie eine Konkurrentin. Aber wahrscheinlich ist das ganz natürlich, wenn die Person, die einen neun Monate in seinem Bauch herumgetragen hat, der vollkommenste Mensch auf Erden ist. Das Einzige, was ich von meiner Mutter geerbt habe, sind die ausladenden Oberschenkel, vulgo: «Reiterhosen». Bei ihr ist das allerdings auch der einzige Makel. Meine Mutter hat ein abgeschlossenes Architekturstudium und hat nur uns Kindern wegen den Beruf an den Nagel gehängt. Bis heute widmet sie sich der Hausarbeit in Perfektion und weiß für jedes noch so seltene Gemüse ein leckeres Rezept, das dann auch noch köstlich schmeckt. Hätte meine Freundin Karina Kinder, sie wäre genauso: Hervorragend organisiert, immer gut angezogen und stets mit einem lustigen Kommentar auf den Lippen. Natürlich verstehen sich die beiden prächtig. Als kleines Mädchen war meine Mutter mein größtes Vorbild, neben Madonna und Sophia Loren. Die beiden Letzteren spielten aber nur kurz in meiner «Ich will Superstar werden»-Phase eine Rolle. Mama sieht bis heute toll aus und hat sich, meinen Vater und das komplette Dorf im Griff, das perfekte Vorzeigeehepaar, heile Welt in Rosa mit Rüschen. Irgendwann habe ich dann eingesehen, dass es zwecklos ist, meiner Mutter das Wasser reichen zu wollen, und bin fortgezogen. Mit Oma und Opa. Heute hat Oma bereits vier Mal angerufen, um zu fragen, ob die Sendung denn tatsächlich stattfinden wird.

«Ja, Omi», sage ich, «aber wenn du weiter so oft anrufst, werden wir hier mit den Voraufzeichnungen nicht fertig!»

Ich stehe gerade in einem Raum, von dessen Existenz ich bis heute keine Ahnung hatte. «Fundus» steht in ranzig-vergilbten Lettern draußen an der Tür. Dahinter befinden sich schätzungsweise tausend Kleidchen, Hosen, Schuhe, Blusen und der übliche Rest, der ein Frauenherz restlos zum Überschnappen bringt. Im Moment ist mir allerdings eher zum Sterben zumute. Hinter mir hockt Kevin auf dem Fußboden und vermisst den Umfang meines Hinterns. Das allein wäre schon diskriminierend genug. Dass er es allerdings tut, während ich hier nur mit einer Unterhose bekleidet stehe, lässt mich an mir selbst zweifeln. Habe ich etwa in einem früheren Leben einen Menschen umgebracht? Oder vielleicht sogar ganz viele?

«Hüftumfang 110 Zentimeter», brüllt Kevin seiner Assistentin Gertrude zu. Twiggy, die mir ständig an den Beinen hochhüpft, kläfft wie zur Bestätigung. Es riecht hier irgendwie schon wieder nach Hundepups, und ich hoffe, Gertrude denkt nicht, ich wäre das gewesen.

«Dann brauchen wir eine 42!», schreit Kevins Assistentin zurück. Sie selbst ist höchstens eine 34, klettert geschickt auf eine Leiter und fischt nach ein paar Hosen in Schwarz und Dunkelbraun.

«Dunkle Farben strecken. Vor der Kamera ist das wichtig.

Die schlägt nämlich optisch noch ein paar Kilos drauf», doziert Kevin.

«Ach wirklich? Heißt das, die Moderatorinnen im deutschen Fernsehen, die auf meinem Bildschirm schon schlank wirken, sind in Wirklichkeit magersüchtige Zwerge?», versuche ich die peinliche Situation aufzulockern. Kevin schaut mich jedoch so verständnislos an, als hätte ich ihm gerade eröffnet, dass David Beckham sich nie im Leben mit ihm verabreden wird. Was zweifelsfrei der Wahrheit entspräche. Leider würde sich David auch mit mir nicht verabreden. Immerhin haben wir da eine Gemeinsamkeit. Ich fange an zu lachen, um Kevin damit zu zeigen, dass das Ganze tatsächlich ein Scherz war. Doch nun habe ich bei ihm verspielt, was ziemlich tragisch ist, wenn man meine Situation betrachtet, denn Kevin wird heute Abend entscheiden, in welchen Klamotten ich der Nation vorgeführt werde.

«So, ich bin mit dem Abmessen fertig, du kannst dich also wieder anziehen», verkündet er.

Gerade als ich mich in meine Privatjeans quetsche und an dem Punkt bin, wo der halbe Hintern unvorteilhaft über den Hosenbund schwappt, wird die Tür vom Fundus aufgerissen, und Jenny, unsere neue Praktikantin, platzt herein. Unnötig zu betonen, dass auch Jenny eher ihres blendenden Aussehens und weniger ihrer sonstigen Fähigkeiten wegen eingestellt wurde.

«Oh, ich störe wohl», lispelt sie erschrocken.

«Nein, nein, wir sind fertig, du kannst sie mitnehmen.» Kevin winkt lässig ab. Wahrscheinlich baut man als Stylist im Laufe der Jahre jede Distanz zu nackten Menschen ab und löscht das natürliche Schamgefühl aus den Gehirnwindungen. Menschen werden zu Objekten, die man an- und ausziehen kann, genau wie Barbiepuppen.

Barbiepuppe Jenny betritt nun den Fundus und beobachtet mich dabei, wie ich angestrengt meinen Po in die Hose stopfe und mühevoll meinen Reißverschluss schließe.

«Gerhard will, dass ich dich zum Kamerateam schicke, die wollen noch dein Vorher-Bild abfilmen», sagt sie. Haben ihre Eltern nicht auf den richtigen Zahnstand geachtet? Dieses Lispeln!

«Ja, ich komme, wenn ich vollständig angezogen bin», ächze ich.

«Ach ja, und du sollst dich bitte komplett abschminken, danke!»

Jenny verschwindet wieder und lässt mich mit meiner Schmach alleine. Toll. Heute Abend sollen die Zuschauer also mit der ungeschminkten Wahrheit konfrontiert werden, und das in einer Sendung, in der es in erster Linie um das Balzverhalten wildgewordener Großstädter gehen soll. Da falle ich doch garantiert sofort durchs Raster! Der «natürliche Typ» wird doch allenfalls als beste Freundin genommen, aber nie als erotische Phantasie von Männern, die Freitagabend, Viertel nach neun, vor dem Fernseher sitzen. Die träumen doch davon, Cordula Reiss flachzulegen.

Egal, ich habe innere Werte und bin nicht auf den Mund gefallen. Ich werde das Publikum durch Witz und Charme auf meine Seite ziehen. Und vielleicht guckt ja auch keiner zu. Unsere Quoten sind nicht gerade riesig, die Konkurrenz zeigt einen Blockbuster, und die Öffentlich-Rechtlichen übertragen ein Länderspiel. Meinen Freunden habe ich es sowieso nicht erzählt. Sollte das Ganze entgegen jeder Wahrscheinlichkeit mein großer Durchbruch werden, habe ich vorsorglich den Videorekorder programmiert. So kann ich es mir immer und immer wieder ansehen, wenn ich ein großer Star geworden bin. «Guck mal, damals, wer hätte das gedacht! Und du hast dir noch Sorgen gemacht, dass du dich vielleicht blamierst.» Karina und Margot würden mit mir auf meinem Sofa sitzen und mit Champagner anstoßen. Trent und ich wären inzwischen verheiratet, und Sascha und Klaus würden wöchentlich Anrufe auf unserem Anrufbeantworter hinterlassen. Ja, Hanna Rückad ist nun mal eine unwiderstehliche Frau ... Phantasie kann bei lebensbedrohlicher Nervosität helfen. Mein Herz pocht jetzt schon, als hätte ich drei Liter Kaffee intus. Ich betrete die Redaktion und gehe zu meinem Schreibtisch, wo schon meine Unterlagen bereitliegen. Laut Ablaufplan bin ich Gast Nummer vier, vor mir kommen Leitwolf, Trent und eine Domina, die ein eigenes Bordell etwas außerhalb der Stadt betreibt.

«Shalala la la lalala ... bam bam ...», mein Handy klingelt.

«Ja-a, Hanna bei der Arbeit!», antworte ich schmissig.

«Dieser Schweinehund macht mich noch wahnsinnig. Nur weil wir miteinander geschlafen haben, bildet er sich ein, er dürfe sich jetzt alles erlauben!»

Es ist Karina. Unverkennbar. Offenbar hat sie sich in irgendeine Ecke ihres Ladens verkrochen, wo sie sich über David, ihren Assistenten beschwert.

«Dann kündige ihm doch», sage ich nur. Ich versuche wirklich, immer ein offenes Ohr für Karinas Männergeschichten zu haben, auch weil sie meist sehr lustig sind, aber gerade jetzt passt es mir gar nicht.

«Das kann ich nicht», flüstert Karina. «Er ist der Beste, den ich je hatte ... beruflich gesehen.»

«Dann behalt ihn doch.» Ich beginne nervös an meinen Fingernägeln herumzuknibbeln. Am liebsten würde ich Karina mein Herz ausschütten, aber ich kann nicht, denn dann würde sie es sich mit Sicherheit nicht nehmen lassen, vorbeizukommen.

«Ich merke schon, Süße, du bist wirklich im Stress, hast du heute Abend kurz Zeit?», fragt sie.

«Heute Abend ist's schlecht, aber ich melde mich morgen früh bei dir. Tschüssi!», sage ich.

Kaum habe ich aufgelegt, klingelt mein mobiles Kommunikationswunder schon wieder. Es ist immer so: Entweder es ruft tagelang keiner an, oder sie wollen einen alle auf einmal sprechen. Diesmal ist es Klaus.

«Wohin soll ich Oma denn bringen?», fragt er ein wenig genervt. Oma scheint wirklich ganz ungeheuer aufgeregt zu sein. Dann neigt sie nämlich zum Dauerquasseln.

«Setzt euch einfach zu den anderen in den Backstage-Bereich», sage ich.

«Aber Hanna.» Er nennt mich so gut wie nie Hanna. Außerdem flüstert er. «Hanna, da sind Nutten und Zuhälter und ein Kerl mit geschminkten Augen und schwarzer Kleidung.» Aha. Trent ist also pünktlich.

«Du kannst ja wieder gehen, wenn es dir nicht passt», raunze ich ihn an. Langsam liegen bei mir die Nerven blank, also lege ich einfach auf. Dass mir der eigene Freund jetzt auch noch in den Rücken fällt, ist wirklich das Letzte, was ich gerade gebrauchen kann.

«Schnaps, Bier, Beruhigungsmittel?» Jessica kommt in die Redaktion gehetzt und drückt mich fest an sich.

«Hey, du schaffst das schon», sagt sie dann, «wird Zeit, dass mal jemand unserer Moderationspuppe zeigt, wo der Hase seine Löffel trägt. Ist doch alles nur ein großer Spaß, du darfst das alles nicht zu ernst nehmen.»

«Nicht zu ernst? Kevin hasst mich, ich habe keinerlei Fernseherfahrung, und Klaus nebst meiner Großmutter sitzen hinter den Kulissen, um meine Blamage live mitzuerleben. Das heißt, in spätestens zwei Stunden bin ich Single und enterbt! Bitte, adoptiere mich, Jessica!» Wenn ich mich nicht sofort zusammenreiße, muss ich gleich weinen.

«Hier, nimm das!» Jessica reicht mir einen Pappbecher mit etwas Wasser darin. «Notfalltropfen. Rein pflanzlich und tausendmal besser als eine ganze Flasche Wodka! Vertrau mir», sagt sie.

Ich nehme den Becher und trinke das Zeug auf Ex aus. Ich hätte wahrscheinlich auch einen Krug Wasserstoffperoxid leergetrunken, wenn sie mir erzählt hätte, dass das hilft. Zehn Minuten später bin ich tatsächlich die Lässigkeit in Person und beobachte entspannt das Treiben um mich herum. Mein «Vorher»-Einspielfilm, der den Leuten weismachen soll, dass wir, also Kevin und ich, uns gerade in diesem Moment zum ersten Mal im Leben zu Gesicht bekommen, wurde bereits gezeigt. Nun wartet man gespannt darauf, was der Stylist und der Make-up-Artist so aus mir herausholen. Um mich herum wirbelt alles. Meine Haare werden geglättet, Kontaktlinsen eingesetzt, Wimpern nach oben gebogen – aua! –, ich werde geschminkt, gepudert, bepinselt. Untenherum zupft und näht man noch die Kleider zurecht. Kevin hat sich für einen schicken Hosenanzug in zartem Hellblau entschieden. Dazu braune Wildlederpumps, die ein bisschen drücken, aber die Beine optisch verlängern, eine passende Handtasche und ein helles Seidentop, das vorwitzig unter dem Anzug hervorblitzt, sobald ich mich bewege. Kurz: Ich würde mich vom Fleck weg heiraten. Ich muss mich bei sämtlichen Make-up-Herstellern dafür bedanken, dass sie Mittel erfunden haben, die aus mir eine Diva gemacht haben. Nein, Diva ist der falsche Ausdruck: Ich vereine klassische Eleganz mit Intelligenz und Esprit und komme mir ein bisschen vor wie Königin Silvia in ihren besten Zeiten. Das Jackett ist gerade so geschnitten, dass es meinen Busen hervorhebt, aber meinen ausladenden Hintern wegmogelt. Wo gibt es so was im wahrem Leben eigentlich zu kaufen? Einfach göttlich!

Dann zerrt mich der Aufnahmeleiter unsanft von meinen Wohltätern weg und schubst mich zu der Markierung, von der aus ich meinen Auftritt starten soll.

«Und hier ist unser Vorher-Nachher-Modell Hanna Rückad!», ertönt meine Ansage im Studio.

Ich höre Applaus und sehe unglaublich viele Lichter. Dann spüre ich noch einen harten Schlag gegen meinen Kopf, bevor alles um mich herum schwarz wird.

Als ich meine Augen wieder aufschlage, blicke ich in die besorgten Gesichter von Klaus, Omi – und Cordula. Was macht die denn hier?

«Bin ich tot?», frage ich, um den Gedanken im gleichen Augenblick zu verwerfen. So ein schlechter Mensch war ich nicht, dass mich Cordula Reiss bis in die Hölle verfolgen muss.

«Hanna!», zwitschert unser blondes Moderationswunder. «Schön, dass du wieder wach bist! Können wir gleich wieder auf Sendung?»

Sie schaut mit den Wimpern klimpernd zu einem Mann, der offenbar Notfallarzt ist. Neben ihm steht Gerhard, nervös schwitzend wie immer.

«Ich ... ich ... was ist denn passiert?», stottere ich. Noch immer weiß ich nicht, wer und vor allem wo ich bin. «Du bist gegen den Kamerakran gelaufen und hast das Bewusstsein verloren», sagt Gerhard, «aber wir haben ja immer einen Arzt am Set. Gerade ist Werbepause. Wir lassen das einfach drin, das ist ein super Cliffhanger, besser geht es doch gar nicht. Cordy rettet unser Vorher-Nachher-Modell. Das gibt tolle Presse!»

«Ahja?» Jetzt bin ich plötzlich ganz klar im Kopf. Entweder bin ich wirklich in der Hölle gelandet, und die verarschen mich hier auf eine ganz linke Tour, oder ich erlebe gerade, wie sich mein Leben ändert, mit einem Schlag. Im wahrsten Sinne des Wortes. Ich sehe Cordula und mich schon auf den Titelseiten der Gazetten. Mein Schädel brummt, und ich weiß nicht, ob ich lachen oder weinen soll.

«Okay, okay, wie fühlst du dich, Hanna? Kannst du vor die Kamera treten und dem Publikum sagen, dass es dir gutgeht? Wir würden in fünf Minuten gerne wieder mit der Aufzeichnung starten!» Jessica taucht ebenfalls auf. «Hey, kleine Schläge auf den Hinterkopf erhöhen das Denkvermögen! Hätte nicht gedacht, dass du sogar 'ne Ohnmacht vortäuschst, um dem Auftritt zu entgehen. Aber du siehst ganz toll aus! Kompliment!»

«Na, dann wollen wir das dem Publikum nicht vorenthalten!», sage ich bemüht munter, stehe vorsichtig auf und nicke dem Aufnahmeleiter kurz zu. Nur minimal wankend, stolziere ich den Steg entlang ins Studio.

«So viel Schönheit kann einen wirklich umhauen, was, liebe Hanna? Ha ha ha ... War aber nicht so schlimm, wie es aussah, oder?»

Cordula, die mit etwas bekleidet ist, was als Rock durchgehen soll, aber die Breite eines Gürtels hat, drückt mich so fest an ihre Silikonbrüste, als wären wir seit Jahren die besten Freundinnen.

«Trent, du als Frauenkenner sozusagen, hihi, was sagst du zu Hannas neuem Look?»

Trent reißt seinen Blick mühsam von Cordulas Brüsten los und fixiert mich sekundenlang durch seine langen Haarsträhnen. «Ja, krasses Outfit. Kann ich jetzt was singen?», nuschelt er.

Siedend heiß fällt mir ein, dass ich völlig vergessen habe, Trent wegen des geplatzten Auftritts Bescheid zu geben. Um ehrlich zu sein, hatte ich gehofft, Gerhard würde das in seiner Funktion als Chef übernehmen, und habe mich geschickt darum gedrückt. Hoffentlich flippt Trent jetzt nicht völlig aus. Unehrlichkeit könnte die zarte Knospe unserer beginnenden Beziehung zerstören.

«Ich finde, dass Hanna jetzt richtig scharf aussieht», sagt die Domina und unterbricht damit das peinliche Schweigen. Sie zwinkert mir so anerkennend zu, dass mir schon wieder ganz komisch wird. Vielleicht sollte ich am Montag doch besser zum Arzt, um sicherzugehen, dass wirklich nichts Schlimmes passiert ist.

«Ja, so wird die Kleine sicher auch mal flachgelegt.» Der Leitwolf, gut getarnt mit Perücke und Sonnenbrille, ist begeistert über seine Bemerkung.

Mir reicht es, Eitelkeit hin oder her. Ich hole tief Luft und sage:

«Wisst ihr was, ihr könnt mich alle mal. Sehen wir doch den Tatsachen ins Gesicht. Beziehungen ändern sich im Laufe der Zeit. Wahrscheinlich sterben die klassischen Familienmodelle à la ‹Vater, Mutter und Kinder› in ein paar Jahren komplett aus. Mutti verdient sich per Telefonsex was zum Haushaltsgeld dazu, während Vati sich zweimal wöchentlich von einer Domina auspeitschen lässt. Aber ich will euch mal was sagen: Ich möchte Dinosaurier bleiben. Ich ziehe es nun mal vor, mich aufrichtig zu verlieben. In meinen Traummann. Und der erkennt dann auch meine inneren Werte. Ihm ist es egal, ob ich ein paar Pfunde zu viel auf den Hüften habe. Er liebt mich einfach, so wie ich bin.»

Mittlerweile ist komplette Ruhe im Studio eingekehrt. 200 Augenpaare sind auf mich gerichtet. Cordula grinst wie ein Honigkuchenpferd in Kamera drei, wo auch prompt das rote Licht aufleuchtet.

«Ja, liebe Zuschauer, das war doch ein tolles Schlusswort, hihi, wenn Sie mich fragen, ich gehe heute Abend noch aus. Und wer weiß, vielleicht treffen wir uns ja? Spätestens aber nächste Woche. Ich freu mich! Küsschen!»

Die Kameras fahren so lautlos und elegant auseinander wie Synchronschwimmerinnen. Die Lichter im Zuschauerraum gehen an, und die Leute bewegen sich langsam von ihren Plätzen Richtung Ausgang. Ein paar Männer lassen sich noch mit Cordula fotografieren und wollen Autogramme. Ein besonders Dicker legt den Arm um ihre Taille und grinst wie ein betrunkenes Lama in die Kamera seines Kumpels.

«Hanna, du sollst ganz schnell zu Gerhard kommen, der wartet hinten schon auf dich!» Praktikanten-Jenny hat sich geschäftig vor mir aufgebaut und holt mich in meine Wirklichkeit zurück. Die anderen Studiogäste sind inzwischen gegangen, also folge ich Jenny und ihrem Marzipanpopöchen in Richtung Regieraum. Doch so weit muss ich gar nicht laufen, denn Gerhard kommt mir bereits auf halbem Wege entgegen.

«Hanna, hier herein, unter vier Augen», sagt er streng.

Ich ahne Schreckliches, und mein Magen krampft sich zusammen. Gerhard lotst mich in ein Zimmerchen neben dem Regieraum, schließt vorsichtig die Tür und legt los.

«Tja, Hanna, dich in die Sendung einzubauen, war wirklich ein Fehler. Du bist eine Schande für unsere Redaktion. Ich hätte dich für professioneller gehalten.»

Ich höre Gerhard zum ersten Mal in einem ernsthaften Ton sprechen. Leider tut er das in einem Zusammenhang, der mir gar nicht gefällt. Natürlich, ich habe mich danebenbenommen und die Sendung gefährdet. Ich verstehe ihn auch. Aber trotzdem darf man doch noch ein kleines bisschen Hoffnung haben. Aber meine stirbt mit jedem einzelnen Satz, den Gerhard sagt, ein bisschen mehr. Meine Zeit in der Redaktion zieht wie ein Film an mir vorbei. Thorstens Schweißgeruch, Paula, die immer krank ist, Jessica, die nie unter hundert Volt agiert, Cordula, Kevin und natürlich Josef Meier, der verrückte Fußballfreak ... alle treten für eine kurze Szene in Erscheinung. Es ist vorbei.

Ich schlucke den Kloß in meinem Hals herunter, versuche mich zu fassen und sage: «Klar, ich packe nur schnell meine Sachen zusammen, dann bin ich auch schon weg.» Meine Stimme zittert. Bloß nicht gleich losheulen!

Jessica stürmt mir entgegen.

«Und?», fragt sie atemlos.

«Gefeuert!», platzt es aus mir heraus, und dann laufen mir auch schon Tränen die Wangen herunter.

«Ich fand's eigentlich ganz witzig!», lässt sich jetzt Trent hören, der sich dazugestellt hat und mir unbeholfen den Arm tätschelt.

«Du findest schon was Neues, da mache ich mir gar keine Sorgen. Aber jetzt gehen wir erstmal was trinken, ja?», schlägt Jessica vor.

«Ich ... ich kann nicht. Klaus ist hier und meine Oma, die warten sicher schon», schniefe ich.

«Klaus? Nein, der ist schon vor 'ner halben Stunde abgehauen. Die Frau von Cordulas Chauffeur liegt in den Wehen, da ist er natürlich sofort ins Krankenhaus gefahren. Und Klaus hat sich angeboten, Cordula nach Hause zu bringen. Deine Großmutter hat er gleich mitgenommen», sagt Jessica.

«Aha!» Ich weine vor mich hin. Das wird ja immer besser! Meine Welt geht unter, und mein Freund brennt mit einer vollblondigen Busine durch! Oh. Vielleicht muss ich doch zum Arzt. Ich kann ja nicht mal mehr richtige Wörter denken.

«Komm, lass uns zu Pino auf ein, zwei Weinchen gehen. Ich lade dich ein», drängelt Jessica.

«Ist ja wohl auch das Mindeste, ich bin ja jetzt schließlich arbeitslos!» Ich versuche gequält zu lachen, aber irgendwie bekomme ich nur ein klägliches Glucksen zustande.

Trent trägt die Schachtel mit meinen Habseligkeiten hinter mir her. Sogar er scheint den Ernst der Lage begriffen zu haben.

Drei Flaschen Pinot Grigio später sind wir uns alle darin einig, dass Gerhard ein Arschloch ist und den Fehler seines Lebens begangen hat, weil er mich gefeuert hat.

«Un, weil er mich nich hat singn lassn.» Trent, der sich die ganze Zeit an Wodka gehalten hat, während wir Weißwein schlürfen, lehnt sturzbesoffen am Tisch und macht mir schöne Augen.

«Wirsin Künstla! Man kanuns nich beschneiden in unsa Kreativität! Daraus machin Song! Ich mussma.»

Er steht auf, um zur Toilette zu torkeln, dreht aber auf dem Absatz nochmal um.

«Ich werihn Hanna nenn!» Dann schlurft er davon, und seufzt im Takt seiner Schritte meinen Namen. Dabei schnauft er das «Ha» so temperamentvoll durch die Nase, dass sich seine Stimme überschlägt und er das «na» nur noch mühsam herausquäken kann. Ha-nah. Dann fällt die Klotür mit einem lauten Rums! ins Schloss.

Vielleicht sollte ich doch mit ihm schlafen und so mühelos in die Liga der C-Promis aufsteigen. Mittlerweile reicht «Sex mit einem Sänger» doch schon aus, um sich als Backstage-Reporterin zu qualifizieren. Vor meinem geistigen Auge sehe ich mich bereits neben Susan Stahnke im australischen Dschungel Reis mit Bohnen zubereiten.

Als Trent nach 15 Minuten noch immer nicht zurück ist, alarmieren wir Pino, um mal auf der Herrentoilette nachzusehen. Als er herauskommt, lacht er, denn Trent hat es sich dort in einer Ecke gemütlich gemacht und schnarcht glücklich und zufrieden wie ein Welpe vor sich hin.

Jessica und ich, durch Espresso und die lange Wartezeit wieder einigermaßen nüchtern, setzen Trent in ein Taxi.

«Trent, wo wohnst du?» Jessica hat ihn an die Schulter gefasst und rüttelt ihn.

«Ismiregal ...», lallt er.

«Trent, du musst jetzt nach Hause. Sag dem Taxifahrer deine Adresse, ja?»

«Ja, ja.»

Er rollt sich auf der Rückbank zusammen und grunzt ein paar Worte zum Fahrer.

Jessica und ich schauen uns erleichtert an.

«Wir zwei gehen jetzt auch nach Hause. Ich ruf dich morgen mal an, um den Schlachtplan auszuarbeiten. Ich fühle mich doch auch verantwortlich für den Schlamassel», sagt sie.

«Ach, das wird schon. Die Domina hat mir zum Abschied ihre Karte gegeben!», grinse ich.

«Deine Witze waren schon mal besser. Bis morgen, Hanna!», winkt sie mir zu.

Um halb sechs Uhr morgens schließt Klaus leise unsere Wohnungstür auf. Die Rücksicht hätte er sich sparen können, denn ich bin selbstverständlich noch hellwach und warte wie ein Racheengel im Hausflur. «Wieso kommst du erst jetzt?», frage ich im «zickige-Hausfrauen»-Ton.

«Oh, ich dachte, du schläfst schon längst. Meine Güte, hab ich eine harte Nacht hinter mir! Cordula und ich waren noch was trinken, und sie hat mir ihr Herz ausgeschüttet. Mann, die Arme, die hat es echt nicht leicht in ihrem Job.» Er hängt den Schlüssel ans Brettchen und will ins Bad gehen, aber ich stelle mich ihm in den Weg. Das habe ich mal in einem Hollywoodstreifen gesehen. Allerdings hat sie ihn kurz danach mit einem Metzgermesser aufgeschlitzt. Ich habe sofort umgeschaltet. «Du hattest eine schlimme Nacht? *Ich* habe nach meinem Auftritt in der Sendung meinen Job verloren! Und das, nachdem ich sowieso schon einen ordentlichen Schlag auf den Kopf einstecken musste! Du erinnerst dich dunkel? Oder hat dir unser Busenwunder schon vor der ersten Werbepause das Blut aus dem Hirn in andere Körperteile gejagt?» Jetzt bin ich wirklich sauer.

«Hanna, wirklich, das tut mir leid, wenn ich das gewusst hätte! Ich dachte, ich tue dir einen Gefallen, wenn ich mich um eure Moderatorin kümmere. Du, die ist wirklich eine ganz Liebe, gar nicht so, wie du sie beschrieben hast!»

Klaus schaut mich treuherzig an und will mich in den Arm nehmen. Das kann ich jetzt aber gar nicht gebrauchen. Ich stoße ihn zurück und keife:

«Dann geh doch zu der blöden Schnepfe, wenn die dir lieber ist! Vielleicht nimmt sie dich und deine Leguane ja in ihre schicke Gucci-Wohnung!»

«Ach Schatz, ich verstehe ja, dass du sauer bist, aber lass das jetzt nicht an Charles und Camilla aus. Ich wusste doch nichts von deiner Kündigung. Und sieh es doch mal so: Sei doch froh, dass du den Job los bist, du warst doch sowieso nicht so zufrieden damit! Und so haben wir wieder mehr Zeit für uns!» Klaus redet sich um Kopf und Kragen.

«Du hast wirklich keine Ahnung, Klaus, also halt bitte einfach deinen Mund», zetere ich.

Ich renne in unser Schlafzimmer, reiße die Schrankschubladen auf und beginne wie wild irgendwelche Klamotten in meinen großen Koffer zu schmeißen. Dann laufe ich ins Bad und sammle die nötigen Kosmetika, Zahnbürste und -pasta ein, um sie ebenfalls einzupacken. Klaus steht im Türrahmen.

«Nur zu deiner Info, ich ziehe erst mal zu Oma, aber komm ja nicht auf die Idee, mich dort anzurufen», zische ich.

«Hannaschatzi, wir können doch über alles reden! Was ist denn plötzlich los mit dir? Das kann doch jetzt nicht nur wegen dieser Kündigung sein. Wir finden schon eine Lösung! Cordula plant eine neue Sendung, sie hat ein tolles Angebot von einem anderen Sender, ganz niveauvoll, etwas ganz Neues, das hat sie mir anvertraut. Eigentlich dürfte ich dir das ja gar nicht sagen, alles noch top secret, aber vielleicht könntest du ja dort arbeiten? Es läuft doch alles über Vitamin B in eurer Branche!»

«Lass mich vorbei», schnaube ich empört. Ich zerre meinen schweren Koffer hinter mir her und lasse Klaus weiterreden. Nicht nur, dass er in der schwersten Stunde meines Lebens nicht für mich da war, nein, er hat sie auch noch mit meiner Erzfeindin verbracht! Gut, meine Erzfeindin war sie nicht wirklich, aber jetzt ist sie es. Diese aufgeplusterte Barbiepuppe! Hinterlistiges Miststück! Einen auf unschuldig machen und sich von gebundenen Männern retten lassen! Die will doch nur mit meinem Klaus ins Bett. Vielleicht haben die beiden das ja sogar schon erledigt und planen jetzt eine gemeinsame Strategie, wie sie mich loswerden können! Da kann ich ihnen helfen. Ich bin nämlich schon weg!

Achtzehn

«Was dich nicht umbringt, macht dich nur stark, mein Kind!» Oma braucht ein paar Sekunden, um ihr Gesicht wieder in die gewohnt gütigen Falten zu legen. Kein Wunder. Immerhin habe ich in aller Herrgottsfrühe an ihrer Haustür Sturm geläutet. Großmutter hört nicht mehr so gut. Trotzdem schläft sie immer mit Ohropax, und da muss eine handelsübliche Türglocke erst einmal durchdringen. Zum Glück wohnen bei ihr im Haus fast nur ältere Menschen, sodass ich vermutlich keine anderen Parteien geweckt habe.

Das Tolle an Großmüttern ist, dass sie nicht lange fragen, sondern sofort bedingungslosen und natürlich mietfreien Unterschlupf gewähren. Und heiße Schokolade mit Vanillezucker und Sahnehaube!

«Bleib, so lange du willst und kannst, Liebchen! Ich richte dir erst einmal das Gästezimmer her.» Alleine dafür liebe ich Oma. Welcher normale Mensch hat denn heute noch ein Gästezimmer? Die meisten wagen es gar nicht mehr, Gäste für länger als eine Nacht zu beherbergen, aus Angst, der andere könne zu viel über ihn in Erfahrung bringen. Langjährige Freundschaften können durch nur ein, zwei Nächte für immer zerstört werden. Selbst meine Eltern gehen ins Hotel, wenn sie mich in der Stadt besuchen. Oma ist da zum Glück noch ganz traditionell. Ich nehme einen großen Schluck von meiner Schokolade. Ich löffle eifrig die luftige Haube vom Kakao und konzentriere mich darauf, dass nichts über den Tassenrand läuft. Man muss in Chemie keine Leuchte sein, um zu begreifen, dass die Verbindung von Zucker- und Fettmolekülen direkt den Schalter zum Glücklichsein anknipst.

Die Schlagsahne schmilzt durch die Wärme der Schokolade und wird zu einem leckeren süßen Schaum, der mich kurz meinen Kummer vergessen lässt.

«Hanna, Kindchen, dein Bett ist jetzt bezogen. Wir sehen uns dann zum Frühstück!», sagt Oma, nimmt mich in den Arm und drückt mich an ihren Busen, der genau wie meiner und der meiner Mutter nicht gerade üppig ausgefallen ist. Trotzdem strömt mir so viel großmütterliche Wärme entgegen, dass ich mich hastig aus der Umarmung löse, um nicht wieder loszuheulen.

Ich schlurfe in mein Schlafgemach, das mir Oma auf die Schnelle gezaubert hat. Das Bett ist mit duftiger Blümchenwäsche bezogen, und auf dem Nachttisch steht ein großer Teller mit Keksen, Schoko-Nuss aus dem Supermarkt, zum Glück keine Selbstgebackenen. Die macht Oma nur zu Weihnachten, aber sie liegen einem für den Rest des Jahres wie Steine im Magen. Eine Kerze taucht den Raum in ein schummriges Licht, und ich schlüpfe schnell aus meinen Sachen und unter die Decke. Heute pfeife ich aufs Zähneputzen und esse lieber einen Keks als Betthupferl.

Die nächsten Tage verbringe ich damit, lange zu schlafen, vor dem Fernseher zu hocken, mich durchs Programm zu zappen und tonnenweise Süßigkeiten in mich hineinzustopfen. Immerhin weiß ich jetzt, dass es Schokonüsse auch mit Keksfüllung gibt, Alpenmilchschokolade um Klassen besser als normale Vollmilchschokolade schmeckt und Chips mit Käsegeschmack am nächsten Tag auf direktem Weg in den Müll gehören. Die mit Chili dagegen überleben, wenn man sie im Kühlschrank aufbewahrt, sogar zwei Tage. Es sei denn natürlich, man isst sie vorher schon auf, am besten mit Frischkäse. Meine sowieso schon viel zu knappen Hosen spannen bedrohlich. Wahrscheinlich haben auch meine Klamotten

Angst vor mir und verschmähen meine Gesellschaft ebenso wie ein gewisser Kerl, dessen Namen ich seit Tagen nicht einmal in meinen Gedanken geschweige denn in meinem Sprachgebrauch haben möchte.

Ich habe wohlweislich mein Handy ausgeschaltet und mir Telefonverbot erteilt. Bei derartig gravierenden Problemen hilft eben nur kalter Entzug.

Stattdessen pflege ich meine täglichen Verabredungen mit «Dr. Klauw am Nachmittag», «Richter Gruse» oder Katja aus «Katjas Entscheidung». Während bei den ersten beiden Sendungen die Geschichten von mittelprächtigen Laiendarstellern wiedergegeben werden, handelt es sich bei «Katja» um echte Gäste. Meist sind es Hartz-IV-Empfänger, die kein Geld für einen Vaterschaftstest haben und wissen wollen, ob man bei ihnen Alimente einklagen kann. Leider beginnt die Wirkung meiner neuentdeckten Droge langsam nachzulassen. Während es mich anfangs noch beruhigte, ja sogar amüsierte zu sehen, dass es Menschen gibt, die noch bescheuerter sind als ich, macht es mich inzwischen fast schon aggressiv. Ich ertappe mich immer häufiger dabei, wie ich den Fernseher anschreie, wenn einer der Schauspieler mal wieder seinen Text so schlecht zusammenstottert, dass ich mich für ihn fremdschämen muss. Ich zappe schnell auf einen anderen Kanal und entdecke Norbert Blüm in einer Rateshow. Wahrscheinlich weiß die heutige Jugend gar nicht, dass der lustige Onkel mit der runden Brille und der Eichhörnchenfigur in seinem ersten Leben einmal Arbeitsminister war. Denn momentan tourt er mit seinem Kabarettprogramm durch Deutschland. Gerade geht es um den Begriff «Hundeleben», und Herr Blüm robbt mit seinen kurzen Ärmchen und Beinchen über das nierenförmige Holzpult. Dann tritt Oma zwischen Norbert und mich und schaltet den Apparat rigoros ab, sodass ich wohl niemals erfahren werde, ob die Mitspieler den Begriff erraten oder nicht. Das ist mir auch schlagartig egal, denn die Geduld meiner lieben Großmutter ist erschöpft. Sie baut sich vor mir auf wie ein Footballspieler. Ihr linkes Augenlid zuckt bedrohlich. So habe ich sie bisher erst ein einziges Mal erlebt, damals, kurz nachdem Opa von uns gegangen war. Sie hatte sich in ihrem Schmerz eingebildet, Terroristen hätten Opa entführt, und wollte ihn befreien. Ein paar Therapiesitzungen später hatte sich das zum Glück erledigt. Aber dass ich sie emotional so aus dem Gleichgewicht bringen könnte, hätte ich nie gedacht. Ich schaue sie schuldbewusst wie ein kleines Mädchen an und mache mich auf ein Donnerwetter gefasst.

«Ich weiß ja nicht, welche Vorfälle am vergangenen Freitag dich in diese Depression getrieben hat, mein Liebling, aber langsam solltest du wieder aus deinem Schneckenhaus herausgekrochen kommen. Und vor allen Dingen solltest du endlich Klaus, Margot, Karina und eine Jessica zurückrufen. Mit deiner Telefonliste könnte ich mittlerweile mein Schlafzimmer neu tapezieren.»

Das Augenlid zuckt, als wäre es eine eigenständige Person. Da ich mich in meiner neuen Bleibe lieber mit niemandem anlegen möchte, beschließe ich, mein Schweigen zu brechen. Ich atme tief durch und sage:

«Oma, ich hab einfach alles versaut. Der Mann, dem ich Jahre meiner Jugend geschenkt habe, will eigentlich eine andere. Und meinen Job bin ich auch los. Was soll ich nur tun?»

Ich bemühe mich, nicht mehr auf das Lid zu starren, aber ich kann nicht anders.

«Ich kann doch wirklich nichts dafür ... aber Klaus versteht mich einfach nicht, und bevor ich mein Leben lang unglücklich bleibe ... außerdem ist an allem Cordula schuld. Und Gerhard. Der wollte doch unbedingt, dass ich in die Sendung komme.» Ich beginne zu schniefen und zu zittern. Die Temperatur im Raum ist binnen der letzten Sekunden um gefühlte zehn Grad gesunken.

«Vielleicht solltest du endlich mal die Dinge selbst in die Hand nehmen? Du bist 32 und kein kleines Mädchen mehr. Meine Güte, es gibt wirklich Schlimmeres auf dieser Welt!» So resolut kenne ich meine geduldige Oma gar nicht.

«Hast du etwa mit Mutti gesprochen?» Ich ahne Böses. Oder vielleicht hat das Lid Macht über sie ergriffen? Ich schüttle den Kopf. Diese ganzen Nachmittagsshows machen einen aber auch ganz plemplem.

«Nein, Mäuschen, mit deiner Mutter würde ich nie über dich reden, das weißt du. Aber Klaus hat mehrfach angerufen, er würde sich gerne mit dir treffen. Karina und Margot kommen heute um sechs vorbei, sie würden auch gerne mit dir reden!»

«Du hast mit Klaus geredet? Bist du wahnsinnig?» Ich fasse es nicht. Das kann sie mir doch nicht antun! Schließlich kennt sie meine Version noch gar nicht! Vermutlich hat er ihr in seiner beamtoiden Sachlichkeit plausibel gemacht, dass ich allein schuld an allem bin. Klaus schafft es doch immer wieder, alle einzuwickeln. Und ich bin am Ende die Böse! Dabei hat er mir nicht einmal den Koffer zum Taxi getragen, als ich Freitagabend ausgezogen bin. Und nachgelaufen ist er mir auch nicht. In den großen Hollywoodschinken tun das die Männer. Deshalb kommen die Liebenden ja auch am Ende wieder zusammen. Aber ein Gentleman ist Klaus nun mal nicht. Das letzte Mal, dass er mir eine Tür aufgehalten hat, ist ewig lange her. Wahrscheinlich will er mir nur mitteilen, dass er jetzt mit Cordula zusammen ist. So etwas macht man nun mal nicht am Telefon, und so viel Stil hat Klaus gerade noch. Er will mich unter vier Augen abservieren! Vielleicht sogar schon mit

Cordula im Schlepptau, zum Beweis, sozusagen, damit ich das junge Glück direkt begutachten kann. Ich könnte mich auf der Stelle übergeben, wenn ich mir die zwei vorstelle, wie sie heftig turteln.

«Liebchen, vielleicht solltest du einfach über deinen Schatten springen und mit ihm reden. Vielleicht sind die anderen gar nicht schuld an deinem Unglück. Übernimm Verantwortung für dein eigenes Leben! Eine Beziehung muss gepflegt werden wie eine junge Pflanze, sonst geht sie ein», sagt Omi mit ihrer neuen, resoluten Stimme.

«Aber Klaus hat ...», wende ich kleinlaut ein.

«Ich denke, ihr beide solltet miteinander reden. Vorwürfe in den Raum zu werfen ist nun wirklich keine Lösung, besonders, wenn derjenige, um den es geht, nicht anwesend ist. Das geht aber nur, wenn du deinen Hintern aus dieser Wohnung bewegst. Erinnerst du dich denn gar nicht mehr daran, wie es war, als ihr euch ineinander verliebtet? An das erste Kribbeln im Bauch?»

Oma steht immer noch vor mir wie der Mount Everest, während ich mich wie eine tibetische Ameise fühle. Also entschließe ich mich, aufzustehen.

«Klaus hat einfach alle guten Erinnerungen kaputt gemacht, Oma. Du hast ja keine Ahnung, was bei uns in letzter Zeit so alles los war!»

Ich merke gerade, dass ich mit dem Fuß aufstampfe. Vielleicht verhalte ich mich doch etwas kindisch? Aber wie sagt man so schön: Im Krieg und in der Liebe ist alles erlaubt. Und Klaus und ich befinden uns nun wirklich gerade mitten im Krieg. Er ist schließlich fremdgegangen, und ich nicht, obwohl ich die Gelegenheit gehabt hätte. Trent war kurz davor, mich zu verführen. Ich hätte ihn haben können, jawohl, mit einem Fingerschnipp. Aber ich habe es nicht getan. Weil ich eine anständige Frau bin. Oder besser gesagt: Der größte Vollidiot auf Erden. Schließlich stehe ich jetzt als dumme Verlassene da, obwohl ich mein Glück schon viel früher in die Hand hätte nehmen können. Aber Oma hat heute kein Mitgefühl.

«Hör mal zu, Mädchen, ich war in deinem Alter schon mehrfache Mutter, und meine Ehe hat bis zuletzt funktioniert. Und jetzt wasch dir dein Gesicht und mach dich fertig, deine Freundinnen sind in einer halben Stunde da!»

Ich wage es nicht, Oma zu widersprechen, schließlich gewährt sie mir seit fünf Tagen Obdach. Da ist es ihr gutes Recht, ein wenig schlechte Laune zu haben. Kein Mensch teilt gerne auf Dauer eine Drei-Zimmer-Wohnung mit einer Heulsuse, die mit ihren Chipstüten die Couch vollkrümelt. Trotzdem fühle ich mich ein bisschen gekränkt. Schließlich hatte ich geglaubt, in Oma eine Verbündete zu haben. Vielleicht komme ich ja bei Margot oder Karina unter, wenn hier alle Stricke reißen.

Kurze Zeit später sitzen meine Freundinnen mit mir in Omas Wohnzimmer. Wir sind unter uns, da meine vielseitig interessierte Großmutter gerade einen ihrer VHS-Kurse besucht. Ich habe Tee gekocht, eines der wenigen Dinge im Haushalt, die ich, zumindest wenn es sich um Beutel handelt, einwandfrei beherrsche, und serviere ihn in Omas Porzellantässchen. Keine gleicht der anderen, bis auf die Tatsache, dass sich in jeder mindestens eine Kerbe befindet. Umzüge und mangelndes Geschick hinterlassen eben mit der Zeit ihre Spuren. Dagegen ist unser Geschirr zu Hause tadellos. Das liegt aber nur daran, dass Klaus sich bisher darum gekümmert hat. Vielleicht hätte ich ihm sein geliebtes Kaffeeservice zum Abschied noch um die Ohren hauen sollen.

«Es geht gar nicht darum, dass wir kaum noch Sex haben.

Das Schlimme ist, dass Klaus und ich kaum mehr miteinander reden. Das war schon so, bevor das verhinderte Königspaar bei uns eingezogen ist.»

«Wer?» Karina macht Augen wie ein Koboldmaki und schaut mich und Margot verständnislos an.

«Sie meint Charles und Camilla», grinst Margot.

«Hä?» Karina steht auf der Leitung.

«Die poppenden Chuckwallas», erklärt Margot.

«Ah so.» Karina ist immer noch völlig verwirrt. Wahrscheinlich hat sie die Aufmerksamkeit eines Mannes noch nie mit Reptilien teilen müssen.

«Die Viecher machen alles natürlich noch schlimmer. Klaus interessiert sich nur noch für sie. Er fragt nicht mal mehr, wie es mir geht. Und ich weiß nicht, wie es ihm geht, was er macht, wovon er träumt. Früher haben wir zusammen geträumt und geplant.

Es ist doch so: Wenn man verliebt ist, schaut man sich an, aber wenn man liebt, schaut man zusammen in dieselbe Richtung.

Wir blicken in komplett unterschiedliche Richtungen. Er schaut nämlich in das Dekolleté einer anderen Frau!»

Ich setze meine Teetasse so heftig auf der Untertasse ab, dass sie vor Schreck laut klirrt.

«Vielleicht solltet ihr den Vorfall einfach vergessen, heiraten und ein paar Kinder in die Welt setzen! Einfach bei null wieder anfangen!», sagt nun ausgerechnet Karina.

Sie nippt an ihrem Earl-Grey-Beuteltee und wirkt mal wieder frisch verliebt. Dann ist es kein Wunder, dass man mit ihr gerade schlecht über Männer herziehen kann. Ihr heimlicher Wunsch ist es zwar, eine große Familie zu haben und Mutter und Geschäftsfrau zu sein. Dass sie sich dafür aber für länger als sechs Monate mit ein und demselben Mann einlassen müsste, hat sie bisher noch nicht einsehen wollen. In meinem gegenwärtigen Zustand lasse ich dieses Thema lieber ruhen.

«Kinder sind nun wirklich keine Lösung für Paarprobleme! Die beiden sollten einfach mal eine Pause einlegen, um herauszufinden, ob sie tatsächlich ohne den anderen besser dran sind.» Margot schaukelt Luzifers Kinderwagen, in dem der Kleine so selig schlummert, als könne er kein Wässerchen trüben. Sie hat mal wieder keinen Babysitter bekommen, deshalb ist er mit von der Partie.

«Kann es übrigens sein, dass wieder mal alle gleichzeitig gebären?», fährt sie fort. «Alleine diese Woche habe ich drei dieser ‹Wir sind überglücklich ein neuer Erdenbewohner blablabla›-Karten bekommen. Babys schießen gerade wie die Pilze aus dem Boden. Ich weiß schon gar nicht mehr, was ich den Leuten noch an Lügen auftischen soll, wie süß ihr Nachwuchs doch sei. So gut wie jedes Neugeborene ist in Wirklichkeit hässlich und verquollen! Es liegt nur an den Hormonen, dass die eigenen Eltern nicht gleich in einen Schockzustand fallen, wenn sie die kleinen Biester sehen.»

Ich liebe Margots Realismus. Luzifer ist heute zwar wirklich niedlich, zumindest optisch, aber auch er war als Neugeborener einfach nur sehr klein, sehr rosa und so zerknautscht wie ein Sofakissen. Jedes Mal, wenn sich ein Fremder über den Kinderwagen beugte und sein «Ach, wie niedlich» raunte, schaute Margot ihn nur mitleidig an.

«Wenn du mich fragst, leidet ihr unter akutem Beziehungs-ADS.»

«Beziehungs-was?» Jetzt machen Margot und ich tellergroße Augen.

«ADS ...» Karina fährt in ihrem sozialpädagogischen Ton fort, in den sie immer fällt, wenn sie sich besonders klug anhören möchte. «Aufmerksamkeitsdefizit. Ihr habt euch einfach zu wenig Beachtung geschenkt. Der Alltag hat euch aufgefressen, und ihr habt darüber vergessen, was wirklich wichtig ist. Nämlich der Partner.»

«Woher willst du das wissen? Du hattest doch noch nie eine Beziehung», zische ich missmutig.

«Meinst du denn wirklich, er hat mit eurer Moderatorin gepoppt?», fragt Margot jetzt ganz direkt.

Sie kann immer noch nicht fassen, was ich ihr erzählt habe.

«Ich weiß es nicht wirklich. Aber ich konnte ihn nicht auf dem Handy erreichen. Und so spät kommt er doch sonst nie nach Hause! Allein die Tatsache, dass er sie sympathisch findet, gehört bestraft», schimpfe ich.

«Ja, es ist wirklich unsensibel, dir in deiner Situation von ihr zu erzählen. Männer sind einfach alle Egoisten. Die denken nur mit dem Geschlechtsteil!» Margot haut mit der Faust auf den Tisch, um ihre Aussage zu bekräftigen.

«Herzlich willkommen in der Welt der Singles. Du bist wieder frei. Oder war da nicht sogar ein gewisser Musiker, der dir schöne Augen gemacht hat?», fährt sie fort und zwinkert mir aufmunternd zu. Das Wort «Single» versetzt mir einen heftigen Stich ins Herz. Schlagartig wird mir klar, dass ich mir nicht nur eine neue Wohnung suchen muss, sondern künftig auch viele Wochenenden alleine und frustriert auf der Couch verbringen werde. Und wenn sich meine Arbeitssituation nicht bald ändert, gehören Dr. Klauw, Richter Gruse und Co. bald zu meinen engsten Freunden. Es sei denn, ich rufe Trent an, und wir leben glücklich bis ans Ende meiner Tage. Ich könnte ihn managen! Schließlich habe ich sofort sein Potenzial erkannt und ihm einen Auftritt beim Fernsehen verschafft. Das ist *die* Idee! Ich muss ihn unbedingt in den nächsten Tagen anrufen. Wenn ich wieder ein, zwei Kilos abgenommen habe. So kann ich mich ja nicht sehen lassen. Aber das sage ich meinen Freundinnen nicht.

Stattdessen druckse ich: «Ja, der Musiker war nett, aber er ruft mich nicht an. Vielleicht habe ich mir das Ganze ja auch nur eingebildet. Oder vielleicht versuche ich es doch mal bei ihm.»

«Vielleicht solltest du erst einmal dein Single-Leben genießen, bevor du dich Hals über Kopf wieder ins nächste Verderben stürzt. So etwas führt doch zu nichts», sagt Margot altklug und macht eine unauffällige Kopfbewegung hin zu Karina, die gerade verträumt vor sich hinschaut. Am Anfang einer jeden Beziehung steht die rosarote Brille. Später ist es die hochgeklappte Klobrille, und die ist der Anfang vom Ende.

«Du hättest damals nach der Enttäuschung mit Sascha nicht wieder so schnell was Ernstes mit einem anderen Mann anfangen dürfen», mischt sich Karina wieder ein, «denk doch einfach mal an all die tollen Verabredungen, die jetzt auf dich warten. Vielleicht könnte ich dich ja auch mit meinem Assistenten David zusammenbringen. Damit lösen wir zwei Probleme auf einmal. Der Junge ist wirklich süß, aber nichts für mich. Als Spielzeug könntest du ihn haben ...»

Karina kichert hämisch. Dieser David scheint sie ja wirklich beeindruckt zu haben. Vielleicht sollte ich sogar auf ihr Angebot eingehen. Nur um ihn mir mal anzuschauen. Und vielleicht auch, um etwas Erfahrung zu sammeln. Für Trent. Schließlich will so ein Rockstar mit Sicherheit eine Frau von Welt und kein nahezu jungfräuliches Landei. Das gibt mir wieder Hoffnung.

«Es lebe das Single-Leben! Mädels, die Piste hat das dynamische Kleeblatt wieder, ich bin dabei! Zumindest wenn ich einen Babysitter habe», ruft Margot und schaukelt vor lauter

Aufregung ein wenig zu heftig an Luzis Kinderwagen. Der quengelt kurz auf.

«Sicher, die Männerwelt wartet nur auf eine gutgefütterte Brünette ohne Arbeit, dafür aber mit ganz wenig Selbstbewusstsein. Ich bin momentan so unterhaltsam wie ein Wollhandschuh!», jammere ich. Manchmal tut es ganz gut, sich selbst zu bemitleiden.

«Jetzt reicht's aber. Du bist toll, und das weißt du auch. Vollidioten wie Sascha oder Klaus sehen so was eben nicht, aber es gibt doch auch andere Männer», empört sich Karina.

«Ach ja? Dein neuer Dr. Soundso, oder?», fragt Margot sarkastisch. Karinas Verehrer sind meist frisch der akademischen Laufbahn entsprungen.

«Sascha und Klaus kann man nicht miteinander vergleichen. Sie sind grundverschieden. Sascha war letzten Endes nur in sich selbst verliebt», sage ich. Und trotzdem haben mich beide nach Strich und Faden betrogen. Ich seufze selbstmitleidig auf.

«Dr. Goldberg ist immerhin Neurochirurg und möchte mich heiraten. Er liebt mich», sagt Karina, aber so richtig begeistert klingt sie dabei nicht. Ich tippe mal, dass sich das Thema in ein paar Wochen wieder erledigt hat.

«Das hat Sascha mir auch nach zwei Wochen gesagt, ein paar Monate später liebte er dann leider eine andere», brummele ich.

«Nun mach mir meinen Doktor nicht schlecht, wir reden hier gerade von dir», wehrt sich Karina.

«Männer, die voreilig die drei berühmten Worte sagen, taugen doch sowieso nichts. Vielleicht sind sie anfangs sogar davon überzeugt, in Wahrheit ist es aber der Überlebens- und Fortpflanzungstrieb, so etwas zu verbreiten. Man kann es ihnen nicht mal verübeln, ist ein natürlicher Instinkt», doziert

Margot. Sie gießt erneut heißes Wasser auf unsere schlaffen Teebeutel. Dann zieht sie einen Flachmann aus einer ihrer unzähligen Taschen und kippt jedem von uns einen Schuss davon in die Tasse.

«Meine ganz persönlichen Notfalltropfen ... französischer Cognac! Gut für Nerven und Seele», antwortet sie auf unsere fragenden Blicke. Meine Güte, welche Geheimnisse Luzifers Kinderwagen wohl noch so birgt?

«Du suchst dir am besten erst einmal eine eigene Wohnung. Wir werden wieder öfter miteinander ausgehen und tolle Partys veranstalten. Die Wochenenden gehören voll und ganz dir, du kannst deine Pediküre vor dem Fernseher machen, und keiner erschrickt, wenn du gerade eine Gesichtsmaske aufgelegt hast. Das wird toll, du wirst schon sehen!», schwärmt Margot.

«Aber die beiden waren doch ein so schönes Paar!», sagt Karina, ohne aufzublicken. Sie hat gerade eine SMS von ihrem Arzt bekommen, er möchte sie in einer Stunde treffen und hat angeblich eine Überraschung für sie.

«Vielleicht will er dir ja seine Frau vorstellen», ätze ich. Schließlich weiß ich jetzt, dass alle Männer Betrüger sind. Wahrscheinlich sollte ich das mit Trent auch lieber vergessen. Alle Rockstars gehen fremd.

Margot grinst gehässig über meinen fiesen Witz und sagt: «Außerdem musst du dich jetzt sowieso erst mal wieder um einen neuen Job kümmern.»

«Darüber habe ich auch schon nachgedacht, Hanna!», schaltet sich Karina wieder ein, «du könntest ab Montag bei mir im Buchladen aushelfen. Ich weiß, das ist nicht dein Beruf, aber als Übergangslösung ist das doch nicht das Schlechteste. Man sagt mir auch nach, ich sei eine ganz gute Chefin!»

Ich verkneife mir die Bemerkung, ob David das wohl auch

so sehen würde, und nicke stattdessen dankbar. Ein Tapetenwechsel, welcher Art auch immer, wird mir sicher guttun. Und da ich mir einen Urlaub momentan nicht leisten kann, kommt mir ein Aushilfsjob bei einer Freundin sehr entgegen.

«Mal ganz zu schweigen von den Männern, die bei mir einkaufen. Ich sage dir, der Laden entwickelt sich in letzter Zeit zur reinsten Kontaktbörse. Belesene Männer sind ja sowieso extrem erotisch, finde ich», sagt Karina.

«Apropos Männer, warst du nicht in 20 Minuten verabredet?», erinnert sie Margot.

«Ach du Schreck, das hätte ich vor lauter Aufregung fast vergessen. Wir sehen uns dann Montag, Kollegin!», ruft sie munter, springt auf und umarmt Margot und mich, schnappt sich ihren Mantel und düst zur Wohnungstür hinaus.

Wie auf Kommando fängt Luzifer an zu brüllen, als wäre sein Leben in Gefahr.

«So ein Mist, jetzt ist der Kleine wach!», schimpft Margot, «ich muss auch los, Luzifer muss in sein Bettchen.»

Ach du schönes Single-Leben, das fängt ja gut an! Am liebsten würde ich jetzt mit Klaus auf unserer Couch lümmeln, aber das geht ja leider nicht. Ich fühle mich jetzt gerade schrecklich einsam. Ich wünschte, ich könnte mein Leben um sechs Monate vorspulen, einfach um zu sehen, was passiert. Da das leider nicht geht, verkrieche ich mich in mein Gästezimmer, bis Oma von ihrem Computerkurs zurückkommt.

«Und, wie geht es meiner kleinen Patientin?», ruft sie, als sie hereinkommt, und ich eile ihr entgegen.

«Etwas besser, danke! Wie war dein Kurs?», frage ich, nehme ihr den Mantel ab und gebe mich betont gut gelaunt. Es wird wirklich Zeit, dass ich sie etwas entlaste.

«Toll. Heute haben wir gelernt, wie Axel geht.» Ich brauche ein paar Sekunden, um zu begreifen, dass heute wieder die wunderbare Welt des Computers auf dem Stundenplan stand.

«Axel? Meinst du vielleicht Excel?», frage ich verblüfft und muss ein Lächeln unterdrücken. Immer wenn Oma mir aus ihren Ausflügen in die PC-Welt erzählt, wird es unfreiwillig komisch.

«Ja, ja, Äxel, so hieß es. Ehrlich gesagt, so ganz habe ich es noch nicht verstanden. Aber wir wiederholen das Ganze ja nochmal nächste Woche. Und wie war es mit Margot und Karina?»

Omas Augenlid zuckt nicht mehr, und ich schaue wieder in die gütigsten Augen der Welt.

«Ich werde am Montag bei Karina im Laden anfangen. Übergangsweise, bis ich was Neues als Redakteurin gefunden habe. Und ich werde morgen Abend für dich einkaufen und kochen», sage ich.

Ein spontaner Einfall. Ich habe das Gefühl, ich müsste ihr etwas Gutes tun.

«Das klingt doch schon mal ganz toll, Liebes. Ein Job im Buchladen, das ist doch mal was Anständiges. Nicht so etwas Unseriöses wie bei dieser Talkshow», erwidert sie.

Ich verkneife mir eine weitere Erklärung bezüglich meiner Arbeit hinter der Kamera. Sie wird es einfach nie verstehen. Aber das ist letztlich auch egal. Ich liebe sie, so wie sie ist, und sie mich auch. Das ist Luxus pur, da kann man schon mal ein paar Unklarheiten in Kauf nehmen.

Neunzehn

Das Glück ist nur dem Kühnen hold», sagt meine Großmutter, als sie mich in meinen ersten Arbeitstag bei Karina verabschiedet. Sie hat mir ein liebevolles Frühstück zubereitet, Kaffee, Orangensaft, Brötchen und sogar ein Frühstücksei. Leider hat sie es nur zwei Minuten kochen lassen, und das wahrscheinlich schon vor einer Stunde. Es ist also nicht nur durchsichtig und glibberig, sondern auch noch kalt. Ich beschränke meine morgendliche Mahlzeit also auf eine Scheibe Toast, leicht angebrannt, aber dennoch genießbarer als der Orangensaft. Oma hat ihn offenbar mit zwei Teelöffeln Honig nachgesüßt. Mir zieht es davon das Zahnfleisch zusammen.

Klaus hätte mir mit Sicherheit noch irgendein lustiges Tierbaby-Bild neben meinen Teller gelegt. Das hat er früher oft gemacht. Er verfügt über eine große Sammlung von Fotos, auf denen niedliche Orang-Utans, Küken, Baby-Fledermäuse und allerlei anderes Miniaturgetier abgebildet sind. Mein Favorit ist ein schwimmendes Ferkel, das seine Ohren angestrengt hochreckt, damit sie nicht nass werden. Diese Bildchen haben mich immer aufgeheitert. Ganz abgesehen davon war sein Frühstück ohnehin perfekt. Bevor ich anfange zu seufzen, reiße ich mich zusammen. Schließlich meint Oma es gut, und von Karina habe ich immerhin auf die Schnelle einen Job bekommen. Außerdem ist Klaus ein Schwein, und ich kann froh sein, dass er aus meinem Leben verschwunden ist. «Ich bin eben so», hat er das letzte Mal gesagt, als ich ihn bat, seine Socken aus dem Wohnzimmer zu räumen. «Du wusstest doch von Anfang an, dass ich nicht der Ordentlichste bin.» Als ob man nur das ändern müsste, was gleich zu Beginn der

Beziehung bemängelt wird! Schließlich haben wir da ja auch noch nicht zusammengewohnt. Ganz abgesehen davon, dass wir vor lauter Hormonen sowieso kaum auf den Fußboden geschaut haben. Wenn, dann lag einer von uns mit dem Rücken darauf und war sehr beschäftigt.

Karinas Buchladen liegt in einem alten Mietshaus aus den 20er Jahren, nur ein paar Gehminuten von Omas Wohnung entfernt. Ich stehe pünktlich vor der Ladentür und werfe einen Blick durch die Scheibe. Auf einem großen Holztisch stapeln sich Unmengen von dicken Büchern. Die hohen Stuckwände sind auf allen Seiten des Raumes mit Regalen zugestellt, die ebenfalls mit Lesestoff gefüllt sind. Der Parkettboden ist mit dicken roten Perserteppichen ausgelegt, gemütliche Kuschelsofas stehen einladend in den Ecken. Mit Schwung öffne ich die große Holztür, ein paar Glöckchen kündigen mich an. Das ist also mein neuer Arbeitsplatz. Wie lange ich wohl hier bleiben werde?

«Hallo, Hanna! Schön, dass du da bist», ruft Karina mir entgegen. Sie trägt ihren braunen Hosenanzug und sieht wie immer toll aus. Die Haare hat sie sich heute zu einem lockeren Dutt zusammengebunden, was ihr einen Hauch von Grace Kelly verleiht.

«Wir können wirklich jeden gebrauchen. Gerade ist eine neue Lieferung von Rowohlt gekommen, die muss alphabetisch eingeordnet werden. David zeigt dir am besten, wo alles hin soll», erklärt sie.

Wie dem Märchen aus 1001 Nacht entsprungen, steht er vor mir. Aladin lebt! Nur dass er im wahren Leben den Namen David trägt. Auf die orientalischen Pumphosen hat er auch verzichtet und steckt stattdessen in knackigen ausgewaschenen Jeans, die er durch ein edles blaues Jacket lässig aufgepeppt hat. Sportlich-elegant. Einfach toll!

«Hi, ich bin David.» Aladin-David streckt mir seine kräftigen, aber trotzdem schön geformten Hände entgegen und blickt mich mit seinen dunklen Samtaugen an. Ich muss daran denken, dass Karina und er miteinander Sex hatten, und das vor nicht allzu langer Zeit. In den meisten Fällen verschwendet man doch keinen Gedanken daran, dass andere Paare auch Sex haben. Die wenigsten strahlen eine so stimmige sexuelle Energie aus, dass die eigenen Gedanken alleine beim Erblicken des Paares Flügel bekommen. Aber Karina und David in einem Raum, das ist Erotik pur. Ich werde prompt rot und weiche Davids Blick aus, als er mir die Hand reicht.

«Rückad, Hanna mit H, also, ich meine, Rückad ohne r, wegen Rückgrat, ach, ähm, du kannst Hanna zu mir sagen.»

David nimmt sich zwei Kartons voller Bücher und führt mich zu den hinteren Regalen.

«Mir ist das Du auch lieber», sagt er, stellt die Sachen vor mich auf den Boden und zeigt mir, worauf ich beim Einräumen achten muss.

Die wichtigsten Neuerscheinungen und Bestseller natürlich ganz vorne, wo man sie besonders schnell sehen kann. Alles andere wird nach Autorennamen eingeräumt.

«Solltest du ein Sachbuch in dem Stapel entdecken, sag Bescheid, das gehört in eine andere Abteilung. Ich gehe wieder nach vorne und helfe Karina mit der Bestandsliste.»

Jetzt wird David rot, und er scheint es zu merken. Also dreht er sich schnell von mir weg und geht zu meiner Freundin und Neu-Chefin. Irgendwie niedlich, dieser David. Wieso wollte Karina ihn so schnell wieder loswerden?

Ich höre die beiden lachen. Sie scheinen sich nach wie vor gut zu verstehen. Vielleicht entsteht ja gerade eine Freundschaft zwischen den beiden. Intellektuell scheinen sie auf einer Wellenlänge zu sein. Es gibt nicht viele Männer, die Karina in dieser Hinsicht das Wasser reichen können. David ist Philosophiestudent und jobbt in ihrem Laden, um sich sein Studium zu finanzieren. Davor war er auf einer Universität für Wirtschaftsprüfer. Also eine gute Partie. Vielleicht sollte ich doch mal mit ihm ausgehen, wenn sie ihn nicht will? Eigentlich stehe ich ja nicht so auf den südländischen Typ. Andererseits war Klaus am Anfang auch nicht mein Typ, und dennoch hat es zwischen uns gefunkt. Liebe ist eben eine Frage der Chemie und nicht der Äußerlichkeiten.

Karinas herzhaftes Lachen schallt durch den Laden, und David kommt jetzt wieder mit einem breiten Grinsen auf mich zu.

«Alles klar bei dir?», strahlt er mich an.

«Ja, ich komme zurecht. Du kannst mir gleich ruhig noch ein paar Bücher bringen.»

«Klar, mach ich sofort. Magst du vielleicht auch noch einen Kaffee?»

David strahlt weiter über beide Backen, und ich werde das Gefühl nicht los, dass er mir etwas mitteilen möchte.

«Ihr versteht euch wohl sehr gut, Karina und du?», frage ich ganz direkt.

«Ja, es läuft prima. Ich liebe diesen Laden, und Karina ist eine tolle Frau. Wenn ich meinen Abschluss habe, würde ich gerne hier mit einsteigen», antwortet er in schwärmerischem Ton.

So langsam fällt bei mir der Groschen: Aladin ist ihr rettungslos verfallen. Ich seufze und mustere den jungen Kerl, der sein Herz gerade einer Gottesanbeterin zu Füßen gelegt hat, die ihn bald fressen wird. Irgendwie tut er mir leid, denn Karinas Herz wohnt leider in einer uneinnehmbaren Festung.

«Karina ist toll, aber nicht so einfach, was das Private angeht», beginne ich vorsichtig mit meinem Vortrag. Doch David unterbricht mich.

«Ich weiß schon, was ich tue.» Seine Stimme klingt plötzlich ganz souverän und erwachsen.

«Ich hol mal lieber ein paar neue Bücher.» Er dreht sich um und läuft beschwingten Schrittes nach vorne. Hoffentlich tut sie ihm nicht allzu sehr weh. Er scheint ein sympathisches Kerlchen zu sein, wenn auch offenbar ziemlich unerfahren, was das weibliche Geschlecht angeht. Frauen wie Karina kriegt man nicht in den Griff, die nehmen sich einfach, was sie wollen. Und wenn sie damit fertig sind, wird der Kadaver auf der Müllhalde abgelegt. Ich werfe einen Blick an den Regalen vorbei zu den beiden Königskindern und traue meinen Augen nicht. Wenn das mal nicht «Turteltäubchens Hochzeit Teil 3» ist! Karina lehnt nach vorn gebeugt auf dem großen Holztisch und diktiert ihrem David gurrend Zahlen. Er schreibt eifrig mit, nicht ohne ihr ab und zu einen tiefen Blick zuzuwerfen. Doch statt wie gewohnt lässig den Kopf kokett nach hinten zu werfen und lasziv die Haare durch die Luft fliegen zu lassen, schenkt Karina, Miss Uneinnehmbar, ihrem Assistenten feurige Blicke und zupft sich verlegen eingebildete Fusseln vom Anzug. Jede Wette: Die ist doch völlig verschossen! Ich bin verwirrt und will mich gerade für einen kurzen Moment auf einen der Kartons setzen, um meinem armen Rücken eine Pause vom Bücken zu gönnen, da klingelt mein Handy. Da die Berufswelt mich wiederhat, habe ich schweren Herzens beschlossen, mich auch wieder der Telekommunikation zu öffnen. Immerhin kann ich per Rufnummernkennung genau filtern, wer mit mir sprechen darf und wer nicht. Leider wurde bis heute noch keine Vorrichtung dafür erfunden, auch den Zeitpunkt der Anrufe zu steuern. Immer, wenn es spannend wird, stört jemand! Zu allem Überfluss ist es auch noch Gerhard, jetzt mein Ex-Redaktionsleiter, der ganz aufgeregt in sein Telefon brüllt. In Sekundenschnelle gehe ich mein

Sündenregister von letzter Woche durch, als ich noch für die Talkshow gearbeitet habe. Es gibt Personen, die machen einem sofort ein schlechtes Gewissen, wie bei einer Polizeikontrolle, wenn man herausgewunken wird. Da kann man noch so nüchtern und vorbildlich sein, man hat trotzdem ein ungutes Gefühl.

Gerhard schnauft und keucht in den Apparat, und ich verstehe, ehrlich gesagt, null Komma gar nichts. Ob er mich wegen Verletzung von Persönlichkeitsrechten oder wegen notorischer Talkgastbeleidigung verklagen kann? Das würde prima zu meinem «Ich bin Single dick und arbeitslos»-Elend passen.

«Hanna, gut, dass ich dich endlich erreiche, ich habe dir schon dreimal auf die Mailbox gesprochen», entnehme ich dem Geschnaufe am anderen Ende der Leitung.

«Ich habe meine Nachrichten noch nicht abgehört», sage ich. Ich habe jetzt wirklich keine Lust auf Vorwürfe. Immerhin hat er mir schon gekündigt, was will er noch?

«Gut, dass ich dich endlich an der Strippe habe. Ich freue mich so! Hehe. Du musst unbedingt kommen. Du kannst dir nicht vorstellen, was für Reaktionen wir auf deinen Auftritt am Freitag hatten! Zuerst wollten wir es ja rausschneiden, aber dann haben wir es doch drin gelassen, wäre sonst im Schnitt schwierig gewesen. Glück im Unglück, so sagt man ja, hehe, denn bis heute haben uns 2500 Anrufe erreicht und Hunderte von Briefen.»

Gerhards Stimme überschlägt sich. Ich höre Jessica im Hintergrund beruhigend auf ihn einreden.

Er räuspert sich laut und fährt fort: «Kurz, die Zuschauer wollen dich. Sie fanden dich in der Sendung so authentisch. Unser Programmdirektor möchte dir jetzt ein kleines Format anbieten, so eine Art Ratgeber für Frauen. Deine Glaubwürdigkeit ist beim Publikum extrem hoch, wir haben gleich eine Marktforschung durchgeführt. Also, es wäre toll, wenn du in einer Stunde hier sein könntest!»

Dann macht es «klick», und Gerhard hat aufgelegt. Verdutzt schaue ich auf das Display meines Handys. Dann gehe ich in das Menü «Anruflisten» und rufe den letzten eingegangenen Anruf auf. Schließlich flüchten sich viele Menschen in Krisensituationen in Traumwelten. Wer weiß, vielleicht bin ich auch nicht mehr ganz zurechnungsfähig, und ich blamiere mich bis auf die Knochen, wenn ich jetzt in den Sender fahre und dort zu einer «Besprechung» aufkreuze. Aber da steht die Nummer, schwarz auf grün. Es ist sogar Gerhards Direktdurchwahl. Normalerweise schaltet sich immer erst sein Sekretariat oder irgendeine Vanessa, Jacqueline oder Alexa dazwischen. Fast gelähmt gehe ich zu Karina und erkläre ihr die Situation. Sie begreift die Lage weit schneller als ich.

«Klar gehst du dort hin. Das ist *die* Chance, diesen Pappnasen zu zeigen, was du drauf hast! David, rufst du bitte Hanna sofort ein Taxi?», sagt sie.

Ihre Stimme klingt bestimmt wie immer, aber mir entgeht nicht der ungewohnt sanfte Unterton, der den letzten Satz umschmeichelt wie ein Seidenkleid die Hüften. Bevor ich nach draußen zum Wagen springe, ziehe ich meine Freundin kurz zur Seite.

«Hör mal, Süße, du kannst zwar dir selbst etwas vormachen, aber deiner besten Freundin schon lange nicht mehr. Der Junge ist toll. Also schnapp ihn dir!», sage ich und klopfe ihr auf die Schulter.

Bevor Karina die Große mir widersprechen kann, düse ich zur Tür hinaus und flüchte in Richtung Verlagshaus. Im Taxi holt mich die Realität wieder ein. Sie ist immer noch nicht realistisch genug, um sie zu glauben. Ich weiß gar nicht, wie mir geschieht. Gerade noch war ich eine arbeitslose Redakteurin, die sich von ihrem Freund getrennt hat, und jetzt soll ich der neue Star im Tagesprogramm werden? Ich glaube es nicht.

«Wir dachten da an eine wöchentliche Rubrik im Mittagsmagazin», sagt Gerhard. Er und ein weiterer Mann, der sein Zwilling sein könnte, sitzen vor mir und grinsen, als hätten sie gerade exklusiv herausgefunden, dass es das Christkind tatsächlich gibt.

«Das ist so, als würden wir dir den roten Teppich ausrollen, das ist dir schon klar, oder? 30 Prozent Marktanteil hat die Sendung, die wir dir anbieten, jeden Tag. Das ist wie ein bequemes Himmelbett für eine Newcomerin wie dich! Du sollst eine knackige Kolumne machen, authentisch, witzig, frech.» Der Typ, wie heißt er eigentlich, komisch, er hat sich mir gar nicht vorgestellt, wippt auf seinem Sessel hin und her, um seine Worte zu unterstützen.

«Ist das nicht supi, Hanna?», unterbricht ihn Gerhard, «ich wollte dich ja sowieso anrufen, schließlich war meine Reaktion am vergangenen Freitag ein bisschen übertrieben. Aber du verstehst das doch, nicht wahr. Das TV-Business ist nun mal hart. Klipp-klapp, heute dran, morgen ab!» Er greift im nächsten Moment nach meiner Hand. Ich bin zu überrascht, um sie rechtzeitig wegzuziehen. Jetzt tätschelt er nervös auf ihr herum, während der Namenlose weiterredet. Er scheint direkt von den Gorillas abzustammen, denn er hat nicht nur extrem buschige Augenbrauen, sondern offenbar auch ein üppiges Fell am Rest seines Körpers, etwas davon lugt aus dem Hemdkragen. Nur das Haupthaar ist vorzeitig ausgefallen, genau wie bei Gerhard. Vielleicht sollte er sein prächtiges Rückenfell einfach nach oben bürsten? Ich muss unfreiwillig grinsen. Warum stecken wir Frauen Unmengen an Zeit in die tägliche Entfernung unserer Körperbehaarung, wenn man mit der anderen Hälfte der männlichen Erdbevölkerung locker «Gorillas im Nebel» nachdrehen könnte, ganz ohne Kostümbildner? Auch Klaus hat sich an den Wochenenden geweigert, sich zu rasieren. «Ich muss das schon an den Wochentagen tun, gönn mir auch mal eine Pause», hat er immer gesagt. Dass mein Gesicht durch die Bartstoppeln völlig wund geschubbert wurde, hat ihn nicht gestört. Vielleicht sollte ich dieses Thema in meiner ersten Kolumne behandeln.

«Du würdest unter der Woche ganz normal als Redakteurin arbeiten und dann ganz smooth zwischendurch deine Sache aufzeichnen», sagt der namenlose Gorilla jetzt.

Smooth? Meint er damit cool? Ist das Gorilla-Dialekt?

Gerhard greift nach seiner Kaffeetasse, und ich nutze die Gelegenheit, meine Hand aus seinen Klauen zu befreien.

«Wann soll ich denn anfangen?», frage ich.

«Wir dachten, wir machen heute Nachmittag ein kleines Shooting für die Presse, die Bilder gehen dann gleich morgen an alle aktuellen Blätter raus, und Montag ist dann dein erster großer Auftritt», sagt Gerhard.

«Das geht aber extrem schnell», wende ich ein, «ich dachte, wir machen erst mal eine Pilotsendung und Marktforschungen in der werberelevanten Zielgruppe. So läuft das doch sonst immer.» Ich versuche meine Aufregung zu unterdrücken, spüre aber, wie ich innerlich jubele. Wahnsinn. Nächste Woche habe ich meine eigene Sendung! Dafür müssen andere jahrelang in kurzen Röckchen das Wetter vorlesen.

«Papperlapapp! Wir machen das hier und sofort. Hanna, du bist die Moderatorin der Zukunft. Greifbar, zuschauernah, echt!», bügelt mich der Gorilla ab.

«Oh, ich weiß jetzt gar nicht, was ich sagen soll», stammle ich.

«Na, dann hoffen wir mal, dass dir das nicht vor der Kamera passiert. Hehehe ...» Gerhard klopft dem Namenlosen auf die vermutlich wolligen Schultern, die er zum Glück mit einem Hemd bedeckt hat.

«So, ich gehe dann mal wieder. Muss noch meinen Flieger kriegen, nach Bordeaux, da wird gerade der französische Fernsehoscar verliehen», sagt Monsieur Gorilla, steht ächzend auf und nickt mir nochmal aufmunternd zu, bevor er durch Gerhards Bürotür verschwindet. Ich stehe ebenfalls auf und schaue Gerhard etwas ratlos an.

«Also, der Fotograf kommt gegen zwei Uhr, bis dahin solltest du fertig sein», sagt er, «sprich doch gleich mal mit Kevin dein Outfit ab. Knackig, sexy, authentisch, du weißt schon.» Er fährt schon wieder seine Pranke aus, doch diesmal bin ich schneller und weiche rechtzeitig aus.

Ich eile zum Fundus, an den Weg kann ich mich trotz des harten Schlags auf den Kopf noch erinnern. Kevin erwartet mich bereits und hat sogar schon einige Klamotten bereitgelegt. Leider hat auf ihnen bereits Stinkehündchen Twiggy Platz genommen. Als Kevin mich sieht, winkt er mir fröhlich zu und versucht Twiggy von dem Stapel zu verscheuchen.

«Twiggerella, Putzimausi, hopp ... hopp, gehst du bitte zur Seite? Papi muss jetzt ein bisschen arbeiten», flötet er.

Ausnahmsweise gehorcht das Köterchen, und ich hoffe inständig, dass es seine Verdauungsprobleme nicht an meinen Outfits ausgelassen hat.

«So, Schätzchen, nun schauen wir mal, was wir so aus dir zaubern können. Nun ja, hm, also, ich schätze mal, du möchtest, dass wir deine Hüften ein wenig kaschieren. Auch wenn die Produktion will, dass du möglichst authentisch wirkst.» Beim Wort authentisch malt er mit seinen Fingern Gänsefüßchen in die Luft. Er ist diesmal wirklich deutlich freundlicher zu mir. Also lasse ich mich erneut auf das diskriminierende An- und Ausziehspielchen mit ihm ein.

«Welche Größe warst du nochmal? Untenrum eine 42, oder? Hach Gottchen, das ist ja so gar keine Größe für Pressemodelle. Kleiner machen geht ja immer, aber größer ... Gertrude, kommst du mal?»

Kevin winkt seiner mageren Assistentin zu, die mal wieder auf irgendeiner Leiter herumbaumelt. Offenbar leiden alle in dem Geschäft am Karl-Lagerfeld-Syndrom, denn Gertrude ist so dünn, dass sie ein Schnupfenvirus wahrscheinlich das Leben kosten würde.

«Kannst du mir mal den grünen Rock bringen, den Vera neulich anhatte? Und die Shorts von Andrea, ja?», ruft er.

Er mustert mich erneut von oben bis unten und sagt dann gütig: «Wir kriegen das schon hin, schließlich brauche auch ich ab und zu mal eine Herausforderung!» Dann sagt er, an seine Assistentin gewandt:

«Gertrude, ich brauche dringend einen Espresso. Magst du auch was?», fragt er mich.

Eigentlich hätte ich Riesenappetit auf ein Stück Schokoladentorte, aber das verkneife ich mir lieber. Schließlich will ich ihn nicht provozieren. Der Typ scheint ohnehin am Rande eines Nervenzusammenbruchs zu stehen.

«Ich könnte ja einen Pulli um meine Hüften ...», versuche ich, komme aber nicht weiter, da mich Kevin mit einem spitzen Schrei unterbricht, als habe er gerade eine haarige Riesenspinne auf meiner Schulter entdeckt.

«Kindchen, bitte!», kreischt er und wedelt abwehrend mit den knochigen Händen, «keine Hausfrauentricks mit Strick und Schick! Pullover um die Hüften betonen eher, als dass sie kaschieren. Wir wollen dich doch schöner machen, Herzchen, du liest zu viel das Grüne Blatt.»

Er schüttelt so entgeistert den Kopf, als hätte ich ihm gerade erzählt, ich wolle Osama Bin Laden heiraten. Zum Glück kommt Gertrude mit dem Espresso.

Zwei Stunden später sitze ich dann endlich auf dem Stuhl im Maskenraum, wo mir Jasmin, die sonst auch Cordula schminkt, die Haare toupiert.

«Meinst du wirklich, das muss so?», frage ich etwas verunsichert.

«Jetzt warte doch erstmal ab, Hanna, ich bin doch noch gar nicht fertig!» Jasmin kämmt genervt weiter an meinen Haaren herum. Ich fürchte, nach dieser Prozedur sieht mein Kopf aus wie ein riesenhafter Wattebausch.

«Lass mich nur machen!», sagt sie. Jetzt sind die Augen dran. Sie tunkt den Pinsel in Töpfchen mit schwarzer und lila Farbe. «Das gibt dir ein bisschen Ausdruck», erklärt sie. Ich bekomme es langsam mit der Angst zu tun. Sicher, Jasmin gibt sich redlich Mühe. Aber leider ist weniger oft mehr. Das sagt meine Großmutter auch immer, und sie hat nun mal meistens recht. Wenn Jasmin nicht bald aufhört, mein Gesicht zu verunstalten, muss ich wohl härter durchgreifen. Zur Not eben auch mit körperlicher Gewalt. So weit kommt es aber zum Glück nicht, weil Jessica just in diesem Moment neugierig in die Maske hineinspäht und mich und mein Gesicht vor dem Supergau rettet.

«Hör mal, Jasminchen, wir wollen Hanna doch nachher noch wiedererkennen», sagt Jessica fröhlich, «mach ihr mal das Zeugs von den Augen runter. Wir sind hier ja nicht bei Grufti-TV. Und die Haare will Gerhard bei ihr lieber glatt, nicht so aufgetufft.»

«Gerhard, ja? Hat der Kerl mal selbst in den Spiegel geschaut? Der Typ hat doch von Make-up keine Ahnung. Außerdem hat er doch selbst kaum noch Haare. Ich mache hier

Kunst!» Jasmin ist sichtlich beleidigt. Ihre Nasenflügel beben bedrohlich, als sie mir grob den Lidschatten wieder von den Augen wischt. Ich versuche ein nicht übermäßig erleichtertes Gesicht zu machen und setze Jessica insgeheim auf meine Weihnachtsgeschenke-Liste.

«So, können wir dann? Sergio wartet schon ganz ungeduldig!», sagt Jessica und klatscht in die Hände. Sergio ist der Fotograf des Senders und hat schon alle Stars vor der Linse gehabt. Angeblich hat er sogar die Hochzeitsfotos von Tom Cruise und Katie Holmes schießen dürfen. An seiner Tür prangt ein Riesenplakat von Angelina Jolie inklusive persönlicher Widmung. «Dear Sergio, it was a pleasure ...», steht darauf. Sergios «i» ist mit einem Herzchen verziert. Das Bild ist wirklich traumhaft schön. Es zeigt Angelina in den Zeiten, bevor sie anfing, exotische Kinder aus aller Welt zu sammeln. Wieso werden die meisten Stars eigentlich irgendwann so merkwürdig? Tom Cruise ist vom Hollywoodschauspieler zum Wanderprediger mutiert, und von mindestens einer Hand voll anderer Stars kennen wir alle Sexualpraktiken, weil man sie sich auf DVD in der Videothek ausleihen kann.

Schüchtern betrete ich das Studio. Sicher denkt Sergio, ich bin so eine Dahergelaufene, die nichts kann. Ich werde ihm fest in die Augen schauen. Er soll merken, dass ich auch was im Kopf habe. Leider sehe ich sofort, als Sergio auftaucht, dass ich hier keine Chance auf einen Blickkontakt habe. Die Bezeichnung «Silberblick» ist untertrieben für das, was Sergio den Optikern dieser Welt bietet. Der Mann schielt so stark, dass er wahrscheinlich sogar sehen kann, was sich hinter seinem Rücken abspielt, ohne sich umdrehen zu müssen.

«Du bisch also die dolle Hanna», sagt er zur Begrüßung freundlich.

«Äh, toll, weiß ich nicht, aber Hanna stimmt», antworte ich

schüchtern wie ein kleines Mädchen. Weil ich nicht weiß, in welches Auge ich schauen soll, blicke ich zu Boden.

«Mir mached ein baar schöne Bressebilder. Hascht du vorher scho mal brofessionelle Fotos gmacht?», fragt er.

Was für eine Frage. Für wen hält der mich? Linda Evangelista?

«Äh, nein. Habe ich nicht», antworte ich.

«Desch mached nix, wir krieng descho hin. Schau einfach immer in mei Kamera und mach des, wasch ich dir sag», erklärt er.

Wenigstens muss ich dir dabei nicht in die Augen schauen, denke ich und gehe zu der Stelle, die er mir zeigt. Sergios Assistent hält ein komisches Teil vor mein Gesicht. «Belichtungsmesser», nuschelt er, und es blitzt grell auf.

«Ich ... ich war noch gar nicht so weit», stammele ich. Langsam brauche ich auch einen Assistenten, der mir hilft, in meiner neuen Welt klarzukommen. Ein Schülerlotse täte es für den Anfang auch.

«Das war ja jetzt auch noch kein Foto, Dummerchen. Da musst du nicht erschrecken», sagt er.

Ich komme mir vor wie der letzte Trottel. Meine Hose kneift, und ich zupfe an meinen Haaren herum.

«Lass das!» Jasmin, Sergios Assistentin fürs Make-up, trippelt hektisch zu mir und kämmt eifrig ein paar Strähnchen zurecht.

«Könne ma?», fragt der Maestro.

«Moment, ich muss noch kurz pudern!», sagt Jasmin und streicht mit einem Pinsel über meine Stirn. Dann springt sie beiseite und ruft:

«So, fertig!»

«Nun stell dich mal a weng schräg, ja so!», kommandiert Sergio.

«Klick, fimpfff, zing», macht die Kamera.

«Mehr linngs, ja, a weng mehr, halt schtopp, jetzt wieda etwas mehr rechts.»

Ich versuche meinen Bauch einzuziehen und bewege die Mundwinkel nach oben.

«Hanna, etwas grader den Rüggn, so ists gut! Beug dich mehr vor, gut, ja ... entspann dein Schtirn! Die Auge nich so kneiwe.»

Mein linker Arm fängt an zu kribbeln, aber ich traue mich nicht, ihn zu bewegen.

«Augen weider auf, wenn ich abdrügge, so, jetzadle!»

Klick, fimpfff, zing.

«Jetzt zeig mal etwas mehr von dir, mach mich a weng an, nein, ned so, als würdsch du mich aufesse wolle. Schau mal eroodisch!»

Klick, fimpfff, zing.

«Erooodisch! Beug dich weida vor, ja, Bruscht raus, geh ein bissle ins Hohlkreuz, du bisch die Schönste, alle wollen dich, aj, Hanna, desch isses!»

Gefühlte tausend Klicks und Zings später unterbricht Sergio, um das Objektiv zu wechseln.

«Mir mached jetzt noch ein paar Nahe, dann sind wa durch. Wir baued schnell 's Licht um», erklärt der Meister.

Die Tür geht auf, und Cordula steckt ihren geföhnten Schädel ins Studio. Sie trippelt auf Sergio zu und umarmt ihn zärtlich, als hätten sie nach wochenlanger Abwesenheit wieder zueinandergefunden.

«Sergio, Schätzchen, wie geht es dir?», zwitschert sie.

«Cordy, doll siesch wieder aus. Hab dich neulich auf dem Cover von ‹Solo› gsehe, war desch aus der Fodoserie, die wo wir zusamme gmacht habe?»

«Natürlich, Darling, du schaffst es doch immer noch am

besten, mich zu inszenieren!», flötet sie, «bleibt's beim Shooting nächste Woche für ‹Jetzt und hier›?»

Jasmin stellt sich zu den beiden und wird ebenfalls abgeknutscht.

«Ich habed nix andresch ghört! Und meine Jasmin macht desch Make-up. Da kann ja nix schiefgehe.»

«Guti, dann bis nächste Woche! Ich muss wieder los!», singt Cordula.

«Tschaui, Schatz!»

Cordula will gerade gehen, als sie mich wahrnimmt und kurz innehält.

«Hallo, Anja! Na? Läuft alles?», fragt sie.

Wow, sie sieht mich! Sie sieht mich wirklich!

«Da hat Jasmin aber ein wahres Meisterwerk hingelegt!», fährt sie fort, «na, dann, viel Spaß noch. Sergio ist wirklich der Beste! Ich muss jetzt, wir drehen gleich noch was für eine andere Sendung. Ich bin ja so was von im Stress. Ich weiß gar nicht, wann ich das letzte Mal in meiner Wohnung geschlafen habe! Ach ja, sag deinem Freund schöne Grüße von mir.» Sie gluckst selbstgefällig. Bevor ich ihr die Augen auskratzen kann, macht sie auf dem Absatz kehrt und verlässt – klick-klick-klack-klack – trippelnd den Raum. So was von abgebrüht. Anderen Frauen den Freund ausspannen und damit noch hausieren gehen! Ich ringe um Fassung und atme tief durch.

Sergio begutachtet den Umbau seines Assistenten und schraubt an seiner Kamera herum.

«Jasmin, kannscht du nochmal gugge?» Jasmin tritt zu mir und inspiziert meine Nase.

«Alles noch gut, Sergio!», ruft sie und reckt den Daumen in die Höhe.

«So, dann schau nochmal sexy, die Zeitungen drugge keine Trauerbilder, Mädel.»

Ich versuche meine Lippen zu schürzen und beuge mich wieder etwas nach vorne. Morgen werde ich Muskelkater haben vom vielen Posieren. Kein Wunder, dass die Models alle so schlank sind. Ein, zwei Shootings die Woche, und man spart sich das Fitnessstudio.

«Kinn etwasch tiefer, Augen schön weit auf. Nicht zu weit. So. Danke, desch warsch! Alles im Kaschten!»

Die gesamte Crew applaudiert, und ich bin schon wieder verwirrt. Meinen die jetzt mich oder beklatschen sie sich selbst? Zur Sicherheit mache ich einen kleinen Knicks und klatsche dann auch mit. Dann meldet sich meine Blase, also laufe ich schnell um die Ecke auf die Toilette. Eine von den beiden Kabinen ist noch frei, also gehe ich schnell hinein und schließe die Tür hinter mir ab. Neben mir scheint jemand was Falsches gegessen zu haben, ich höre deutlich, wie sie sich übergibt. Ist ja eklig. Ich esse heute besser nichts aus der Kantine.

Als ich am Waschbecken stehe, um mir die Hände zu waschen, tritt Cordula aus der Kabine. Sie ist kalkweiß im Gesicht.

Ich verkneife mir jede Bemerkung und trete zur Seite, um sie ans Becken zu lassen. Sie spült ihren Mund mit Wasser aus und schnäuzt sich die Nase.

«Ach, du schon wieder!», sagt sie, als sie mich sieht. Sie scheint sich ertappt zu fühlen. Da stimmt doch was nicht!

Als sie schon an der Tür ist, dreht sie sich noch einmal um und sagt:

«Ach ja, bevor ich's vergesse. Dein Freund Klaus ist ja ein ganz ein Lieber. Grüß ihn mal ganz herzlich von mir. Ich habe unseren Abend wirklich sehr genossen.»

Dann fällt die Tür hinter ihr zu. Ihre hektischen Trippelschritte verhallen. Ich fühle mich plötzlich ganz schwach und muss mich am Waschbecken festhalten.

Diese gemeine blöde Schlampe! Schon wieder trampelt sie auf meinen Gefühlen herum! Nicht genug damit, dass sie meinen Klaus verführt hat, sie besitzt auch noch die Dreistigkeit, es mir mehrfach unter die Nase zu reiben! Dabei vermisse ich ihn so! Dass Klaus aber auch auf so eine reinfällt! Da glaubt man, jemanden zu kennen, und dann erwischt es einen eines Tages eiskalt.

Aber morgen ist mein Bild in der Zeitung. Dann wird er es bereuen, mich verlassen zu haben! Na gut, eigentlich bin ja ich ausgezogen, aber doch nur, weil er mir so weh getan hat! Aber ich werde schon über ihn hinwegkommen. Bei Sascha habe ich es schließlich auch geschafft.

Ich sehe schon die Schlagzeilen vor mir: «Die erfolgreiche Moderatorin Hanna Rückad: Als der Erfolg kam, ging der Freund!» Millionen von Frauen werden auf meiner Seite sein. Der wird sich noch wundern!

Zwanzig

Großmutter sagt immer, kleine Geschenke erhalten die Freundschaft. Also habe ich nach meinem unerwarteten Karriereschub gestern nicht für Oma gekocht, sondern sie stattdessen als Dank zum Essen eingeladen. Heute habe ich beschlossen, meine Spendierhosen gleich anzubehalten und Jessica heute Abend einen Drink auszugeben. Sie sichtet gerade Bewerbungsvideos für unsere für den Herbst geplante Sondersendung «Das Glück dieser Erde» und macht einen ziemlich gestressten Eindruck. Gerade stellen sich drei lesbische als Indianerinnen verkleidete Pferdefreundinnen vor, die sich auf Westernreiten spezialisiert haben. Die nächste Nummer ist ein Pferdezüchter aus Niederbayern, den man aber auch nicht einladen kann, weil er einen komplett unverständlichen Dialekt spricht. Vielleicht sollte Jessicas Gatte Reini einfach mal in seinem Volkshochschulkurs für afrikanische Fruchtbarkeitstänze nachfragen. Seit unserem trauten Pärchenabend haben Jessica und ich nicht mehr als ein paar Sätze miteinander gesprochen. Da ich aber auf keinen Fall will, dass ein knochenbehangenes Baströckchen zwischen uns steht, wage ich mich einen Schritt nach vorne. Man kann sich schließlich seine Ehepartner nicht aussuchen. Wenigstens kann man bei Jessicas Mann sicher sein, dass er garantiert in der Wohnung bleibt, während sie ausgeht.

«Hör mal, Jessica», beginne ich, «wollen wir heute abend weggehen? Ich lade dich ein.»

«Das ist 'ne Spitzenidee! Ein Freund von mir hat gerade eine tolle Strandbar direkt am Wasser aufgemacht, da musst du unbedingt hin, der absolute Wahnsinn!», antwortet sie begeistert.

Volltreffer! Jessica läuft aufgeregt auf und ab, als könne sie dadurch den Arbeitstag beschleunigen, damit schneller Dienstschluss ist. Leider ist für heute Abend noch eine Besprechung angesetzt. Da ich für die kommende Sendung nicht zuständig bin, muss ich daran nicht teilnehmen. Ich habe also ausreichend Zeit, Karina und Margot ebenfalls zu unserem kleinen Afterwork-Cocktail einzuladen. Es ist zwar immer ein Risiko, wenn man Arbeit und Privatleben vermischt, denn die Kollegen erfahren so viel mehr von einem selbst, als einem lieb ist. Aber mittlerweile habe ich die kleine hyperaktive Jessica in mein Herz geschlossen. Immerhin hat sie mich etwa zehn Mal versucht zu erreichen, während ich mich in mein Schneckenhaus bzw. bei Oma verkrochen hatte. Leider ist Karina mal wieder auf dem Anti-David-Trip. Statt sich ihm hinzugeben und glücklich zu werden, verabredet sie sich nach wie vor mit anderen Männern. Heute Abend wird sie zum Beispiel liebevoll bekocht, Candle Light und Dessert inklusive. David hin oder her, es scheint, als müsse Karina ständig darauf achten, dass ihr Serotoninspiegel nicht abfällt. Die «Frisch-verliebt-sein-Droge» ist aber auch zu schön! Die meisten unangenehmen Informationen über den Partner sind noch verborgen, und man kann sich wunderbar von einer Wolke aus rosafarbener Watte tragen lasse. Und beim Sex schafft man es kaum, während der Ruhepausen Nahrung zu sich zu nehmen. Was sich wiederum günstig auf die Figur auswirkt. Vielleicht ist das ja Karinas Schönheitsgeheimnis. Neulich habe ich sie und einen ihrer männlichen Begleiter an der Tankstelle getroffen, als ich mir eine Tageszeitung mit den aktuellen Stellenanzeigen besorgen wollte. Offenbar wird man sogar bei permanentem Dauerknutschen mit ausreichend Sauerstoff versorgt. Zumindest machten die beiden einen recht gesunden Eindruck mit ihren rosigen Wangen. Zwei Töpfe Eis haben sie gekauft, ich möchte gar nicht so genau wissen, was sie damit gemacht haben.

Bleibt also noch Margot. Bei der habe ich Glück, denn sie hat nicht nur Zeit, sondern auch einen Babysitter.

Bis zu unserem Mädelstreffen bleibt mir noch eine Stunde Zeit. Zu wenig, um nochmal zu Oma zu fahren. Zu viel, um sie mit Blättern durch Frauenzeitschriften zu vergeuden. Die berichten in letzter Zeit sowieso immer nur über Cordulas Traumbody und ihren Stress mit dem männlichen Geschlecht. «Männer sehen in mir immer nur das Püppchen ...», beschwert sie sich auf der Titelseite der «Bettina». Manchmal liegen Männer doch gar nicht so falsch.

Ich fahre runter ins Parterre, um ein kleines Schwätzchen mit Josef Meier zu halten. Der Gute hat mir heute Morgen sogar ein paar Blümchen überreicht, als ich ins Verlagsgebäude gestürmt bin. Wie immer hockt er vor seinem TV-Gerät.

«Tooooor!», brüllt er jetzt begeistert auf. Offenbar hat seine Mannschaft gerade gewonnen, denn jetzt wendet er sich mir ganz zu, und das können Männer bekanntlich nur dann, wenn es keine anderen Frauen, kein Bier und keinen Fußball gibt.

Um ehrlich zu sein, würde ich auch gerne mehr Fußball gucken, aber das Angebot an attraktivem Frischfleisch ist mir in letzter Zeit zu schlecht. Der Einzige, der mir gefällt, ist Mirko Slomka, so ein grauhaariger Fußballtrainer. Seinen Verein habe ich leider gerade vergessen. Er wirkt allerdings nur, wenn er von schräg oben aufgenommen wird. Sonst ist sein Riesenzinken im Weg, denn er schafft es nicht, gerade daran vorbeizuschauen. Deshalb hat er auch einen leichten Silberblick. Dieser Philipp Lahm ist ja ganz niedlich, aber noch nicht aus dem Stimmbruch raus, und die allgemein herrschende Ballack-Mania kann ich überhaupt nicht nachvollziehen. Dieser Dialekt! Ich habe mal einen ganzen Abend in einer Kneipe mit einem äußerst schnuckligen Exemplar ferngeflirtet, und als er sich endlich getraut hat, mir einen Drink zu spendieren, sagte er: «Nü, junge Fraö, Sie hamm jö gans hübschö Augn, doff ich Sie zü nem Goffee einlödn?» Das Thema hatte sich schneller erledigt, als er «Goffee» sagen gonnde. Entschuldigung, konnte.

Und dann dieser Oliver Kahn. Bei dem muss man doch als Frau ständig Angst haben, dass er einem das Ohr abbeißt. Das stoppt doch jede Hormonproduktion.

Einer der großen Vorzüge von Klaus war, dass wir beide nicht viel von Fußball gehalten haben. Nur zu Großereignissen wie der Weltmeisterschaft oder der EM haben wir geguckt, aber das tut dann ja jeder. Man unterstützt die deutsche Nationalmannschaft. Unsere Jungs. Denn gemeinsam sind wir stark.

Meier kommt jetzt aus seinem Pförtnerhäuschen und drückt mich an seinen Nikolausbart.

«Hanna Rückad, ich habe ja schon immer gewusst, dass du eine besondere Frau bist!», tönt er.

Ich finde es ja immer leicht befremdlich, wenn mich andere Menschen als «Frau» bezeichnen. Ich bin so an «Mädchen» gewöhnt. In diesem Fall aber schmeichelt es mir. Schließlich stehe ich neuerdings für Persönlichkeit und Stärke.

«Lass dich von denen bloß nicht verbiegen», fährt Meier fort, «Cordula war damals, als sie hier anfing, auch so eine Süße. Und dann kamen die ersten Artikel über sie und die Fanpost.»

«Ach, ja?» Ich kann mir wirklich nicht vorstellen, dass Cordula mal natürlich und normal gewesen sein soll. Menschen, die von Natur aus mit so viel Schönheit beschenkt wurden, schweben doch grundsätzlich ein paar Zentimeter über dem Boden.

«Ja, ja, glaub mir», nickt Meier eifrig, «jeden Tag hat sie mich freundlich gegrüßt, und immer gefragt, wie es Frau und Kindern geht. Genau wie du. Aber irgendwann war dafür dann keine Zeit mehr. Tja, viele verkraften den Ruhm nicht.»

Er schüttelt so kräftig seinen großen Kopf, dass sein Bart wie eine weiße Fahne hin und her weht.

«Hat denn Cordula keine Freunde, die sie auf dem Teppich halten?» Ich kann es immer noch nicht fassen und schwöre mir, nicht so zu werden wie sie und immer ganz normal zu bleiben.

«Freunde kann man nicht sagen. Sie hat nur irgendwelche

Fuzzis, die sie auf ihren Partys trifft und die sich gerne mit ihr schmücken.»

«Tragisch. Sicher ist sie sehr einsam», sage ich und mache ein betroffenes Gesicht. Insgeheim freue ich mich. Immerhin hat sich die doofe Nuss dreist an meinen Freund rangemacht.

«Herr Meier, ich verspreche Ihnen, ich werde Sie immer kennen. Jetzt muss ich aber los, ich bin nämlich mit meinen Freundinnen verabredet. Sehen Sie, ich rede noch mit denen.»

Wie aufs Stichwort kommt mir Jessica entgegen. Gut gelaunt pfeift sie vor sich hin, winkt Josef Meier zu und hakt sich dann bei mir unter.

«Meine Freundin Margot kommt auch noch ins ‹TukTuk›», sage ich ihr.

«Klasse, je mehr, desto lustiger!», antwortete sie. Jessica ist wirklich herrlich unkompliziert.

Meine ohnehin schon ausgezeichnete Laune steigt ins Unermessliche, als ich den Laden betrete. Überall ist Sand aufgeschüttet, und kleine bunte Lampions tauchen die Freiluftbar in ein romantisches Licht. Jessicas Bekannter, ein bulliger Typ mit Riesenafro und einem Nasenring wie ein Stier, führt uns zu einem der Tische direkt am Wasser. Woher sie den wohl schon wieder kennt?

«Hey, Jens, darf ich vorstellen, unsere neue Moderatorin Hanna», stellt sie mich vor.

Jens' Miene hellt sich auf, und er verschwindet hinter der Bar, um uns Minuten später ein paar Shots aufs Haus zu kredenzen. Margot ist inzwischen auch eingetroffen und bekommt ebenfalls ein gefriergekühltes Gläschen in die Hand gedrückt.

«Auf Hanna!», rufen meine beiden Freundinnen.

Unsere Gläser klirren hell gegeneinander. Ich könnte die ganze Welt umarmen! Barkeeper Jens legt mit ein paar Caipirinhas nach.

«Schau mal, Hanna, du hast schon deine ersten Verehrer», kichert Jessica und deutet auf zwei gutgebaute Typen etwa zwei Meter von uns entfernt. Der Dunkelhaarige prostet uns zu und reckt den Daumen in die Höhe.

«Vielleicht tut dir ein bisschen Ablenkung ganz gut!», flüstert Margot und rammt mir den Ellenbogen in die Seite, dass ich vor Schreck zusammenzucke und meinen Caipirinha quer über die Hosen kippe.

«Mensch, kannst du nicht aufpassen! Die Hose ist aus dem Fundus, die muss ich morgen wieder zurückgeben!», motze ich.

«Oh, Madame bedient sich jetzt schon aus dem Fundus. Sorry, tut mir echt leid. Ich helf dir, das Zeug auszuspülen», erwidert Margot.

Ich ignoriere ihren leicht säuerlichen Unterton. Jetzt geht es erst mal darum, die Hose zu retten. Kevin macht mich einen Kopf kürzer, wenn er dahinterkommt, dass ich Sender-Eigentum beschädigt habe.

«Lass mal, ich krieg das schon ohne dich hin, ist ja farblos», sage ich und mache mich auf in Richtung Klo.

Irgendwie habe ich das Gefühl, als starrten mich die Leute an. Vielleicht haben sie meinen Auftritt in der Show gesehen? Oder vielleicht bittet mich ja jemand um ein Autogramm. Wäre blöd, dann würden das weder Jessica noch Margot sehen können, hier im Gedränge.

«Entschuldigen Sie ...» Jemand klopft mir von hinten auf die Schulter. Ich drehe mich um und sehe ein Mädchen, 20 Jahre alt, das mich erwartungsvoll anschaut.

«Ja?» Jetzt kommt's. Ich werde sehr freundlich und gelassen sein. Für die Fans muss man sich immer Zeit nehmen.

«Darf ich Sie was fragen?» Sie scheint schüchtern zu sein. Wie niedlich. Da helfe ich ihr doch auf die Sprünge. «Ja, ich bin's!», sage ich.

Etwas überrascht zieht sie die Augenbrauen hoch. «Wie bitte? Ich wollte nur wissen, also, wissen Sie, wo hier die Toiletten sind?»

Wie peinlich.

«Äh ja, also, da wollte ich auch gerade hin. Da hinten.» Ich deute hastig in die entsprechende Richtung. Wie gut, dass es hier draußen schon dunkel ist und sie nicht sehen kann, wie mein Gesicht knallrot wird.

Wenigstens lässt sich der Caipirinha-Schaden mit ein paar Papiertüchern und dem elektrischen Handtrockner wieder beheben. Trockengelegt, kehre ich an unseren Tisch zurück.

«Herrje, Hanna, rate mal, wer hier ist!», flüstert Margot ganz aufgeregt.

«Wer denn? Der Kaiser von China?», frage ich übermütig zurück. Meine gute Laune ist wieder da, und die werde ich mir nicht mehr so schnell verderben lassen. Schließlich bin ich mit meinen Freundinnen hier, um einen ausgelassenen Abend zu verbringen. Ohne Männer, ohne Ärger, ohne Komplikationen.

Doch dann schaue ich in die Richtung, in die auch Margot guckt, und mein Magen krampft sich zusammen, weil just in dem Moment mein Herz hineinplumpst.

Da steht Klaus. Und neben ihm steht – keine Geringere als Cordula Reiss. Er sieht richtig gut aus in seinen dunkelblauen Jeans und dem braunen Jackett. Waren seine Schultern schon immer so breit? Gerade macht er sein besorgtes James-Dean-Gesicht und versucht, Cordula vorsichtig durch die Menge zu lotsen. Sie trägt ein hautenges Kleidchen in zartem Rosé, dazu passend golden und grün schimmernde Highheels, mit Strasssteinen besetzt. Wie gewohnt wirft sie ihr Köpfchen in den Nacken und zeigt beim Lachen ihre schneeweiß gebleichten Zähne. Ich greife zu meinem Glas, um den Rest der Caipirinha auf Ex hinunterzuspülen. Oder besser auf meinen Ex. Dann erwacht mein Sportsgeist.

«Na wartet, denen werde ich es zeigen!», sage ich grimmig und will aufspringen, um wie eine Furie auf die beiden schamlosen Betrüger loszuschnellen, doch Margot und Jessica halten mich geistesgegenwärtig zurück.

«Hanna, es ist sicher nicht so, wie du denkst», sagt Jessica.

«Ja, beruhig dich lieber erst mal. Gib dir doch keine Blöße. Dir geht es doch gut, du bist in Feierlaune. Du bist doch eindeutig in der besseren Position. Immerhin hast du ihn verlassen und nicht umgekehrt», sagt Margot.

«Ja, nur mit dem Unterschied, dass ich nicht den nächsten dahergelaufenen Gehirn-Einzeller vögle», gifte ich.

Ich lasse die beiden nicht aus den Augen. Sie wirken vertraut, so vertraut, wie man nur wirken kann, wenn man mehr vom anderen kennt als nur die Telefonnummer. Ob sie es mittlerweile auch in unserem gemeinsamen Bett machen? Mir wird alleine schon bei dem Gedanken schlecht.

«Gut, wenn ich die beiden nicht töten darf, dann möchte ich jetzt umgehend nach Hause», sage ich und muss die Tränen zurückhalten.

«Hanna, werd endlich erwachsen. Sich einigeln bringt doch gar nichts. Mal abgesehen davon werden sie uns sehen, wenn wir rausgehen. Sie stehen direkt zwischen Bar und Ausgang», sagt Margot und legt mir beruhigend die Hand auf den Arm.

Dann fährt sie im sanften Tonfall einer Psychotherapeutin fort: «Außerdem, wer sagt denn, dass da wirklich was läuft zwischen den beiden? Ich kenne Klaus nun genauso lange wie du, und ich könnte meinen Hintern verwetten, dass der Typ nicht fremdgeht.»

«Dann pass mal lieber gut auf deinen Hintern auf! Alle Kerle gehen doch fremd, wenn sich ihnen so eine Gelegenheit bietet!» Abfällig deute ich mit dem Kinn in Richtung Cordula und mache ein Gesicht, als hätte ich gerade in einen Pferdeapfel gebissen. Da fällt mir ein, dass Margot wirklich ein bisschen solidarischer sein könnte.

«Auf wessen Seite stehst du eigentlich?», fauche ich. Langsam geht mir das alles wirklich auf die Nerven.

«Auf deiner natürlich», sagt Margot ganz friedlich, «aber ich will einfach nicht, dass du eure Liebe wegen eines Missverständnisses über Bord wirfst. Vielleicht will Klaus Cordula auch einfach nur helfen. So schlimm, wie du sie immer beschreibst, scheint sie gar nicht zu sein. Guck mal, wie sie lacht, das sieht doch sehr sympathisch aus.»

«Ja, den Ton dazu kann man hier ja nicht hören.» Ich äffe lauthals Cordulas Kreischlachen nach, sodass eine Gruppe, die sich gerade an den Nebentisch setzen will, entsetzt zu mir schaut und sich doch lieber für einen anderen Platz entscheidet. Selber Schuld, sie verpassen was. Margot geht mir gerade richtig gegen den Strich. Immer sind alle super und toll, für alle hat sie Verständnis, außer für ihren Ex, den «Erzeuger» und für mich. Mit Jessica scheint sie sich auch ganz prächtig zu verstehen. Ein bisschen mehr Frauensolidarität wäre in meiner Situation schon angebracht, finde ich. Bisher galt in unserem engen Freundeskreis die Regel, dass Frauen, die besser aussehen als wir, mit Ausnahme von Karina natürlich, erst einmal Opfer unserer Stutenbissigkeit werden. Bis sie sich durch Nettigkeit bewähren.

«Jessica, nun sag doch auch mal was!» Ich werfe meiner

Lieblingskollegin einen flehenden Blick zu, doch offenbar hat die sich mit Miss Verständnis bereits verbündet, während ich auf dem Klo meine Hose gesäubert habe.

«Margot hat recht. Du solltest gerade jetzt Souveränität beweisen und Klaus zeigen, dass du über den Dingen stehst», sagt sie.

«Bitte, wenn ihr meint», schnaube ich beleidigt und stehe von meinem Stuhl auf. Leider bleibe ich mit meiner Handtasche an der Lehne hängen und ziehe ihn ein paar Meter hinter mir her, bis er mit einem lauten Rums zu Boden geht. Ich verliere ebenfalls das Gleichgewicht und falle auf ihn. Plötzlich sind sämtliche Blicke auf mich gerichtet, dummerweise auch die von Klaus und Cordula. Klaus' Miene wechselt von Neugier zu Erstaunen, als er mich erkennt. Beherzt läuft er auf mich zu und hilft mir auf.

«Hanna! Wie schön, dich zu sehen!» Er scheint sich wirklich zu freuen. Wie skrupellos. Dabei habe ich ihn quasi in flagranti erwischt!

«Du fehlst mir. Bitte, lass uns zusammensetzen und alles bereden», sagt er in flehendem Ton.

Am liebsten würde ich mich sofort an seinen Hals werfen. Jetzt, wo er direkt vor mir steht, merke ich, wie sehr ich ihn trotz allem immer noch liebe. Aber merke: Mistkerl bleibt Mistkerl. Und ich habe den Beweis seiner Schuld auch noch direkt vor der Nase! Ich werde das Spielfeld ganz sicher nicht noch einmal als gehörnte Ex-Freundin verlassen, so wie damals bei Sascha. Diesmal ziehe ich vorher die Reißleine.

«Ich fehle dir?», zische ich zurück. «Na ja, du hast meine Abwesenheit doch ganz gut genutzt.»

«Hanna, bitte. Cordula ist nicht der Mensch, für den du sie hältst. Sie ist wirklich nett und braucht dringend einen Freund zum Reden.»

Oje, Klaus, du reitest dich gerade immer tiefer in den Schlamassel hinein!

«Reden, natürlich. Das macht sie schließlich jeden Freitag zur besten Sendezeit», gifte ich. Langsam werde ich immer lauter. Dieser Mistkerl! Schließlich habe ich für Klaus Trent sausen lassen! Ich dämliche treue Kuh.

«Aber ich bekomme ab nächster Woche auch eine Sendung!», trumpfe ich auf. Eigentlich wollte ich Klaus ja erst nach meiner TV-Premiere einige ausgewählte Presseartikel zukommen lassen, aber jetzt kann er es genauso gut auch gleich wissen. Er scheint allerdings nicht sonderlich überrascht von meiner Neuigkeit.

«Ja, ich hab davon gehört. Cordula hat es mir erzählt. Das finde ich ganz toll, wirklich! Siehst du. Es wird doch noch alles gut!» Na toll, jetzt hat mir diese Schlange auch noch den Überraschungseffekt kaputt gemacht.

«Da du ja sowieso schon alles weißt, wünsche ich dir und deiner neuen Vorzeigepuppe noch einen schönen Abend. Oder besser gesagt ein schönes Leben», sage ich so zickig wie möglich.

Dann drehe ich mich hastig um, denn meine Unterlippe beginnt zu zittern. Ich schaffe es gerade noch rechtzeitig auf die Toilette und in eine der Kabinen, bevor mir die Tränen über die Wangen kullern. Ich lasse meinen Gefühlen freien Lauf und schnäuze beherzt eine halbe Toilettenrolle voll, bis unterdrückte Würgegeräusche an mein Ohr dringen. Da übergibt sich doch schon wieder jemand! Gestern erst Cordula und heute schon die Nächste! Da lobe ich mir doch die «Brigitte-Diät». Die muss man wenigstens nicht zweimal kauen. Leise beuge ich mich nach unten, um durch den Spalt zu sehen, und ich bin nicht überrascht, was meine verquollenen Augen zu sehen bekommen: golden und grün schimmernde Highheels mit Strassbesatz. Cordula! Schon wieder über der Kloschüssel! Ganz klar, was das bedeutet: Unser zartes Täubchen steckt sich regelmäßig den Finger in den Hals, um seine Traumfigur zu halten. Von nichts kommt eben nichts. Ich höre, wie sie die Klospülung drückt und zum Waschbecken klackert. Ich warte in meiner Kabine, bis sie durch die Tür verschwindet, dann erst verlasse ich mein Versteck. Ich fühle mich schon ganz erheitert. Die beste Aufmunterung in einer schlechten Stimmung ist es doch immer noch, wenn du merkst, dass es deinen Feinden noch schlechter geht als dir.

Ich bestelle mir noch einen Caipirinha bei Jens, extra stark, kehre zu meinen betreten dreinschauenden Freundinnen zurück und schaffe es, Klaus und Cordula für den Rest des Abends zu ignorieren. Die Stimmung bei uns dreien ist trotzdem getrübt. Die kleine Auseinandersetzung mit Margot liegt noch in der Luft. Selbst als Jessica, sie und ich vor den Lautsprechern aus voller Kehle Udo Jürgens' «Griechischer Wein» mitgrölen, bleibt die Atmosphäre ein bisschen angespannt. Dafür sind unsere Zungen inzwischen so schwer, dass wir selbst unsere eigenen Adressen nicht mehr deutlich aussprechen können. Der Taxifahrer findet trotzdem zur Wohnung meiner Großmutter. Ich schleiche mich unabgeschminkt in mein Gästebett. Wird langsam Zeit, dass ich mir eine neue Bleibe suche. Obwohl eigentlich Klaus ausziehen müsste, immerhin habe ich damals unser Traumappartement gefunden. Hui, der Boden schwankt aber jetzt. Ich stelle lieber schnell einen Fuß auf den Teppich, sonst falle ich noch aus dem Bettchen. Vielleicht rufe ich doch Trent an. Ich bin jetzt schließlich auch bald ein Star. Wir hätten gute Chancen, das neue Glamourpärchen der Gazetten zu werden. Hanna – ganz im Trent. Eine tolle Schlagzeile!

Einundzwanzig

Morgenstund hat Gold im Mund» – Großmutter ist ganz begeistert, dass sie mich so früh schon auf den Beinen sieht. Dabei würde ich alles dafür geben, noch ein paar Stunden, ach, was sag ich! – Tage im Bett zu verbringen. Heute ist meine Neugier allerdings stärker als mein Futter- und Schlafdrang, denn ich möchte möglichst schnell runter zum Kiosk, um die Zeitungen durchzublättern. Vielleicht ist ja schon ein Bild von mir darin. Morgen Mittag soll schon zum ersten Mal meine TV-Rubrik ausgestrahlt werden. Nur mit einem Bademantel bekleidet, schwirre ich die Treppen von Omas Mietshaus hinunter und eile zum Kiosk. Erschreckend, wie viele Menschen schon unterwegs sind in aller Herrgottsfrühe! Ich persönlich glaube ja, ganz ohne jede wissenschaftliche Untermauerung, dass übermäßig frühes Aufstehen dem Organismus auf Dauer mehr schadet als hilft. Erst neulich habe ich eine Studie über die sogenannten Schlafbeutler gelesen. Diese Tiere aus der Familie der Bilche können bis zu 367 Tage am Stück schlafen, wenn sie sich vorher reichlich Speck angefuttert haben. Wenn sie dann nach einem Jahr wieder aufwachen, wiegen sie nur noch die Hälfte. Wie praktisch! Ausgeruht und schlank im Schlaf. Perfekt! Ganz zu schweigen von der Nützlichkeit eines in den Körper integrierten Beutels. Die handelsüblichen Handtaschen sind doch meist gar nicht alltagstauglich. Daher möchte ich in meinem nächsten Leben bitte als Schlafbeutler wiedergeboren werden. Danke.

Klaus gehört ja eher zur Gattung der Frühaufsteher. Er versucht mich im Urlaub auch immer dazu zu bewegen, damit ich mit ihm den romantischen Sonnenaufgang beobachten kann. Als ob der sich groß von einem Sonnenuntergang unterscheidet, mal abgesehen davon, dass er auf der anderen Seite des Horizonts stattfindet.

Da bin ich! «Hanna Rückad ist das neue Gesicht im Mittagsmagazin.» Ach du grüne Neune, was ist das denn für ein Bild!? Da sehe ich ja aus wie ein schwangeres Nilpferd auf Speed! Schrecklich, wie ich die Augen aufreiße und den Mund merkwürdig verziehe. Peinlich, hoffentlich kauft die Zeitung niemand. Vorsorglich raffe ich sämtliche im Kiosk vorhandenen Exemplare zusammen und stelle mich an die Kasse.

Der Kioskbesitzer blickt mich etwas skeptisch an, schließlich kaufe ich 15 Mal die gleiche Zeitung. Das Gleiche mache ich nun in allen Läden im Umkreis meines aktuellen Wohnortes. Der Spaß kostet mich zwei Stunden, 300 Euro und ein paar missbilligende Blicke, denn ich trage nichts außer einem ausgewaschenen Bademantel und Frottee-Schluppen an den Füßen. Gratulation, Hanna, das hast du ja wieder prima hingekriegt. Ich werfe die Zeitungen des Grauens in einen Müllcontainer und gehe wieder hinauf zu Oma.

«Und? Hast du was gefunden?», fragt sie neugierig. «Ich habe mich schon gefragt, wo du so lange bleibst.»

«Nein, nichts drin gewesen. Wahrscheinlich bin ich denen zu unwichtig», zucke ich mit den Schultern. Ihrem Blick weiche ich aus. Aber Oma kennt mich viel zu gut, um mich nicht beim Flunkern zu erwischen, deshalb flitze ich ins Badezimmer, um mich für meinen Arbeitstag fertig zu machen.

Im Spiegel entdecke ich lauter grau-schwarze Flecken auf den Wangen. Na prima. Meine neue Nachbarschaft kennt mich nun nicht nur im Bademantel, sondern auch mit Druckerschwärze im Gesicht. Und keiner der Kioskverkäufer hat mich darauf aufmerksam gemacht! Das ist ja ein geradezu asoziales Viertel hier. Ich muss dringend eine neue Wohnung suchen.

Jessica holt mich mit ihrem alten Käfer ab. Wir zuckeln im Schneckentempo durch die Innenstadt, überall Staus. Es wäre wohl doch besser gewesen, die U-Bahn zu nehmen. Aber hinterher ist man immer schlauer.

«Du solltest dir langsam wirklich eine eigene Wohnung suchen, du redest schon wie deine eigene Großmutter!», sagt Jessica. Wenn sie wüsste, wie recht sie damit hat! Jessica muss beim Autofahren eine Brille tragen, und sie linst mich prüfend durch die Gläser an. Man kann die Fingerabdrücke darauf deutlich erkennen, und ich frage mich, was besser ist: eine verschmierte oder eine verschwommene Sicht. Trotzdem finden wir sofort einen Parkplatz und flitzen vorbei an Fußball-Meier hinauf in die Redaktion. «Morgen!» Jessica flötet provokativ freundlich einen Gruß in Richtung Vorzimmerdrachen, der diesen selbstverständlich ignoriert.

«Hanna, du sollst sofort runter ins Kostüm!» Thorsten hat sich wichtigtuerisch vor mir aufgebaut. Er soll den Dreh heute betreuen, was mir schon große Sorgen bereitet. Thorsten ist unter Stress ziemlich unerträglich, mal ganz abgesehen davon, dass sein Plastikpullover einen abgeschlossenen Raum binnen Sekunden in eine bestialisch stinkende Folterkammer verwandeln kann. Das kann nur Twiggy toppen.

«Ich dachte, ich ziehe das Zeug vom Fotoshooting an, das war doch nett?», schlage ich vor. Im selben Moment beiße ich mir auf die Zunge. Nett ist die kleine Schwester von schlimm. Aber ich habe keine Lust, erneut in Kevins Little Shop of Horrors einzutauchen.

«Ja, das hat mir auch gut gefallen», sagt Gerhard, der hinzugetreten ist und mir vertraulich einen Arm auf die Schulter legt. Ich zucke zusammen und gehe automatisch einen Schritt zur Seite. Leider bringt mich das in Thorstens Dunstkreis, was meinem Magen nicht bekommt. Wäre er nicht komplett leer, weil ich Zeitungen gekauft habe, statt zu frühstücken, würde sich sein Inhalt in genau diesem Moment auf unseren Redaktionsteppich ergießen. Ich muss sofort an Cordula und ihre Toilettenbesuche denken.

«Super Idee», pflichtet uns Thorsten eilfertig bei, «ich fand das Outfit auch toll. Dann können wir ja mal die Texte durchgehen, die du nachher vorträgst!»

«Texte? Ich dachte, ich mache das spontan, frank und frei von der Leber weg!», sage ich mit kaum verhohlenem Schrecken in der Stimme. Soll ich etwa die Texte von so jemandem wie Thorsten vortragen? Das will ich auf gar keinen Fall!

«Also, Thorsten, nichts gegen dich, aber du bist ein Mann und ich eine Frau!», wende ich ein. Gerade noch kann ich mir die Bemerkung verkneifen, dass sein einziger Kontakt zum weiblichen Geschlecht wahrscheinlich hier in der Redaktion stattfindet. Mit meinem neuen Moderatorinnen-Selbstbewusstsein schaue ich Gerhard und Thorsten herausfordernd an.

«Frauen sind viel komplizierter. Alleine die körperlichen Befindlichkeiten ...», fahre ich fort.

Die beiden verstehen rein gar nichts.

«Ja, und?», fragen sie wie aus einem Munde. Wahrscheinlich denken sie, die Pornos, die sie im Laufe ihres Lebens konsumiert haben, reichen, um sie ausreichend über die weibliche Anatomie aufzuklären. Kein Wunder, dass Gerhard seine Energie an sämtlichen Praktikantinnen auslassen muss.

«Aber, Frauen denken doch ganz anders als Männer ...», versuche ich es nochmal.

«Jetzt sieh dir die Texte doch erst einmal an, und dann sehen wir weiter. Wir müssen übrigens zügig loslegen, wir haben das Studio nur bis 11 Uhr», sagt Gerhard.

Auch das noch: Zeitdruck an meinem ersten Aufzeichnungstag. Und kein vernünftiger Mensch in Sicht, der mir helfen könnte!

«Dann geh doch erst mal in die Maske. Ich bringe dir dann alles ins Studio, O. k.?»

Thorsten bugsiert mich unsanft in Richtung Fahrstuhl. Ich versuche ihn abzuschütteln.

«Aber, kann nicht vielleicht Jessica ...?», frage ich.

Sie hat mich immerhin schon einmal elegant aus den Fängen von Puderperle Jasmin gerettet.

«Die hat heute einen Termin außer Haus. Ihr macht das schon, Thorsten und du», ruft Gerhard mir über die Schulter zu und verschwindet Richtung Redaktion.

Auf der Fahrt nach unten begutachte ich mein Gesicht im Spiegel. Ich sehe grauenerregend aus. Unter meinen Augen sind Schatten, in denen man Autos parken könnte, und meine Haut ist so grau und fahl wie recyceltes Toilettenpapier.

Deshalb tüncht mir Jasmin heute die doppelte Menge an Farbe auf das Gesicht. Diesmal ist keine Jessica da, die mich retten könnte. Alle vorsichtigen Einwände werden energisch mit dem Schwämmchen weggewischt. Käme in diesem Augenblick ein Wanderzirkus vorbei, sie würden mich vom Fleck weg engagieren. Ich fühle mich so gar nicht wohl. Das bin doch nicht ich, die da hinter geschätzten fünf Kilo Maskerade hervorlugt. Am liebsten würde ich Klaus anrufen und ihm mein Herz ausschütten. Ich vermisse ihn so! Unsere Gespräche, seine Umarmungen, seine Küsse ... die ganz besonders. Wenn Klaus mich küsst, wenn sich unsere Lippen berühren, dann ist das so, wie wenn zwei Puzzleteilchen zueinanderfinden. Wundervoll, dieses Kribbeln, dieses unbeschreibliche Gefühl, mal sanft, mal leidenschaftlich. Er hat sich seit dem Zwischenfall vorgestern im ‹TukTuk› nicht mehr bei mit gemeldet. Er liebt ja inzwischen eine andere.

«So, fertig!» Jasmin tritt einen Schritt zurück und betrachtet zufrieden ihr Werk. Dann entlässt sie mich in die Garderobe, wo ich mich in eine viel zu enge Hose und das passende Jackett quetsche. Dann gehe ich ins Studio. Auf dem Schreibtisch liegen neben einer Flasche Mineralwasser die Texte.

«Liebe Zuschauerinnen, kennen Sie das? Sie fühlen sich unwohl und wissen nicht, warum? Glauben Sie mir, so etwas ist halb so schlimm, auch diese Tage gehen vorbei …», lese ich entgeistert.

Der Typ hat eine Vollmeise. Was soll das denn werden? Binsenweisheiten für Anfänger? Ich blamiere mich doch bis auf die Knochen, wenn ich dieses Tagebuch eines menstruierenden Redakteurs in der Midlife-Crisis vortrage.

«Bist du dann so weit?», fragt Thorsten, der seinen Kopf in mein Zimmer steckt, um mich für die Aufzeichnung abzuholen. Ich räuspere mich und sage: «Thorsten, vielleicht können wir zusammen nochmal über die Texte gehen.»

«Also, Hanna, ich sag dir gleich, Gerhard hat das so abgesegnet, es wäre sicher nicht klug, da noch groß was zu ändern. Wir machen das jetzt erst mal so, und nach ein paar Folgen reden wir nochmal über den Stil», sagt er kategorisch.

«Nun, vielleicht darf ich es in meinen Worten sagen, ja?», bitte ich. Immerhin besteht die Hoffnung, dass Thorsten es gar nicht merkt, wenn ich seinen Schwachsinn nicht hundertprozentig im Wortlaut wiedergebe.

«Also, Gerhard fand es ganz toll, wie ich das formuliert habe. Wieso beschwerst du dich eigentlich? Andere warten jahrelang darauf, entdeckt zu werden, und nichts passiert. Dir wird doch gerade alles auf dem Silbertablett serviert!», meckert er.

Daher weht also der Wind. Er ist tatsächlich eifersüchtig auf meine 15 Minuten Ruhm! Will er es mir deshalb vermiesen? Je höher man steigt, desto mehr Leute sägen einem am Stuhl.

Dabei stehe ich doch allenfalls auf einem wackeligen Hocker! Es nützt alles nichts, ich muss jetzt ins Studio. Irgendein Assistent steckt mir das Mikrophon an mein Jackett, und ich stelle mich vor die Kamera.

«So, können wir dann?» ruft der Kameramann spürbar gelangweilt. «Ich laufe! Und bitte!»

Ich starre in die Linse und reiße meine Augen auf. Was sag ich denn jetzt bloß? Wie fange ich nur an? «Liebe Zuschauerinnen und Zuschauer.» Oder doch besser mit einem lockeren «Hallo»? Sei einfach nur du selbst, Hanna. Und tief atmen. Wenn das nur so einfach wäre, während eine Kamera und acht Augenpaare auf einen gerichtet sind. Eigentlich sind es nur sechs, denn der Ton-Assistent hat sich in eine Ecke verkrümelt und sortiert seine Kabel. Nur der Kameramann, Jasmin und Thorsten starren erwartungsvoll auf ihr Opfer, pardon, auf mich. Meine Kehle wird ganz trocken. Ich räuspere mich erst einmal.

«Könnte ich vielleicht einen Schluck Wasser haben?», krächze ich.

«Ja, warte, ich hol dir was.» Jasmin läuft raus und kommt kurze Zeit später mit etwas Sprudelwasser zurück. Ich nehme einen großen Schluck und bereue es noch in derselben Sekunde. Die Kohlensäure sinkt als große Blase meine Speiseröhre hinunter und arbeitet sich dann langsam wieder nach oben. Ich versuche, dagegen anzuschlucken, aber es hilft alles nichts. Das Zeug will raus.

«Ich ... entschuldigt bitte kurz», stottere ich, drehe mich kurz von der Kamera weg und versuche, möglichst geräuschlos Dampf abzulassen. Hat anscheinend keiner bemerkt. Sehr gut. Erleichtert stelle ich mich wieder in Position. Mein Blick begegnet dem des Ton-Assistenten, der sich gerade wegschmeißt vor Lachen.

«Scheiß Kohlensäure, wa?», lacht er. Klar, das Mikrophon. Ich werde rot. Dank der zentimeterdicken Schminke kann man das nicht sehen. Wenigstens ein Vorteil von Jasmins Stuckateurarbeit.

«So, nun mach aber mal hinne. Wir haben nicht ewig Zeit. Oder soll das hier ein Stummfilm werden?» Der Kameramann tippt genervt auf sein Objektiv und schaltet das Gerät wieder an. «Ich laufe. Und bitte!», kommandiert er.

Gerade hatte ich mir ein paar wunderbare Sätze zurechtgelegt, die ich zum Besten geben wollte. Geradezu Weltbewegendes. Nun ist wieder alles weg. Mein Gehirn spielt Karussell, ich muss an Suppenrezepte denken, sogar eine Rechenaufgabe aus meiner Abiturprüfung geht mir durch den Kopf.

«Ich ... hi ... ich bin ... ich kann das einfach nicht», flüstere ich, stürme aus dem Studio und laufe zum Aufzug. In voller Montur reiße ich die Tür zu Gerhards Büro auf und erwische ihn, wie er gerade mit Vanessa knutscht, unserer neuen Praktikantin. Die beiden schießen auseinander, sie schaut verlegen zum Fenster hinaus, er knurrt mich böse an.

«Was?», brüllt er, sodass es wahrscheinlich das ganze Haus hören kann.

«Ich will das alles nicht. Ich habe keine Lust, vor der Kamera zu stehen, ich bin dafür einfach nicht gemacht ... ich ... ich will meinen alten Job zurück und für die Talkshow arbeiten. Bitte, sei mir nicht böse», bricht es aus mir heraus.

Je länger ich rede, desto sicherer bin ich mir, dass ich gerade die richtige Entscheidung getroffen habe. Eigentlich treffe ich sie genau in den Sekunden, in denen die Worte aus meinem Mund kommen. Als alles raus ist, fühle ich mich, als sei eine Zentnerlast von mir genommen. Nur Gerhard starrt mich an, als hätte ich ihm gerade stichhaltige Beweise für Leben auf dem Mars geliefert.

«Du verzichtest freiwillig auf mehr Geld und darauf, berühmt zu sein? Aber die Zuschauer lieben dich!», sagt er langsam.

«Ja, das schmeichelt mir, aber ich glaube, sie werden auch ohne mich weiterleben können. Dies waren meine 15 Minuten Ruhm. Mehr brauche ich nicht. Leute wie Cordula gehören vor die Kamera, ich gehöre dahinter! Sieh dir doch nur meine Hosen an, viel zu eng!» Ich schaue verzweifelt an mir herunter.

Bevor ich jetzt noch etwas über Cordulas Talent zum Auswendiglernen zum Besten gebe, halte ich lieber den Mund. Ich sollte hier nicht über Gerhards und Klaus' fleischgewordenes Frauenideal herziehen. Aber ich habe auch wirklich nicht das Bedürfnis, «Cordy Nummer zwei» zu werden, wenn auch mit einem wesentlich breiteren Becken. Wahrscheinlich müsste ich mir früher oder später Lippen und Brüste künstlich aufblasen und mein Gehirn operativ entfernen lassen. Keine besonders verlockende Vorstellung.

Gerhard schaut mich verwundert an und mustert meine Hose, die sich bedrohlich über meinen Oberschenkeln spannt. Dann sagt er nachdenklich: «Vielleicht hast du recht. Obwohl ich davon überzeugt bin: Solche Leute wie du, die sind die Zukunft des Fernsehens.»

Genau in diesem Moment platzt Thorsten ins Büro. Er ist völlig aufgelöst und schwitzt noch mehr als sonst.

«Gerhard, ich muss dir was beichten, also die Produktion mit Hanna, also besser gesagt Hanna, sie hat die Aufzeichnung geschmissen. Sie ist einfach rausgerannt, und jetzt haben wir gar keine Zeit mehr, etwas anderes aufzunehmen, ich weiß gar nicht ... Hanna, du bist ja auch schon hier ...» Er verstummt mitten im Satz.

Gerhard hat sich inzwischen gefasst und sagt in begütigendem Ton: «Schon gut, Hanna will keine Moderatorin sein. Wir müssen ihre Entscheidung akzeptieren. Ab sofort wird sie wieder als Redakteurin für die Sendung arbeiten. Aber nur, wenn sie mir verspricht, auch als meine Vertreterin zu fungieren.»

Ich falle aus allen Wolken. Statt eines Donnerwetters bekomme ich eine Beförderung! Dabei hatte ich mich innerlich schon wieder auf Karinas Buchladen eingestellt. So schlecht war der Job ja auch nicht. Mit Davids Geduld und etwas Glück wäre aus mir vielleicht noch eine prima Verkäuferin geworden.

«Ich soll was? Heißt das, ich bin ab sofort stellvertretende Redaktionsleiterin?», frage ich sicherheitshalber nach.

«Ganz genau. Du hast ein gutes Gespür dafür, was ankommt. Solche Leute brauchen wir hier! Viel mehr Geld wird es allerdings nicht geben. Schließlich fällt deine Rubrik ja nun wieder weg. Das muss ich dem Sender auch erst einmal beibringen.»

«Aber Hanna ist doch erst so kurze Zeit hier, findest du nicht, sie sollte erst ein paar Monate hier arbeiten?», fleht Thorsten und wirft mir einen giftigen Blick zu.

«Nein, ich finde, sie hat ihr Talent schon ausreichend bewiesen. Und wahrscheinlich durch ihre Entscheidung gegen die Moderation sogar bestätigt.»

Gerhard nickt mir anerkennend zu, und mir fehlen zum zweiten Mal an diesem Tag die Worte. Allerdings fühlt es sich diesmal wesentlich besser an.

«So, und nun lasst mich bitte mit Vanessa allein. Wir haben noch etwas Internes zu besprechen. Raus hier, husch husch!» Er wedelt uns mit seinen Händen aus der Tür, während Vanessa verlegen kichert. Thorsten und ich beeilen uns, an unsere Schreibtische zu kommen.

«Das hast du ja toll eingefädelt», zischt er mir im Hinausgehen zu. Ich strecke ihm die Zunge heraus und kann es kaum erwarten, meinen Freundinnen die tolle Nachricht zu überbringen.

Weil ich meine Moderationskleidung noch trage, beschließe ich, nach unten in den Fundus zu gehen. Ich will das enge Zeug loswerden und endlich wieder meine Wohlfühlsachen tragen. Die Stuckarbeiten im Gesicht versuche ich auf dem Klo mit Wasser und Seife herunterzuwaschen. Ein Teil verschwindet tatsächlich aus meinem Gesicht, sodass ich mich in den Grundzügen wiedererkenne. Für den Rest muss ich heute Abend wohl Hammer und Meißel benutzen.

Erleichtert schließe ich die Tür zum Fundus auf und schäle mich aus meinen atemraubenden Hosen. Gerade als ich darüber nachdenke, wie toll es wäre, eine Art Schuhlöffel für enge Hosen zu erfinden, höre ich ein leises Schluchzen zwischen den Kleiderstangen.

Zweiundzwanzig

Großmutter sagt immer: Bauer bleibt Bauer, auch wenn er auf seidenen Kissen schläft. Das trifft auf mich voll zu: Ich werde niemals ein Star werden und auch keine großartige Moderatorin. So viel ist sicher. Und dass Gerhard meine Entscheidung mit einer Beförderung belohnt hat, ist für mich die endgültige Bestätigung, dass ich richtig gehandelt habe. Wenn ich mir vorstelle, wie viele Menschen aus meinem Umfeld Augen machen werden, wenn sie davon hören, dass ich Ruhm und Glamour aufgegeben habe, damit ich auch morgen noch in den Spiegel sehen kann, ohne mich für mich selbst zu schämen! Das nenne ich Charakter! Ich bin gerade extrem stolz auf mich. In den letzten zwei Stunden bin ich zur Heldin geworden. Und da Heldinnen, um sich von simplen Pfadfinderinnen zu unterscheiden, mehr als nur eine gute Tat am Tag vollbringen müssen, bücke ich mich vorsichtig unter die Kleiderstangen, um nachzuschauen, wer da so herzzerreißend schluchzt. Vorsichtig tippe ich dem heulenden Bündel auf die knochige Schulter. Die dazugehörige Hand, die ein längliches Stück Plastik umklammert, zuckt ruckartig zurück.

«Alles okay?», frage ich vorsichtig und komme mir noch in derselben Sekunde völlig bescheuert vor. Wenn alles okay wäre, kauerte das blonde kleine Wesen garantiert nicht flennend hinter einem Haufen Designerröcke.

Ich reiche dem Trauerklößchen ein Taschentuch, das dankbar angenommen und ohrenbetäubend vollgeschnäuzt wird. Prrrööööt! Auch kleine Körper können einen großen Klang produzieren. Ein Donau-Dampfer ist nichts dagegen.

«Danke!», schnieft das erbarmungswürdige Wesen herzergreifend und reicht mir das vollgesuppte Tuch wieder zurück.

«Äh, nein, ich möchte nicht ... also, Sie können das gerne behalten ... Cordula?»

Ich traue meinen Augen kaum, es ist tatsächlich Cordula, der Star unserer Talkshow! Oder zumindest etwas, was irgendwann einmal zu Cordula wird, wenn man es zum Abschwellen drei Stunden in einen Kühlschrank stellt. Meine Güte, sieht die furchtbar aus!

«Entschuldige bitte, ich sehe sicher furchtbar aus», sagt sie schüchtern.

Fast wäre mir ein «Ja, in der Tat!» herausgerutscht.

«Möchtest du vielleicht ein Glas Wasser?», frage ich. Auch so eine blöde Angewohnheit, Leuten, die gerade Sturzbäche heulen, Wasser anzubieten. Damit füllt man doch nur die Tränendrüsen wieder auf. Etwas Besseres fällt mir aber gerade auch nicht ein.

«Nein ... lassma ...», nuschelt Cordula in mein Taschentuch und rollt sich wieder in ihre Embryonalstellung zurück. Dabei fällt ihr der Plastikstab aus der Hand.

«Du hast was verloren, hier bitte ...» Ich hebe das Ding auf und will es ihr gerade wieder zurückgeben, als ich erkenne, worum es sich eigentlich handelt. Es ist ein Schwangerschaftsschnelltest. Noch bevor ich realisiere, dass man auf so ein Teil ja pinkeln muss, wenn man ein Ergebnis haben möchte, hat ihn sich Cordula auch schon wieder geschnappt.

Schlagartig ist mir alles klar. Die schlechte Laune, die Kotzeritis auf den Toiletten ... aber wer ist der Vater? Ich muss der Sache auf den Grund gehen. Ich versuche es mit einem Kompliment, damit sie sich öffnet. Oberflächliche Menschen wie Cordula leben doch von so was.

«Also, figürlich sieht man dir wirklich nichts an, dein Bauch ist superflach!», sage ich.

«Ach ja? Danke.» Sie schluchzt noch einmal laut auf, setzt sich aber etwas aufrechter hin. Dann hält sie plötzlich inne und packt mich so fest am Kragen, dass es mir fast die Luft abschnürt.

«Hör mal, das hier bleibt unter uns, ja? Niemand darf erfahren, dass ich schwanger bin. Wenn das die Presse herausfindet!», raunt sie heiser.

Was denkt sie sich bloß? Früher oder später wird es doch sowieso jeder sehen können. Oder hat Cordula auch in Biologie nicht aufgepasst? Vielleicht will sie ja abtreiben, herzlos, wie sie ist. Würde zu ihr passen. Cordula lässt mich wieder los und bricht erneut in Tränen aus. Also lasse ich den nötigen Aufklärungsunterricht lieber bleiben und falle wieder in meine Psychotantenrolle zurück.

«Cordy, Ehrenwort, von mir erfährt keiner was. Aber findest du nicht, dass du zumindest mit Gerhard sprechen solltest?»

Cordula gibt keine Antwort. Sie schaut mich nur noch verzweifelter an. So langsam quetscht sich ein Gedanke durch meine Gehirnwindungen, der mir überhaupt nicht gefällt. Bitte, bitte, bitte, ich schwöre, ich werde künftig allen Leuten mit schweren Tüten oder Kinderwagen die Tür aufhalten, nie wieder betrunken Auto fahren und pünktlich zur Arbeit kommen, aber bitte, bitte, bitte, lass Klaus nicht den Vater sein! Ich könnte es nicht ertragen, wenn Miss Kleidergröße 34 Klaus' Wunschkind unterm Herzen tragen würde. Denn dann hätte sie gewonnen, für immer. Die, die das Kind hat, hat doch auch den Kerl, so ist das nun mal. Bei den Menschen und bei den Murmeltieren. Bei Letzteren muss sich das nichtschwangere Weibchen sogar noch um die werdende Mutter kümmern. Ich sehe schon die hochschwangere Cordula vor mir thronen, nach wie vor natürlich wunderschön und außer einer hübschen kugelrunden Wölbung gertenschlank, während ich auf Knien ihren Eichenparkettboden schrubbe.

«Was sagt denn eigentlich dein Freund zu der Sache? Weiß der davon?», frage ich listig.

Ich reiße meine Augen weit auf, um die Wahrheit aus ihr herauszusaugen.

Cordula verzieht die Mundwinkel nach oben, und ihre Unterlippe beginnt erneut zu zittern. Lacht sie jetzt gleich los, oder bekommt sie wieder einen Heulkrampf? Ein Lachen wäre mir eindeutig lieber. Am liebsten wäre mir das Geständnis, dass sie Kundin bei einer Samenbank ist. Aber dann würde sie nicht schon wieder so heulen. Cordula macht es wie

Anne Will: Mundwinkel nach unten – ein Lächeln. Mundwinkel nach oben – ein Weinen. Mein Geduldsfaden spannt sich gerade so straff, eine Horde Elefanten könnte darüberbalancieren. Also gehe ich in den direkten Angriff.

«Sag schon, es ist Klaus. Hab ich recht? Du hast mit meinem Freund geschlafen. Ich wusste es», sage ich mit zittriger Stimme. Jetzt fange ich auch gleich an zu heulen. Doch Cordulas Heulkrampf hört abrupt auf.

«Klaus?», sagt sie empört. «Hör mal, Hanna, dein Freund ist ja wirklich lieb und nett, aber ich bin Moderatorin, da gehe ich doch nicht mit einem Typen von der Stadtverwaltung ins Bett! Das ist nun wirklich unter meinem Niveau!» Also das ist nun wirklich eine Frechheit. Genug ist genug.

«Ach ja?», gifte ich, «mein Klaus ist ja wohl das Beste, was dir jemals begegnen konnte, da können diese anderen schmierigen und oberflächlichen Typen um dich herum doch einpacken. Er ist einfühlsam und höflich. Du kannst froh sein, dass er sich überhaupt mit dir abgibt!» Ich rede mich dermaßen in Rage, dass ich gar nicht merke, wie ich gerade meinen eigenen Freund anpreise, statt mich zu freuen, dass seine Weste offenbar unbefleckt ist. Cordula schüttelt den Kopf.

«So war das nicht gemeint, Hanna. Klaus ist wirklich toll, aber du kannst dich wirklich hundertprozentig auf ihn verlassen. Als er mich nach der Sendung neulich nach Hause gefahren hat, sind wir ins Plaudern geraten. Das war wunderbar. Er ist der erste Mensch seit langem, der normal mit mir umgeht. Er hat mir richtig zugehört. Weißt du, in meiner Position habe ich so viele Schleimer um mich herum, nie bin ich alleine, aber echte Freunde habe ich eigentlich keine.»

«Aha», mache ich. Das sind ja wirklich Neuigkeiten. Schöne Menschen führen offenbar doch nicht das bessere Leben. Cordula ist einsam, unsicher, hat keine Freunde und wird demnächst, dank unstillbarem Heißhunger auf Gurken und Schokolade, auseinandergehen wie ein Hefekuchen. Eigentlich sollte mich das jetzt glücklich machen. Tut es aber nicht.

«Und im ‹TukTuk›? War das auch nur Sondertherapie à la Klaus?», frage ich sicherheitshalber nach.

«Selbstverständlich. Allerdings musste ich ihn am Ende des Abends trösten. Er war nach eurem Zusammenstoß ziemlich fertig.»

Langsam wächst mein schlechtes Gewissen. Habe ich Klaus etwa die ganze Zeit Unrecht getan? Cordula fährt fort zu reden. Leider nicht mehr von Klaus, sondern von irgendeinem Musiker.

«Ich hatte gerade schrecklichen Liebeskummer wegen dieses Rockmusikers, vielleicht erinnerst du dich an ihn, er war in der Sendung, in der du auch Gast warst. Wir hatten uns kurz vorher im ‹It› kennengelernt auf einer dieser Partys, du weißt schon, Schampus, Kaviar, Lachshäppchen ... jedenfalls hatte ich mich fürchterlich in ihn verknallt und ...», erzählt sie.

Plötzlich fällt bei mir der Groschen.

«Du hast mit Trent geschlafen?», frage ich entgeistert. Jetzt wird mir so einiges klar. Dieser kleine miese Aufreißer! Mein Hochglanzbild von ihm zerfällt von einer auf die andere Sekunde zu Staub. Gut, dass ich seinem Charme wiederstehen konnte, sonst säße *ich* womöglich unter der Kleiderstange! Cordula schiebt ein T-Shirt zur Seite, damit sie mich besser sehen kann.

«Ja, aber das war nicht so, wie du denkst, ich bin nicht so eine, die gleich mit dem Nächstbesten in die Kiste hüpft», verteidigt sie sich.

Natürlich, denke ich, das sagen wir alle, und schaue Cordula tief in die Augen.

«Klar, ich könnte viele haben», fährt sie fort, «aber ich

möchte doch nur jemanden, der mich liebt. Bei Trent dachte ich, der ist anders. Er hat mir zugehört und war aufmerksam und verständnisvoll ...»

Auf die Masche bin ich auch reingefallen. Leider hört Trent gar nicht zu. Er hat nur nichts zu sagen. Mit Kommunikation hat das rein gar nichts zu tun.

«Und dann haben wir miteinander geschlafen», erzählt Cordula, «ein paar Mal. Es war wirklich eine tolle Zeit. Wir wollten unsere Beziehung geheim halten, deswegen ist er immer nur heimlich zu mir gekommen. Wegen der Presse. Er hat immer wieder beteuert, wie ernst es ihm mit mir ist. Als aber die Sendung im Kasten war, ist er spurlos verschwunden. Seitdem erreiche ich ihn nicht mehr. Dann blieben meine Tage aus und na ja ...»

Sie hebt den Schwangerschaftstest in die Höhe und zuckt mit den Schultern.

«Bist du denn sicher, dass das Kind von ihm ist?», frage ich.

«Hanna, ich hatte vor Trent zwei Jahre lang keinen Sex mehr. Ich schwöre, dass nur er in Frage kommt», sagt sie.

Langsam bin ich mit der Situation doch überfordert. Unsere traumhaft schöne, perfekt zurechtgeschnitzte Star-Moderateuse ist seit zwei Jahren völlig untervögelt und fällt auf den nächstbesten Möchtegern-Rocker rein, der ihren Weg kreuzt! Okay, das «Möchtegern» nehme ich zurück, schließlich fand ich ihn auch toll. Wie gut, dass ich nicht weiter auf ihn eingegangen bin. Um ehrlich zu sein: Eigentlich ist er nicht näher auf mich eingegangen, aber das steht hier jetzt nicht mehr zur Debatte. Zur Debatte hingegen steht jedoch wieder Klaus, mein Klaus, den ich die ganze Zeit über habe zappeln lassen. Dabei hat er nur einer verlorenen Seele auf den rechten Pfad geholfen!

«Es tut mir wirklich leid, Cordula.» Während ich die Worte

ausspreche, merke ich, dass ich das Gesagte auch tatsächlich ernst meine. Ich öffne meine Arme, Cordula beugt sich vor, und ich drücke sie herzlich an meine Brust. So verharren wir eine Weile, bis Cordula sich schüchtern aus meiner Umarmung löst.

«Du bist wirklich nett. Klaus hatte schon recht, als er sagte, du seist was ganz Besonderes», schnieft sie. «Er liebt dich wirklich, von ganzem Herzen. Und er hat mir auch von eurem Streit erzählt. Du solltest das nicht so einfach über Bord werfen, was ihr beiden da habt.»

Ihre Stimme klingt warm und herzlich, als sie das sagt, und mein Herz macht einen kleinen Salto. Vielleicht habe ich tatsächlich übertrieben reagiert. Wenn es nur nicht schon zu spät ist! Cordula springt auf und reißt mich aus meinen Gedanken.

«So, genug getratscht. Ich muss los, die Arbeit erledigt sich nicht von alleine. Ich muss wohl nicht betonen, dass das hier Gesprochene bitte unter uns bleibt», sagt sie in geschäftsmäßigem Ton.

«Ehrensache, obwohl ich miesen Kreaturen wie Trent gerne den Hals umdrehen möchte», entgegne ich.

«Ich werde es ihm erst einmal nicht sagen. Wer weiß, vielleicht freut er sich ja später eher, Vater zu werden.»

«Dein Wort in Gottes Ohr. Ich drücke dir die Daumen.» Ich umarme Cordula noch einmal freundschaftlich, dann verlässt sie die Garderobe.

Ich atme einmal tief durch, dann wähle ich Klaus' Handynummer. Leider ist nur seine Mailbox dran, also spreche ich nach dem Piepton.

«Klaus, hier ist Hanna. Wir müssen reden. Hast du heute Abend Zeit? Ich habe gerade mit Cordula gesprochen, sie hat mir alles erzählt. Da lief also gar nichts zwischen euch, sondern sie hatte was mit einem anderen, na ja ... jedenfalls ... hallo?» Irgendwie klickt die Leitung immer so komisch. Ich nehme mein Handy vom Ohr und schaue aufs Display. Es ist aus. Mein Akku hat gerade den Geist aufgegeben. Na toll. Immer wenn man sie braucht, lässt einen die Technik im Stich. Ich habe minutenlang in ein totes Telefon geredet. Es ist sowieso am besten, wenn ich nach Dienstschluss einfach persönlich bei Klaus vorbeischaue.

Ich lehne mich gegen ein paar zusammengelegte Sweatshirts, die auf dem Boden liegen, und schließe für einen Moment die Augen. Bald wird alles wieder gut. Klaus und ich werden reden und uns über unsere Dummheit kaputtlachen. Wie ich ihn vermisse! Besonders sein Lachen, das ihn immer so aussehen lässt wie einen kleinen Jungen. Natürlich werde ich nur einen klitzekleinen Teil meiner eigenen Schuld zugeben. Klaus hat als Einzelkind schließlich viel mehr Liebe zu geben, weil er als Kind nicht teilen musste. Deshalb wird er mir sicher schnell vergeben. Und dann wird er mich an sich ziehen und leidenschaftlich küssen. Alleine, wenn ich daran denke, beginnen die Schmetterlinge in meinem Bauch wie wild herumzuschwirren. Kann man sich zweimal in denselben Mann verlieben? Die Gelassenheit, die er ausstrahlt, gibt mir so viel Geborgenheit, seine Kreativität und die kleinen Überraschungen, die er sich immer einfallen lässt, sind so süß, seine Zärtlichkeiten und seine Komplimente ... oh, ich vermisse meinen Klaus wirklich schrecklich. Aber was ist, wenn ich ihn heute Abend überrasche und er nicht alleine ist? Vielleicht hat er doch schon mit uns abgeschlossen. Immerhin habe ich ihm nicht das geringste Signal gegeben, dass ich noch Interesse an ihm habe! Cordula ist zwar aus dem Rennen, aber ich weiß, wie die Frauen in meinem Alter sind: Kaum ist ein akzeptables Exemplar wieder auf dem freien Markt, ist die Jagd eröffnet.

Vielleicht trifft er sich ja bereits mit seiner Kollegin Melanie? Ich habe sie einmal auf einem Betriebsfest gesehen, auf das ich auch eingeladen war, und ich könnte schwören, dass sie meinen Klaus nicht von der Bettkante stoßen würde. Oder er hat eine im Supermarkt kennengelernt. Da schwirren jede Menge einsame Singelinnen herum, um die Einkaufswagen des anderen Geschlechts zu analysieren. Ich bin so eine blöde Kuh! Was mache ich denn jetzt nur?

Vielleicht weiß Oma Rat. Ich gehe zu meinem Schreibtisch. Zum Glück sind alle gerade bei Gerhard im Büro. Hastig greife ich zum Telefon und wähle ihre Nummer.

Ich erzähle ihr, dass ich mich entschieden habe, Klaus um Verzeihung zu bitten. «Siehst du, es wird doch noch alles gut. Ihr beiden gehört einfach zusammen, ihr seid doch so ein schönes Paar», sagt sie. «Weißt du, jeder hat mal Phasen, in denen er den anderen unausstehlich findet. Aber die wahre Liebe hält einfach zusammen, in guten wie in schlechten Zeiten!»

«Oma, du bist einfach hoffnungslos romantisch! Aber was ist, wenn da eine andere im Spiel ist?» Dass ältere Leute auch immer so schwerfällig im Kopf sein müssen.

«Kind, wer viel will, muss auch viel riskieren. Kämpfe um deinen Klaus. Sollte da eine andere ihre Finger im Spiel haben, dann stichst du sie einfach aus», sagt sie.

Einfach, ich höre immer nur einfach. Es wird mir ganz einfach das Herz brechen, wenn ich Klaus nochmal mit einer anderen sehe.

«Du musst eben über deinen Schatten springen. Sag ihm, was er dir bedeutet. Wenn du es ernst meinst und er es auch mit dir, dann werdet ihr wieder zusammenfinden.» Oma ist rührend.

Aber wie soll das gehen? Das ist ja so, wie wenn man einen Liebesroman liest und nicht sicher ist, ob er gut ausgeht. Wobei «gut» ja auch immer eine Frage der Definition ist. Schließlich kann die Heldin einer Geschichte ebenso gut alleine glücklich werden. Sollte ich also feststellen, dass Klaus doch so ein Schwein wie Sascha ist, werde ich dennoch glücklich werden, auf jeden Fall, auch wenn ich mich dann nie wieder verliebe. O Gott ... ich will ihn aber wieder zurückhaben!

Ich verabschiede mich von Oma mit dem Versprechen, sie auf dem Laufenden zu halten. Dann setze ich an für meinen großen Sprung ins kalte Wasser.

Dreiundzwanzig

Wenige Stunden später stehe ich vor unserer gemeinsamen Wohnung. Meine Knie zittern, mein Hals ist trocken, und ich habe eiskalte Hände. Ob ich besser auf die Klingel drücke? Vielleicht sollte ich doch noch einmal vorher anrufen, wer weiß, was mich hinter dieser Tür erwartet. Ich muss unwillkürlich an Sascha denken und an seine akrobatische Darbietung mit der Discomaus.

Noch bevor meine Finger den Klingelknopf berühren, öffnet sich die Tür mit einem Schwung, und Klaus steht vor mir. Das Herz rutscht mir in die Hose. Ich fühle mich irgendwie ertappt. Sofort beginne ich herumzustottern: «Ich ... wwollte, ich wollte ... äh ... gerade ...»

«Komm erst einmal rein. Deine Oma hat mich angerufen und dich angekündigt», sagt Klaus mit seiner angenehm ruhigen Stimme.

Oma, die gute Seele! In diesem Moment schwöre ich mir,

sie niemals in ein fieses Altenheim stecken zu lassen, wenn sie mal nicht mehr alleine zurechtkommt. Sie wird dann bis zu ihrem Tod bei mir wohnen.

Klaus führt mich in die Küche. Er hat Tee vorbereitet, und wir setzen uns an unseren großen Holztisch. Kein gutes Zeichen. Meine Mutter hat früher immer Kamillenblüten aufgebrüht, bevor sie mir mal wieder die Leviten gelesen hat. Schweigend rühren wir in unseren Tassen. Wie fängt man ein Gespräch an, das eine zerbrochene Beziehung kitten soll? Die Minuten ziehen sich wie Kaugummi.

«Wie konntest du nur auf die Idee kommen, dass ich was mit Cordula habe?» Klaus bricht entschlossen das Schweigen und schaut mir traurig in die Augen. In diesem Moment wird mir klar, dass mein Gedanke natürlich völlig absurd war. Ich habe mich benommen wie ein hysterisches Stachelschwein! Aber meine schlechten Erfahrungen mit Sascha und diverse Geschichten aus dem Freundeskreis waren nicht dazu geeignet, die angespannte Situation aufzulösen.

«Du hast mich damit ganz schön verletzt, weißt du? Mir so etwas zu unterstellen! Dabei wollte ich doch nur freundlich sein zu deiner Kollegin. Interesse zeigen an deinem Job. Das war doch das, was du dir gewünscht hattest, oder?»

So ist das mit den Wünschen. Wehe, wenn sie sich erfüllen.

«Ich hatte am Anfang unserer Beziehung ja wirklich Verständnis für deine Eifersucht. Wegen deines Ex, wie hieß er doch gleich?»

Sascha. Der Idiot heißt Sascha und hat rein gar nichts mit dir zu tun, will ich antworten. Doch in meiner Kehle sitzt ein Riesenkloß. Ich fürchte, wenn ich auch nur einen Ton sage, muss ich sofort heulen.

«Ist ja auch egal. Aber Hanna, es macht wirklich keinen Sinn, fünf Jahre lang eine Beziehung zu führen, wenn man dem anderen ständig misstraut. Vielleicht bin ich ja doch nicht der richtige Mann für dich, und du brauchst jemand anderen.»

Nein! Nein! Ich liebe doch nur dich! Noch immer kommt kein Ton aus meinem Mund. Ich nehme einen großen Schluck Tee, um den Kloß hinunterzuspülen. Das kann es doch jetzt nicht gewesen sein! Ich muss an Margot denken, die sich längst damit abgefunden hat, Luzifer alleine großzuziehen, an Karina, die ihre Männer alle paar Wochen austauscht, bevor ihr einer zu nahe kommen kann, und an Jessica, die auch so wirkt, als sei sie noch auf der Suche, obwohl sie verheiratet ist. Sind wir modernen Frauen überhaupt fähig, uns komplett auf einen Mann einzulassen? Wer dem anderen seine schwachen Seiten zeigt, läuft Gefahr, verletzt zu werden. Dann kommen mir Omas Worte wieder in den Sinn. Man muss ein Risiko eingehen, wenn man die große Liebe leben will. Ich nehme noch einen Schluck und werde endlich meinen Trauerkloß los. Ich räuspere mich und sage:

«Schatz. Ich will keinen anderen. Du bist es, mit dem ich alt werden will. Mit dem ich meine Zeit verbringen möchte. Ich bin eine doofe Kuh gewesen, dass ich das nicht die ganze Zeit gesehen habe. Offenbar war ich immer noch nicht über das, was mir Sascha angetan hat, hinweg. Ich bin ja quasi von einer Beziehung in die nächste ... aber ich liebe dich von ganzem Herzen, und ich will dich nicht verlieren.»

Jetzt laufen mir doch die Tränen herunter. So langsam habe ich große Chancen, zur Heulsuse des Monats gekürt zu werden. Unter tränenschweren Wimpern blinzle ich zu Klaus hinüber. Mein Herz klopft, und ich zittere am ganzen Körper. Liebe kann ganz schön anstrengend sein, auch körperlich.

Klaus schaut mir ernst in die Augen. Dann nimmt er mein Gesicht in seine Hände und streicht mir sanft die Tränen von den Wangen. Und er küsst mich endlich! Wenn ich nicht schon säße, würden mir spätestens jetzt die Beine einknicken. Der Mann kann knutschen, das ist einfach einmalig!

Doch mit meinem Geständnis ist es noch nicht getan. Schließlich hat unsere Beziehung schon eine Weile vor sich hin gemodert. Aber zum ersten Mal seit langem nehmen wir uns die Zeit und teilen uns gegenseitig unsere Gefühle mit. Man möchte ja meinen, dass sich ein Paar nach so vielen Jahren auch ohne Worte versteht. Das beschränkt sich aber meist eher auf die Frage: «Wie viele Stücke Zucker nimmst du in den Kaffee?» und ist keinesfalls auf alle anderen menschlichen Bedürfnisse übertragbar. Im Alltag ist anderes wichtiger. Den Partner stuft man zurück. Jeden Tag, immer mehr und mehr.

Also reißen wir uns voneinander los und legen die Karten auf den Tisch. Ich fange an: «Wir haben doch zuletzt wie in einer Wohngemeinschaft gelebt. Du hattest nur noch deine Viecher im Kopf, und ich war hin und weg von meinem neuen Job, der dich so gar nicht interessiert hat.»

«Schatz, ich hatte aber auch das Gefühl, bei dir nicht mehr die Nummer eins zu sein. Du tust doch immer so selbständig, man traut sich doch gar nicht, dir gewisse Dinge zu sagen. Da habe ich lieber den Mund gehalten.»

Klaus streicht mir erneut über die Wange, und ein wohlig warmes Gefühl überkommt mich. Es war damals nicht Liebe auf den ersten Blick zwischen uns, aber ich habe mich von Anfang an bei ihm geborgen gefühlt. Klaus hat mich damals aufgefangen, als Sascha, das Schwein, mich so hintergangen hatte. Sascha … es wird Zeit, dass ich dem Kerl endgültig Lebewohl sage! Hau ab!

«Wie haben wir uns nur so aus den Augen verlieren können?», fragt er, und uns beiden wird klar, dass die eigentliche Beziehungsarbeit erst nach den Jahren der Beschnupperung stattfindet. Dann, wenn man glaubt, den anderen genau zu kennen. Wenn so manche Eigenart zur akzeptierten Selbstverständlichkeit wird. Im positiven wie im negativen Sinne.

«Vielleicht haben wir diesen Holzhammer gebraucht. Allerdings hätte ich nicht gedacht, dass ausgerechnet Cordula Reiss unsere Beziehung therapiert», sage ich, küsse ihn zärtlich und genieße das angenehme Kribbeln dabei.

«Unterschätze deine Kollegin nicht. Mal abgesehen davon hat sie sicher eine Therapie nötig, bei ihr sieht es ja nicht so rosig aus», erwidert er.

«Und bei uns, Klaus?»

«Was denkst du denn?»

«Ich möchte nicht, dass wir in ein paar Monaten wieder an diesem Punkt angelangt sind. Ich liebe dich, aber so geht es einfach nicht mehr weiter», sage ich.

«Okay, ich verspreche dir, nicht mehr mit Scheuklappen an dir vorbeizugehen, wenn du mir versprichst, nicht immer alles mit dir alleine auszumachen.»

«Abgemacht!», rufe ich.

«Nun küss mich doch endlich, du doofe Nuss!», lacht er.

«Selber doofe Nuss!» Als Frau muss man darauf achten, das letzte Wort zu haben. Wo kämen wir sonst hin.

Großmutter sagt immer: Wer tugendhaft lebt, wird geehrt, aber nicht beneidet.

Ich kann nur sagen, letzte Nacht war ich eine sehr beneidenswerte Person. Nicht nur, dass uns unsere Krise noch näher zueinandergeführt hat – der Versöhnungssex war einfach einsame Spitze. Wenn man bedenkt, dass ein ausführliches Schäferstündchen mindestens 500 Kalorien verbraucht und Orangenhaut und Falten verschwinden lässt, kann ich mein nächstes Fitness-Programm getrost verschieben.

Ich blicke selig auf meinen schlafenden Klaus und muss einmal tief durchatmen, um nicht an meinem Glück zu ersticken. Mein Herz macht kleine Luftsprünge unter meinem Brustkorb, und ich kann nicht umhin, meinem Liebsten einen kleinen Kuss auf die Nasenspitze zu geben. Alles erscheint mir irgendwie neu und dennoch vertraut. Fühlt sich gut an.

Die kleine Digitaluhr neben unserem Bett zeigt mir, dass es gerade erst fünf Uhr früh ist, und dennoch fühle ich mich so fit wie eine frischgemahlene Packung Bohnenkaffee. Ich stehe auf und riskiere einen Blick in den Kühlschrank. Eigentlich wäre mir nach Rühreiern mit Speck und Toast, aber dann würde ich Klaus aufwecken, der sich noch im Land der Träume befindet und sich zufrieden grunzend in die Kissen kuschelt. Außerdem sind meine LKW – meine Liebeskummerwochen – nach wie vor an Bauch und Hüften präsent.

Ich schnappe mir also einen Joghurt und setze mich neben das Terrarium von Charles und Camilla. Die beiden scheinen auch schon wach zu sein. Oder sind sie es vielleicht noch? Ehrlich gesagt, weiß ich gar nicht, ob Chuckwallas nacht- oder tagaktive Tiere sind. Hatte ich schon erwähnt, dass ich Tiere mit weichem Fell wesentlich sympathischer finde als solche mit Panzer oder Schuppen?

Charles scheint noch etwas müde zu sein, jedenfalls räkelt er sich ausgiebig und fährt mit seinem Schwanz am Glasrand entlang. Es sieht fast so aus, als wolle er sich aus dem Kasten herauswühlen. Ich löffele weiter meinen Joghurt und beobachte gespannt, was passiert. Camilla wird nun auch unruhig und beginnt, sich gegen die Scheiben zu werfen. Langsam wird mir etwas mulmig. Vielleicht sollte ich Klaus wecken und ihn auf das Verhalten seiner Tierchen aufmerksam machen? Merkwürdig sind sie ja immer, aber gerade kommen sie mir doch etwas zu merkwürdig vor.

Ich stelle meinen Joghurtbecher neben das Terrarium und gehe zurück ins Schlafzimmer. Das Problem beim Wecken von Menschen mit sehr festem Schlaf ist, dass man sie nicht einfach nur anstupsen kann. Dann dreht sich derjenige einfach auf die andere Seite, grunzt kurz und verhält sich weiter wie ein Scheintoter. Ich klopfe Klaus also etwas fester auf die Schultern. Die Nacht war für ihn anstrengend, schließlich ist es ein bekanntes Phänomen, dass Männer beim Sex Energie abgeben, wohingegen Frauen nach dem Akkuprinzip ihre Batterien wieder aufladen. Aber Klaus muss jetzt einfach aufwachen. Ich spreche direkt in sein Ohr:

«Klaus. Etwas ist mit Charles und Camilla!»

«Ja, ja, allswird so schönanna, allsnichsowichtig, chhrrrr!», säuselt der Mann meines Herzens und schnarcht munter weiter.

«Klaus!» Ich spreche nun lauter, nur ein bisschen. Schließlich soll er wach werden und keinen Herzinfarkt bekommen.

«Chrrrcchhhhrrr!», lautet die Antwort, dann wieder Funkstille. Ich gehe wieder zum Terrarium, wo sich Charles in eine Ecke verkrochen hat. Er hat alle im Behälter vorhandenen Steine über sich aufgetürmt und kauert nun darunter. Camilla trippelt nervös auf und ab und macht merkwürdig knackende Geräusche. Ich eile zurück ins Schlafzimmer. Diesmal lege ich alle Hemmungen ab. Schließlich geht es um Klaus' Lieblinge! Ich setze mich auf ihn und rüttele an seinen Schultern. Dann schrei ich: «Klaus! Wach endlich auf! Charles ist krank!»

Urplötzlich setzt sich mein Freund steil auf und reißt seine Augen auf, als hätte man ihm eine Adrenalinspritze injiziert. Er starrt mich mit glasigem Blick an. Jetzt bekomme ich fast einen Herzinfarkt.

«O Gott, Hanna, was schreist du denn hier herum!», krächzt er.

«Klaus, du musst dir das ansehen, Charles benimmt sich komisch!»

«Ich weiß, er war gestern schon komisch. Deswegen musst du mich doch nicht wecken. Ich wollte morgen Nachmittag sowieso mit ihm in die Klinik fahren.»

«Aber er krümmt sich, und Camilla ist auch irgendwie anders!» Will er mich denn nicht verstehen?

«Hanna, ich finde es ganz toll, dass du dich so engagierst. Ich weiß das wirklich zu schätzen, aber ich möchte nun wirklich noch die Nacht mit dir genießen, ich musste so lange ohne dich auskommen ...», gähnt er.

Ich klettere wieder zu Klaus ins Bett und kuschele mich an ihn. Er ist der Experte. Er muss es ja wissen. Es freut mich außerdem, dass Klaus wirklich entschlossen ist, seine Prioritäten anders zu setzen. Ich schmiege mich eng in seine Arme, lege meine kalten Füße an seine warmen Waden und schlafe friedlich ein.

Wenige Stunden später werde ich dann von einem derart durchdringenden Schrei geweckt, dass ich vor Schreck mit einem halben Salto aus dem Bett katapultiert werde. Ich lande unsanft auf meinem Hinterteil. Da soll nochmal einer sagen, Fettdepots schützen vor Verletzungen, von wegen. Ich halte mir den schmerzenden Po und robbe in die Richtung, aus der der Lärm kommt. Inzwischen herrscht wieder Totenstille. Vor dem Terrarium treffe ich tatsächlich Klaus an, der grinst wie ein Honigkuchenpferd im Schlaraffenland.

«Hanna! Ich bekomme Babys! Mindestens zwölf!»

Ich erstarre kurz, da ich jetzt leider glauben muss, dass mein Freund in meiner kurzen Abwesenheit heute Nacht von Außerirdischen entführt wurde, die ihm sein Gehirn entfernt haben. Oder leidet er unter Persönlichkeitsspaltung und glaubt, eine Frau und schwanger zu sein? Seine Augen glänzen schon wie die einer werdenden Mutter. Hätte er keine Ohren, würde sein Grinsen einmal um den Kopf herum gehen. Ich gehe vorsichtig ein paar Schritte auf ihn zu. Wahnsinnige soll man ja nicht erschrecken. Doch dann sehe ich, warum Klaus so aus dem Häuschen ist: Charles (oder sollte ich besser sagen, Charline?) hat zwölf kleine Eier unter die Steine gelegt und ist gerade dabei, ein weiteres aus dem Leib zu pressen. Ich nehme ergriffen Klaus' Hand. Wir starren beide auf den kleinen Chuckwalla, von dem wir bis jetzt dachten, sie sei ein er. Wir halten den Atem an. Wir haben Glück, es bleibt bei 13 Eiern, und wir dürfen weiteratmen. Ich grinse Klaus an und sehe, wie er eine kleine Träne verdrückt.

«Gratuliere!», flüstere ich, «du solltest nun doch besser den Tierarzt anrufen!» Dann ziehe ich ihn in den Flur und drücke ihm den Telefonhörer in die Hand.

Aufgeregt wählt Klaus die Nummer und teilt dem Veterinär die frohe Botschaft mit. Dann nickt er nur noch, bis er nach endlosen Minuten auflegt.

«Er hat gesagt, dass Charles, also, ähm, Charline, wahrscheinlich schon vorher trächtig war. Eine Schwangerschaft dauert bei Chuckwallas anderthalb Monate. Doch die perfekten Temperatur- und Luftfeuchtigkeitsvoraussetzungen bei uns haben dazu geführt, dass sie ihre Eier tatsächlich auch legen konnte. Ich soll aber zur Sicherheit mal in die Praxis fahren.»

«Alles klar. Fahr ruhig. Ich rufe bei deinem Chef an und melde dich krank.»

«Du bist ein Schatz, Hanna. Aber heute Abend sehen wir uns, versprochen?»

Klaus nimmt das Terrarium samt Leguanen und Gelege und düst in Richtung Tierkrankenhaus ab.

Da ich heute dienstfrei habe, setze ich mich mit einem Schinkenbrötchen und einer Schale Milchkaffee vor den Fernseher. Bis heute habe ich es nicht geschafft, mir meinen einzigen TV-Auftritt anzusehen. Gerade streicht sich Trent eine Haarsträhne aus dem Gesicht und blinzelt pseudoverführerisch in die Kamera. Der Typ ist ja so was von uncool! Wie konnte ich das nur übersehen! Aber da! Da sitzt Klaus neben Omi im Publikum. Wie süß! Er hält ihre Hand. Wie souverän er doch wirkt. Schnitt auf Cordula: So schlimm ist sie eigentlich gar nicht. Es gibt eben Leute, die sind fürs Entertainment geboren. Andere nicht. Leute wie Trent zum Beispiel, der gerade kaugummikauend irgendeinen Blödsinn von der Magie des One-Night-Stands verzapft. Ich drücke auf die Stopp-Taste der Fernbedienung und wähle Jessicas Handynummer. Eine halbe Stunde später holt sie mich vor meiner Haustür ab.

«Du grinst ja wie ein frischgeficktes Eichhörnchen ...!» Sie drückt mir einen dicken Schmatzer auf die Wange. Ich fühle mich ertappt und werde rot.

«Die Versöhnung scheint ja gut gelaufen zu sein. Schön für euch! Umso wichtiger ist es, dass wir dem kleinen Übeltäter das Handwerk legen», sagt sie.

Jessica meint natürlich Trent. Nachdem ich ihn gestern genau wie Cordula unter seiner Handynummer nicht erreichen konnte, habe ich nun beschlossen, Jessica einzuweihen, um ihn zu stellen. Schließlich kennt sie Trent schon länger. Auch wenn ich Cordula versprochen habe, niemandem etwas von ihrer Schwangerschaft zu erzählen, halte ich es doch für wichtig, dass der Vater des Kindes zur Verantwortung gezogen wird. Schließlich sind wir keine Leguane. Charline muss ihre kleinen Mini-Dinos auch alleine großziehen, aber wenigstens hat sie Camilla, die ihr dabei hilft.

«Als Trent mit uns so abgestürzt ist, haben wir ihn doch in ein Taxi gesteckt. Zu welcher Adresse wollte er da noch?», frage ich.

Jessica ist sofort Feuer und Flamme. Ihre Wangen glühen vor Aufregung.

«Ach ja, das war irgendwas mit ... Blumen, glaub ich!»

Mir liegt es auf der Zunge. Leider sind meine Gehirnzellen auch nicht mehr die frischesten. Ich sollte keinen Caipirinha mehr trinken.

«Konzentrier dich, Hanna!», mahnt Jessica.

«Du warst doch auch dabei, Jessica!», entgegne ich.

«Das war irgendwie nichts mit Blumen», grübelt sie.

«Doch, Rosen ... Rosenweg. Rosenweg?», frage ich.

«Ha! Ich hab's! Losenweg 8a!» Jessica quiekt so begeistert auf, als hätte sie gerade das Ei des Kolumbus entdeckt. Ich muss an Charlines Eier denken und lächele.

«Sha la la lalalalala bam bam» – mein Handy klingelt. Margot ist dran.

«Ich dachte, du hast heute frei? Luzifer ist bei seiner neuen Babysitterin, die scheint ihn im Griff zu haben. Hast du Lust, mit mir einen Kaffee trinken zu gehen? ... Ihr seid wo? ... Cordula ist was? ... Schon klar ... das bleibt unter uns ... Losenweg ... das ist hier gleich bei mir um die Ecke, eine Reihenhaussiedlung ... klar ... wartet, ich komm mit. Solchen Typen muss man doch einen Strich durch die Rechnung machen!», sagt sie.

Ich lege auf und schaue schuldbewusst zu Jessica herüber.

«Margot möchte sich uns anschließen», sage ich.

Jessica zögert erst, doch dann nickt sie entschlossen: «Wieso nicht, drei Frauen sind besser als zwei, wenn es um so einen Härtefall geht.»

Wir holen Margot bei ihr zu Hause ab und stolzieren erhobenen Hauptes zum Losenweg 8a. Es handelt sich tatsächlich um ein Reihenendhaus.

«Ganz schön spießig für einen Rocker!», murmelt Margot und schaut sich neugierig um, «schicker Rhododendron. Sehr pflegeaufwendig!»

«Vielleicht wohnt er ja gar nicht hier und wollte nur zu irgendeiner Tussi!», flüstert Jessica zurück. Margot schüttelt den Kopf.

«Also, wenn ihr mich fragt: Die Tussi, die in so einem Haus wohnt, ist mit Sicherheit mindestens Ende 60 und damit nicht mehr Trents Kragenweite.»

So langsam bröckelt der letzte Rest Respekt, den ich noch vor Trent, alias Horst Mappeljoch, hatte. Noch vor drei Wochen hätte ich ihm wahrscheinlich meinen Schlüpfer auf die Bühne geworfen und Cordula die Augen ausgekratzt, wenn ich gewusst hätte, dass er sie begattet hat. Wie konnte ich nur so dämlich sein! Ich schäme mich für mein kindisches Verhalten. Wenigstens habe ich mich mit öffentlichen Schwärmereien zurückgehalten. Ich drücke auf den Klingelknopf, auf dem tatsächlich «Mappeljoch» steht. Ding dang donggg. Ding dang donggg.

Wir warten schweigend vor der schweren Holztür. Ich bin kurz davor, noch einmal zu klingeln, als wir ein schweres Schlurfen hören. Eine raue Stimme ruft durch die Tür: «Moment!» Dann wird ein Schlüssel im Schloss umgedreht, und die Tür öffnet sich mit einem lauten Knarren. Eine ältere Dame um die 70 erscheint. Sie hat ein gepflegtes Äußeres, graue kurze Locken und trägt eine frischgebügelte Kittelschürze. Eine Bilderbuch-Omi, würde Karina sagen, aber die ist gerade nicht da, deswegen sagen wir erst einmal gar nichts. Die Bilderbuch-Omi blickt uns auffordernd an. «Ja, bitte?», sagt sie.

Margot findet als Erste die Sprache wieder. Das war schon immer so. Schon als Kinder, wenn wir was ausgefressen oder meine Zwillingsbrüder mal wieder etwas ausgeheckt hatten: Amazonen-Margot war stets zur Stelle. Meine beiden Brüder könnten wir jetzt auch ganz gut gebrauchen, aber die sind nun mal nicht hier.

«Entschuldigen Sie, wir wollen zu Trent!», sagt sie höflich

«Trent? Der wohnt hier nicht!», erwidert die Omi nüchtern.

Jetzt mischt sich Jessica ein.

«Wir meinen natürlich Horst. Trent ist nur sein Künstlername.» Sie schaut entschuldigend zu Margot, die das ja nicht wissen konnte, und dann wieder zu der älteren Dame, die langsam das Gesicht zu einem Lächeln verzieht.

«Horst? Mein Horst! Ja ... Mensch, Kinder, der ist seit ein paar Tagen nicht mehr hier.»

«Ach. Sie kennen ihn also?» Ich habe auch meine Sprache wiedergefunden und möchte auch etwas zum Gespräch beitragen.

«Horst ist mein Sohn.» Frau Mappeljoch schaut mich an, als müsste ich das wissen, dann beginnt ihre Unterlippe erneut zu zittern.

«Er hat bis vor kurzem noch bei mir gewohnt. Aber vor ein paar Tagen hat er mich verlassen. Er wollte nach Florida.»

«Florida?», Margot schreit entsetzt auf. «Was will er denn da?»

«Er wolle auswandern. Hier würden die Menschen sein Talent nicht richtig zu schätzen wissen. Sie müssen wissen, mein Horst ist ein sehr guter Schreiner», sagt Trents Mutter mit Stolz in der Stimme.

Schreiner. Natürlich. Frau Mappeljoch hat nicht den blassesten Schimmer, dass ihr Sohn sich heimlich seine Augen schwarz schminkt, Unmengen von Marihuana raucht und laute Musik produziert.

«Sagen Sie uns bitte Bescheid, wenn er sich meldet», sagt Jessica. «Mein Mann und ich haben nämlich gerade ein Haus gebaut und wollten die komplette Einrichtung von Ihrem Sohn machen lassen!» Sie hat geistesgegenwärtig einen Zettel aus ihrer Handtasche geholt und notiert darauf ihre Handynummer. «Versprechen Sie mir, dass Sie mich sofort anrufen? Aber verraten Sie Horst nichts davon, es soll eine Überraschung sein!»

«Ja, das wird es auf jeden Fall, das wird ihn freuen. Aber natürlich sage ich ihm nichts! Vielen Dank.»

Trents Mutter freut sich sichtlich und winkt uns zum Abschied zu. Irgendwie rührend.

«Ich kümmere mich um Cordula!»

«Was?» Jessica und ich drehen uns gleichzeitig zu Margot um.

«Na ja. Ich bin doch hier die Einzige, die weiß, wie man sich in einer solchen Situation fühlt. Und ich weiß, wen sie anrufen muss, und ...» Margot zuckt mit den Schultern und nickt bekräftigend.

«Aber du kennst sie doch gar nicht!», wende ich ein. Langsam habe ich ein schlechtes Gewissen. Schließlich habe ich Cordula gegenüber mein Versprechen gebrochen, niemandem etwas über ihre Schwangerschaft zu erzählen.

«Vielleicht ist das sogar umso besser. Zu Klaus hatte Cordula ja auch einen guten Draht, weil er nicht die Kaiserin von China in ihr gesehen hat.» Jessica ist schon begeistert von Margots neuen Patenschaftsplänen.

Ich bin immer noch etwas skeptisch. Margot ist manchmal so sensibel wie ein abgestorbener Tannenzweig. Aber ihrem Sohn ist sie eine gute Mutter.

«Lasst mich nur machen!», sagt sie und wirft den Kopf in den Nacken.

«Was soll's, Cordula hat ja sonst keine Freunde!», stimmt Jessica zu. Also fahren wir gemeinsam zu Cordula, die heute ein Fotoshooting auf dem Studiogelände hat. Wir erreichen sie auf dem Weg in die Maske und fangen sie ab.

Zuerst ist sie mit der Situation völlig überfordert, doch Margot redet und redet einfach weiter. Langsam hellt sich Cordulas Miene auf. Margot spricht mit ruhiger Stimme auf sie ein, genau wie mit einem Kleinkind. Die Methode scheint tatsächlich zu funktionieren. Schließlich strahlt sie Margot an.

«Du kannst auch gerne bei mir unterkommen. Während einer Schwangerschaft ist es immer besser, nicht alleine zu sein. Karina und Hanna waren in der Zeit auch für mich da. Und wir müssen Horst finden. Das könnte ich machen, wenn du mir noch ein paar Informationen gibst. Wir haben da so ein Programm in unserer Firma, ich müsste da nur ein paar Daten in den Computer eingeben und schwupps ... wäre Horst gefunden.»

Ich traue meinen Ohren nicht. Die kleine Margot! So langsam dämmert es mir, was sie da bei ihrer Arbeit den ganzen Tag macht. Auch wenn ich es immer noch nicht hundertprozentig kapiert habe. Trotzdem bin ich unheimlich stolz, so eine Freundin zu haben.

«Danke, ihr seid alle so nett zu mir!» Cordula lächelt uns begeistert an, wird dann wieder ernst und fährt fort: «Aber ich werde das Kind alleine großziehen. Ich schaffe das schon. Meine Mutter unterstützt mich, und der Sender steht auch hinter mir. Trotzdem, vielen Dank. Ich glaube, ich hatte in meinem ganzen Leben noch nie Freundinnen. Danke!»

Sie nimmt uns eine nach der anderen in die Arme. Ich fühle

mich großartig. Wir haben heute die Welt ein winziges bisschen verbessert. Das ist tausendmal schöner, als irgendwelche Floskeln über den Sender zu verbreiten.

Und was noch viel schöner ist: Ich kann jetzt zu meinem Klaus nach Hause fahren, und wir werden unsere Versöhnung fortsetzen. Ich kann die Ereignisse des Tages mit dem Menschen teilen, dem mein Herz gehört. Außerdem muss ich unbedingt wissen, was aus Charline und Camilla geworden ist. Vielleicht ist ja schon eine Babyechse geschlüpft!

«Nein, Hanna!» Klaus lacht lauthals über meinen Übermut, als ich kurze Zeit später mit ihm auf der Couch sitze. «Da müssen wir uns schon noch zwei bis drei Monate gedulden. Die Eier müssen doch erst ausgebrütet werden.»

«Wie schade ...» Ich ziehe enttäuscht einen Flunsch und rücke noch etwas näher an Klaus heran.

«Wir werden die Zeit schon rumkriegen», flüstert er und legt seinen Arm um mich, um mich fest zu drücken, «ich verspreche dir, es wird sich einiges ändern.»

Vierundzwanzig

Sechs Monate später

Erstens kommt es anders und zweitens als man denkt, sagt Großmutter immer. Das ist ein Spruch, den man grundsätzlich auch auf mein Leben übertragen kann. Gerade versuche ich Teig für Schokokekse herzustellen. Das meiste davon klebt allerdings zwischen meinen Fingern und will nicht mehr zurück in die Schüssel. Vielleicht sollte ich mir einfach mal eines von Klaus' unzähligen Kochbüchern durchlesen. Und dann kräht auch noch die ganze Zeit der Kleine, sodass ich mich überhaupt nicht auf die Küchenarbeit konzentrieren kann. Hausfrau und Mutter zu sein ist nichts für mich. Kinder töten einem den letzten Nerv, und gleichzeitig haben sie etwas so Liebenswürdiges an sich, dass man ihnen einfach nicht böse sein kann.

Moment mal! Sie denken doch nicht etwa, dass ...? Hallo? Ich bin doch nicht verrückt. Immerhin habe ich nach Gerhards Wechsel als Chef zu einem Erotikmagazin die komplette Leitung von Cordulas Sendung übernommen. Seitdem liegen wir jedes Mal zwei bis drei Prozentpunkte über dem Senderschnitt. Und was den Kleinen angeht: Das ist natürlich Luzifer, auf den ich aufpasse, weil Margot mal wieder eine Verabredung hat. Margot ist übrigens weit und breit die Einzige, die momentan auf Männerjagd ist. Cordula ist inzwischen im achten Monat, und der Bauch steht ihr hervorragend. Sie hat sich nun doch entschlossen, zu Margot zu ziehen, und die beiden verstehen sich tatsächlich bestens. Ihre Allein-erziehende-Mütter-WG funktioniert prima. Die beiden lernen jede Menge voneinander. Cordula ist viel weniger tussihaft, und Margot verurteilt nicht sofort jedes männliche Exemplar zum Tode, das sich zitternd in ihre Nähe wagt. Margot konnte sogar Trents Aufenthaltsort ausfindig machen. Er hat sich freiwillig in eine Entzugsklinik einweisen lassen und schreibt regelmäßig Briefe an seine besorgte Mutter. Dabei lässt er sie in dem Glauben, er studiere in Florida Innenarchitektur. Und wir wollen es dabei belassen, schließlich kann die freundliche alte Dame nur bedingt etwas dafür, dass ihr Sohn ein so missratenes Früchtchen geworden ist. Wenn er wieder etwas verdient, will er sogar Geld für sein Kind und Cordula überweisen. Das Beste allerdings ist, dass Karina sich nun doch endlich ein Herz gefasst hat und jetzt auch offiziell zu ihrem David steht. Die beiden sind einfach wie geschaffen füreinander. Und inzwischen haben sie sogar Karinas kritische Sechs-Monats-Phase überstanden. Ich mag es eigentlich gar nicht sagen, weil es ein blöder Satz ist, aber ich habe es doch gewusst! Manche Männer sind nun mal nur netter Zeitvertreib, aber einer ist der Mann fürs Leben. Alles läuft also bestens. Auch bei mir, und das nicht nur im Büro, wo ich übrigens zur Zeit einen männlichen Praktikanten habe. Natürlich nur wegen seines fabelhaften Talents für gute Themen, schließlich bin ich ganz anders als Gerhard. Zwischen Klaus und mir ist alles in Butter. Rein wissenschaftlich betrachtet, war unsere Krise völlig normal. Jetzt kann so gut wie nichts mehr schiefgehen. Es ist nämlich gar nicht so, dass das siebte Jahr das verflixte ist, sondern das vierte oder fünfte. Das liege daran, meint Margot, dass sich dann die biologische Einstellung zueinander ändert. Vier bis fünf Jahre sind genau die Zeit, die beide Elternteile extrem wichtig für den Nachwuchs sind. Danach käme der Nachwuchs theoretisch auch nur mit einem Elternteil klar, und aus Liebe wird im Idealfall Freundschaft. Es ist übrigens nicht das Schlimmste, wenn der Partner gleichzeitig auch der beste Freund des anderen ist, finde ich. Zumindest, wenn es zwischen dreimal täglich und einmal im Monat noch ausreichend Gelegenheiten gibt, bei denen die Frau auch mal die Lackkorsage auspacken könnte, wenn sie wollte.

Im Nachhinein betrachtet, war unsere Krise eigentlich klitzeklein. Von mir aus kann das verflixte siebente Jahr gerne kommen, dann machen wir das eben nochmal. Ist vielleicht sogar ganz gesund, diese Art Frühjahrsputz für Langzeitbeziehungen. Ich bin gerade richtig stolz auf Klaus. Dank seiner

Geduld, die Fortpflanzungsbemühungen der Chuckwallas genauestens mit der Videokamera festzuhalten, ist ein richtig ulkiger Film entstanden. Als übrigens die kleinen Chuckwalla-Babys nach und nach aus den Eiern schlüpften, war ich sogar noch aufgeregter als Klaus. Der musste ja auch die Kamera halten und darauf achten, dass nichts verwackelt. Besonders faszinierend ist: Charline und Camilla kümmerten sich beide rührend um die kleinen Mini-Chuckies. Da soll nochmal einer sagen, wir Frauen könnten nicht zusammenhalten. Den Film haben wir an eine große Naturschutzorganisation geschickt. Vor zwei Wochen flatterte dann ein Brief ins Haus. Heute Abend soll Klaus, meinem Klaus, ein Preis verliehen werden, für seine Dokumentation über die Aufzucht von Chuckwallas. Habe ich erwähnt, dass ich wahnsinnig stolz auf ihn bin? Und ziemlich nervös, deswegen auch die affige Keksebackerei. Kochen soll ja entspannen. Leider merke ich noch nichts davon. Die Preisverleihung findet in wenigen Stunden im Zoo statt, und ich bin jetzt schon ein komplettes Nervenbündel. Klaus ist schon vor Ort, um die Abläufe zu proben, obwohl er doch nur einen Preis bekommen und das Ganze nicht moderieren soll, komisch. Kevin will gleich noch bei mir vorbeischauen. Er hat mir ein festliches Abendkleid besorgt, mit dem ich «alle mit meiner Erscheinung in den Schatten stellen werde», wie er es ausgedrückt hat. Seit ich in seinen Unterlagen ein altes Führerscheinfoto von ihm entdeckt habe, sind wir die besten Freunde. Das furchtbare Geheimnis, dass er früher eine schreckliche Minipli auf dem Kopf hatte, ist bei mir bestens aufgehoben.

Ich wasche mir den klebrigen Keksteig von den Fingern und schiebe die Kekse in den Backofen, um mich wieder um Luzifer zu kümmern, der interessiert den Inhalt des Mülleimers untersucht. Da klingelt es auch schon an der Tür, und

Margot erlöst mich von meinem Job als Aushilfs-Babysitterin.

«Ich dachte, ich komme mal lieber etwas früher von meinem Brunch zurück, du brauchst ja sicher noch etwas Zeit, um dich fertig zu machen», sagt sie, die Rücksicht in Person. Leider macht sie ein Gesicht, als hätte sie gerade in eine Zitrone gebissen.

«Dein Date war also wieder ein Reinfall?», frage ich sie direkt. Mittlerweile kenne ich meine Kleine einfach zu gut.

«Ich kann dir sagen ... neee, ich lass es besser. Ich möchte dir nicht die gute Laune verderben», antwortet sie.

«Das würdest du heute auch garantiert nicht schaffen», grinse ich.

Wir lachen beide. Margot sagt mir zum wohl hundertsten Male in den vergangenen Monaten, wie froh sie ist, dass Klaus und ich uns wieder zusammengerauft haben.

«Ihr gebt mir wirklich Hoffnung, dass es bei mir auch nochmal klappt.»

Sie grinst mich an, aber dann verzieht sie wieder das Gesicht.

«Sag mal, was riecht denn hier so verbrannt?»

«Verbrannt? Ich ... wieso ... ach du meine Güte!! Meine Kekse!» Wie von der Tarantel gestochen – wohlgemerkt, ich hasse Spinnen –, sause ich in die Küche und hole die Kekse aus dem Ofen. Sie sind inzwischen rabenschwarz und qualmen wie die Kohlen bei unserem letzten Grillabend. Aus mir wird wohl nie eine gute Köchin werden.

Margot greift sich Luzifer und verabschiedet sich.

«Grüß Cordula von mir», rufe ich ihr noch nach, da klingelt es auch schon wieder an der Haustür. Mein Kleid wird geliefert. Kevin hat Twiggy zu Hause gelassen. Ich konnte ihn davon überzeugen, dass Hunde und Leguane sich nicht vertragen und Twiggy lebenslange Schäden in Form eines Reptilientraumas davontragen könnte.

Das Kleid passt wie angegossen, und ich fühle mich wie eine Prinzessin. Es ist aus einem grünglänzenden Satinstoff mit kleinen Perlen an den Säumen. Der runde Ausschnitt betont meine Schultern. Ab der Hüfte ist es weit geschnitten, das heißt, ich muss den Bauch nicht einziehen und mir auch sonst keine Sorgen machen, dass irgendetwas aufträgt.

«Du siehst hervorragend aus!» Kevin ist mit seinem Werk sichtlich zufrieden. Er hat mir sogar noch ein passendes grünes Haarband mitgebracht, das ich mir später in die Frisur flechte. Mit dem Make-up halte ich mich zurück, schließlich ist das eine Veranstaltung des Tierparks und nicht der «Vereinigung kriegsbereiter Indianer».

Gerade als Kevin und ich mit unserem Werk fertig sind, klingelt auch schon mein Handy.

«Hanna, ich stehe mit dem Taxi vor der Tür. Wie weit bist du?», fragt Klaus.

Wahrscheinlich zum ersten Mal in unserer Beziehung bin ich tatsächlich pünktlich. Ja, auch ich kann noch dazulernen.

«Ich komme sofort runter!», teile ich ihm stolz mit, schwebe zum Lift und auf den Wagen zu. Klaus springt mir entgegen und hält mir gentlemanlike die Wagentür auf. Noch vor einem halben Jahr wäre er wahrscheinlich sitzen geblieben. Im Grunde sind Männer doch fürs Zusammenleben geeignet, wenn man ihnen regelmäßig die eigene Gebrauchsanweisung unter die Nase hält.

«Wow, siehst du toll aus! Du wirst sicher die schönste Frau des Abends sein!»

Er küsst mir die Hand, und ich schaue verlegen nach unten.

Klaus rutscht nervös auf dem Sitz hin und her, bis wir endlich ankommen. Kleine Fackeln schmücken den Weg zum großen Saal, wo die Preise vergeben werden. Die Veranstalter der Preisverleihung haben keine Kosten und Mühen gescheut. Wie in Trance gehen wir zu unseren Stühlen, und ich kann nicht anders, als während der ganzen Reden, die ohnehin alle ziemlich ähnlich sind, immer wieder meinen Freund von der Seite anzusehen. Toll sieht er aus in seinem dunklen Anzug! Er ist definitiv der bestaussehende Mann im ganzen Saal. Allerdings muss ich zugeben, dass das bei der Konkurrenz auch nicht wirklich schwierig ist, denn die Männer hier scheinen alle unter dem Nikolaussyndrom zu leiden. Meiner Meinung nach haben Menschen mit Bart etwas zu verbergen, schließlich verdecken sie das, was ihr Gegenüber als Erstes von ihnen zu sehen bekommt, komplett mit Haaren. Manchmal hilft es jedoch auch nicht, den Bart zu entfernen. Ich erinnere mich noch gut an Rudolph Scharping, den seines Zeichens meist diskutierten Bart der Republik im ausgehenden zweiten Jahrtausend: Weder Sprechtempo noch Attraktivität stiegen nach seiner Rasur wahrnehmbar. Eigentlich sah er nur so aus, als habe er einfach eine Wette verloren. Vielleicht war Kollege Kurt Beck schon damals scharf auf seinen Posten und hat zu ihm gesagt: Hey, Rudi, wetten, du schaffst es nicht, mit deiner Neuen auf Malle lustige Poolspielchen zu treiben, ohne dabei entdeckt zu werden? Wenn du gewinnst, rasiere ich mir meinen Bart ab, ansonsten musst du es tun?

Jetzt ist mein Klaus endlich an der Reihe. Er ist heute frisch rasiert und riecht nach seinem After-Shave: männlich und souverän. Die Haare hat er sich mit Gel zurechtgezupft. Der Laudator ist der Vorsitzende des Zoos höchstpersönlich und sieht aus wie eine Kreuzung aus Kurt Beck und einem Hamster, also im Grunde genommen wie eine Kreuzung aus zwei

Hamstern. Er hält seine Lobrede, und dann endlich darf mein Klaus auf die Bühne. Er hält den Preis, der die Form einer Klapperschlange hat, mit beiden Händen in die Höhe. Als der Applaus ein wenig abgeebbt ist, fährt er fort:

«Ich möchte mich natürlich auch bei der Jury bedanken, aber viel wichtiger ist es, meiner Frau danke zu sagen. Hanna, ich liebe dich von ganzem Herzen. Diesen Preis möchte ich unserer Liebe widmen. Du bist das Beste, was mir jemals passiert ist. Charline und Camilla haben unserer Beziehung nicht immer nur gutgetan. Und die Anschaffung eines Zweitkühlschrankes für Lebendfutter ist nicht aller Probleme Lösung. Auch wenn der Film mir viel Spaß bereitet hat, finde ich, dass Leguane in keine Mietwohnung gehören. Deswegen möchte ich die Chuckwallas mitsamt ihrem entzückenden Nachwuchs dem Zoo spenden. Vielen Dank!»

Ich habe vor lauter Rührung einen dicken Kloß im Hals. Als Klaus wieder zurück an seinen Platz kommt, küsse ich ihn zärtlich.

«Du musst aber nicht unsretwegen auf die beiden verzichten. Sie sind mir schon richtig ans Herz gewachsen», flüstere ich ihm zu.

«Das weiß ich doch, mein Schatz. Aber ich denke, hier werden sie es besser haben.»

Ich nicke, schließlich geht es hier um das Wohl der Tiere.

«Hast du Lust, ein bisschen spazieren zu gehen?», fragt er und schaut mich verschwörerisch an. Im Saal ist es ziemlich stickig, und der Verlockung, nachts durch einen Tierpark zu spazieren, kann ich nicht widerstehen. Hand in Hand machen wir uns auf und schleichen uns hinaus. Dank der Fackeln ist es nicht stockduster, sodass wir gut erkennen können, wo wir hintreten. Das hat Vorteile, besonders, wenn man nicht gerade seine Wanderschuhe trägt.

Wir gehen ein paar Minuten schweigend nebeneinander her und atmen die kühle frische Luft, die sich mit allerlei Tiergerüchen vermischt. Vorbei an den Eisbären und Seelöwen, Hängebauchschweinen und Flamingos.

Vor dem See mit den Enten und Schwänen bleibt Klaus plötzlich stehen und küsst mich zärtlich. Ein schwarzer Schwan, den wir geweckt haben, schwimmt schimpfend an eine andere Stelle, um dort weiterzudösen. Wir müssen beide grinsen.

«Schwarze Schwäne sind einfach irre schön!», sage ich und greife nach Klaus' Hand.

«Wusstest du, dass Schwäne sich ein Leben lang treu sind?», fragt Klaus. «Auch ich möchte mit dir den Rest meines Lebens verbringen.»

Er schaut mich verliebt an und nimmt auch noch meine andere Hand.

«Alles, was ich vorhin auf der Bühne gesagt habe, meine ich von ganzem Herzen. Und nicht nur das», sagt er.

Mein Herz beginnt wild zu klopfen, als er vor mir auf die Knie sinkt.

Er greift in seine Hosentasche und holt eine kleine Schachtel hervor, klappt sie auf – und hervor kommt der schönste Ring, den ich je in meinem Leben gesehen habe.

«Hanna Rückad, möchtest du meine Frau werden?», fragt er mit warmer Stimme.

Mir bleibt fast die Luft weg, und das liegt nicht an meinem geliehenen Kleid. Die Gedanken und Gefühle überschlagen sich. Eigentlich ist die Ehe ja gegen meine emanzipatorische Grundeinstellung. Aber wenn man nun tatsächlich den richtigen Partner gefunden hat? Das passende Gegenstück? Denjenigen, mit dem man einfach doppelt so glücklich ist wie alleine?

«Hanna? So sag doch was?» Klaus kniet immer noch vor mir und hält mir den Ring entgegen. Irgendwo in der Ferne höre ich einen Wasserfall rauschen.

Ich kann einfach nicht anders. Ich knie mich ebenfalls zu ihm herunter. Dann falle ich ihm um den Hals, und die Worte sprudeln ganz automatisch aus meinem Mund.

«Ja, ja, natürlich! Ja, ich will dich heiraten!», rufe ich.

Bei manchen Entscheidungen weiß man genau in dem Moment, in dem man sie laut ausspricht, dass es die falschen sind. Bei manchen weiß man aber auch, dass sie richtig sind. Dieser Moment ist so einer. Ob ich seinen Namen annehme? Natürlich nicht! Und mit den Kindern lassen wir uns auch noch schöööön Zeit. Man muss ja nicht gleich übertreiben.